献给薇拉

序 言

弗拉基米尔·纳博科夫

我思考时像一个天才，书写时像一个优秀作家，说起话来却像一个不善言辞的孩子。我在美国的学院生涯中，从一个不起眼的讲师到堂堂正教授，从未不事先准备好打印稿就对众宣讲，在灯光明亮的讲台上眼睛也从不离开讲稿。我接听电话时的语无伦次会让打来长途的人从流利的英语改用可怜的法语。在聚会时，要是我想讲个有趣的故事来让朋友开心，那必定讲得结结巴巴、语无伦次。就是在早餐桌上对我妻子描述的隔夜梦也只是一份初稿。

因而，人们不应请我做什么访谈，如果“访谈”意味着两个正常人之间的一种闲聊。先前至少试过两次，有一次，还用了一台录音机，但当磁带倒回去时，我赶紧收住笑声，我明白，此后我再也不会重演这类角色了。现在，我小心翼翼，以确保做访谈时气定神闲，悠然自得。采访者的问题必须书面递交给我，我进行书面回答，发表时一字不差保持原样。这就是我接受采访的三个先决条件。

然而，采访者希望拜访我。他们希望看到我摆在稿纸上的铅笔、彩绘灯罩、书架和躺在我脚边的白色老牧羊犬。他们觉得需要有助于营造轻松气氛的背景音乐，需要能够被记住的丰富多彩的细节，即使并不是真的草草记下（“呐，灌一口伏特加，咧嘴讥讽道——”）。我是否想取消这种故作轻松的笔调？是的，我想。

护发用的某种优质洗发液，实际上是一种难看的乳化剂。制造商通过添加绿色素使之变得诱人——在传统美容业，绿色会让人联想到春天的清新，联想到松树林、翡翠、树蛙，等等。然而，你必须把瓶子用力晃动，里面的溶液才会呈现绿色；而如果不晃动瓶子，那我们所看到的，上面是一英寸厚的绿色，而底下则是未变化的、天然的乳白色液体。在我看来，使用前不晃动瓶子是一个原则问题。

同样，涉及印刷后的访谈效果，我并不在意表面文章，而只看重实质的东西。我的文件中存有约四十份好几种语言的访谈录。本书只收了一些英美人士所做的访谈。有几份访谈不予收录，是因为它们出于一种糟糕的炼金术，而不仅仅是一种恰到好处的晃动；我诚实的应答与炮制者添加的人情世故的虚假色彩搅和在一起，以致根本无从分辨。另有几份我轻而易举地撤去了那些不无好意的小摆设（还有那些花哨的新闻噱头），这样，就逐步剔除了每一种自发性因素，以及所有与现场交谈相似的东西。访谈最终就变成差不多是一篇段落分明的文章了，这也正是书面访谈应有的理想形式。

我的小说很少给我机会来表达我的私见，因而，我偶尔也欢迎迷人的、彬彬有礼而又聪明的来访者提出一大堆的问题。本书中，在访谈录之后是几封给编辑的信，它们就像律师行话所说，“不言自明”。最后是一组短文，除了一篇，其余都是在美国和瑞士写的。

斯文朋[①]对“一伙蜕变为拙劣批评家的恶意而又丑陋的蹩脚诗人”有过敏锐的评价。一九三〇年前后，这种奇怪的现象也是巴黎俄国侨民文学小圈子里的典型状态，那时，蒲宁[②]、霍达谢维

① Algernon Swinburne（1837—1909），英国诗人。
② Ivan Bunin（1870—1953），俄国作家。

奇[1]，以及其他一两位杰出作家的美学思想尤其受到来自以不同方式“介入”的痞评家（criticules）的恶毒攻击。在那些年里，我巧妙地嘲讽那些艺术的诋毁者，为我的文字激起那个帮派的恼怒而欣喜不已；但是，今天要把我那些为数不少的旧文从艰涩的俄语译成迂腐的英语，再对文中那些旁敲侧击和行文策略的妙处做一番解释，无论对我还是对读者来说，都是一件提不起兴趣的苦差事。唯一让我自己有个例外的是《论霍达谢维奇》那篇文章。

因此，眼下这本我偶尔为之的英语文选，剪去了它长长的俄语影子，似乎反映了一个远比“弗·西林[2]”更讨人喜欢的形象，而提起西林，会在侨居的回忆录作者、政客、诗人和神秘主义者那里引发复杂的感情，他们仍记得我们十九世纪三十年代在巴黎的遭遇战。如今一种更温和平易的性情渗透在我对自己观点的表述中，尽管这些观点十分强硬。理应如此。

1973年于蒙特勒[3]

① Vladislav Hodasevich（1886—1939），俄国诗人。

② 弗·西林，是纳博科夫早期写作的笔名。

③ Montreux，位于瑞士，纳博科夫晚年侨居于此。

目 录

致编辑的信

文　选

鳞翅目昆虫学文选（存目）[①]

① 因这五篇文章过于专业，本书未作翻译，只存目，并附录英文原文于书末。

访　　谈

刊名不详
(1962)

1962年6月5日早晨，我偕妻子乘“伊丽莎白女王”号邮轮从法国瑟堡港到美国纽约出席电影《洛丽塔》首映式。在我们抵达的当天，就有三四个记者来圣里吉斯旅馆采访我。我曾在记事本上草草记下一些人的姓名，但我不能确定其中就有某个记者的名字。采访结束后，我马上就把笔记本上的问题和回答打印出来。

采访者觉得您不是一个特别有情趣的人，为什么会这样？

我为自己是一个缺乏大众魅力的人而自豪。我一生中从未醉过酒。我从不像其他男生那样说脏话。我没有在办公室或矿井干过活。我不属于任何一个俱乐部或团体。没有什么教条或派别对我产生任何影响。没有比政治小说和具有社会意图的文学更让我讨厌的了。

然而，必定有什么会打动您，比如，您所喜欢或不喜欢的。

我厌恶的东西很简单：愚蠢、压迫、犯罪、残暴、轻音乐。我喜爱的则是最让人们感到紧张的事情：写作和捕捉蝴蝶。

您一笔一画写下所有的东西，是吗？

是的，我不会打字。

您同意给我们看一页手稿吗？

恐怕我得拒绝。只有野心勃勃的无名之辈或好心肠的庸人才会展示他们的手稿。这好像让人看他们吐的痰。

您读很多的小说新作吗？您为什么要笑？

我笑是因为好心的出版商老给我寄——还附上“希望您会跟我们一样喜欢该书”的便函——同一类作品：就是那种内容淫秽、用词花哨、情节离奇的小说。所有这些书像是同一个作者写的——而这个人甚至都不及我的影子的影子。

您对法国所谓的“反小说”有什么看法？

我对文坛上诸如团体、运动、流派这类东西不感兴趣。我只对个体的艺术家感兴趣。“反小说”实际上并不存在；然而存在一个伟大的法国作家，罗伯－格里耶；他的作品引起了一批平庸的三流作家古怪的模仿，对他们来说，一张仿做的标签有助于商业炒作。

我注意到您说话老“嗯”、“哦”的，这是趋向衰老的标志吗？

不是。我一向不善言辞。我的词汇深居我的大脑，需借助纸张挣扎而出，进入物质层面。出口成章对我来说简直是个奇迹。我发表的每一个字我都改写过——经常要写好几遍。我的铅笔的生命力比橡皮更长久。

怎么看待在电视上露面？

噢（人们在电视上通常用“噢”作为开场白），几年前我在伦敦上过一回电视，之后一个幼稚的批评家责备我在镜头前局促不安，躲躲闪闪。其实，那次访谈仔细彩排过，我也仔细写好了所有的回答（以及大部分问题），然而，因为我的口头表达能力如此糟糕，我就把写有笔记的卡片在面前摆好（后来弄乱了），就像一个掩在各种无辜的道具后面的伏击者，这样，我既无法注视镜头，也不能看着提问者。

可您教过很多课——

1940年，在我开始在美国的教学生涯之前，我有幸花工夫写下了有关俄国文学的一百份讲义——大概有两千页——之后，又写了一百份讲义，论述从简·奥斯丁到詹姆斯·乔伊斯这些伟大的小说家。这些讲义让我在韦尔斯利学院和康奈尔大学愉快地度过了二十个年头。虽然，在讲台上，我巧妙地上下移动我的眼光，但机灵的学生心里很清楚，我是在读稿，不是在讲课。

您什么时候开始用英语写作？

我很小就会讲两种语言（俄语和英语），五岁时又学了法语。在我的童年，我用英语写了那些我收集到的蝴蝶的笔记，从那本我最喜欢的杂志《昆虫学家》中借用了不少专业术语。1920年，该杂志发表了我的第一篇文章《论克里米亚蝴蝶》。同年，我向剑桥三一学院院刊投了一首英文诗，那时（1919—1922）我在那儿读书。此后，在柏林和巴黎，我写了我的俄语作品——包括诗集、短篇小说集和八部长篇小说。它们被三百万俄国侨民中的相当一部分人阅读，但这些书在苏俄当然是绝对被禁止和忽略的。在30年代中期，我英译并出版了我的两部俄语小说：《绝望》和《暗箱》（在美国出版时更名为《黑暗中的笑声》）。第一部我直接用英语写的小说是《塞巴斯蒂安·奈特的真实生活》，那是1939年，在巴黎。1940年移民美国后，我在《大西洋月刊》和《纽约客》发表诗歌和短篇小说，并写了四部长篇小说：《庶出的标志》(1947)、《洛丽塔》(1955)、《普宁》(1957)以及《微暗的火》(1961)。我还出版了一部自传《说吧，记忆》(1951)，另有几篇论蝴蝶分类的科学论文。

您愿意谈一下《洛丽塔》吗？

呃，不。关于这本书，我想说的在美国和英国版的后记中都说了。

您觉得写作《洛丽塔》的电影剧本困难吗？

最困难的是准备去冒险，即决定接下这个苦差事。1959年，我受哈里斯和库布里克的邀请来到好莱坞，但在和他们商谈几次之后，我决定不干了。一年后，在瑞士的卢加诺，我接到他们劝我重新考虑的一封电报。其时，电影剧本的框架在我的想象中已大致形成，所以说真的，我很高兴他们再次提出邀请。我又来到好莱坞，在蓝花楹树下，我花了六个月写这个电影剧本。将一部小说改写成一部电影剧本，犹如给一幅早就完成并已镶框的油画画一组素描。我构思了新的场景和对话，全力打造一部我能接受的电影《洛丽塔》。我知道，如果我不去写这部电影剧本，也会有别的什么人来写；我同样知道，如此制造出来的成品至多只是不同理解的碰撞物，而不是皆大欢喜的宝贝。我还没有看过这部片子。它可能是透过蚊帐所见的一片美妙的晨雾，或者像是救护车中那个躺着的乘客在风景路段所感到的弯弯曲曲。在写作电影剧本的过程中，我和库布里克有过七八次的交往，我得到的印象是，他是一个艺术家，也是基于这种印象，我希望6月13日在纽约能看到一部可信的《洛丽塔》。

您眼下在做什么？

我在看普希金《叶甫盖尼·奥涅金》英译本的校样，这是一部诗体小说。我的译本附有很多评注，将由波林根基金会出版，精美的四卷本，每卷有五百多页。

您能描述一下这项工作吗？

在康奈尔和其他地方教文学的那些年里，我要求学生具有科学的激情和诗歌的耐心。作为一个作家和学者，我看重细节胜过概括、意象胜过理念、含混的事实胜过清晰的象征、意外发现的野果胜过人工合成的果酱。

所以，你保存了这种野果？

是的。我的好恶影响了我对《叶甫盖尼·奥涅金》长达十年的翻译。要将它的五千五百行诗句译成英语，我必须在韵味和义理之间作取舍，我选择了义理。我的雄心只是想提供一种逐字逐句的直译，加上丰富详尽的注释，注释的篇幅远远超过了长诗本身。只有意译的文本才“好读”；我的译本不好读；我的翻译是可靠的、笨拙的、沉重的、奴隶一般忠诚的。对每一节诗我写了好几条注释，全诗加上变体有四百多诗节。译本的评注部分包括对原有旋律的讨论和对长诗的精细分析。

你喜欢被采访吗？

嗯，就一个主题——自己——侃侃而谈是一种无须轻视的快感。但其结果有时令人难堪。最近，巴黎报纸《天真汉》让我在一种白痴般的情景中胡言乱语。然而，我也经常遇到相当“费厄泼赖”的对待。《君子》杂志就全文登出我对一篇错误百出的采访报道的更正。

八卦作者往往不得要领，他们很容易对工作漫不经心。伦纳德·里昂斯要我解释为什么我让妻子去处理电影交易的事情，还加上一句荒唐无聊的话：“能对付屠夫就能对付制片商。”

BBC电视台
(1962)

1962年7月中旬，彼得·杜瓦尔－史密斯和克里斯托弗·伯斯塔尔来瑞士采尔马特为BBC做访谈节目，那个夏天我正好在那儿收集蝴蝶。天气宜人，彩蝶也来助兴。我的访问者和他们的同伴从未留意过那些昆虫，当他们看到大群的蝴蝶在山路逶迤的溪边泥地上吸吮水分时，他们孩子般的惊奇让我既感动又得意。他们给我身边翩翩起舞的蝴蝶拍了照片，而这一天其余的时间就用来做那个访谈。访谈最终在《书摊》栏目播出，并发表在《听众》杂志上（1962年11月22日）。我把写有答案的卡片弄乱了。我怀疑那篇发表的文字是根据并不准确的录音整理的。十年后，我试着把那些不确切的地方加以剔除，但只不过是这儿那儿删去了几个句子，因为记忆已难以恢复被错讹或不当之辞所扭曲的原意了。

我引用的那首诗（加了韵律重音）可以在纽约普特南森出版公司1963年出版的《天赋》第二章中找到英译。

您会回俄国去吗？

我不会再回去了，理由很简单：我所需要的俄国的一切始终伴随着我：文学、语言，还有我自己在俄国度过的童年。我永不返乡。

我永不投降。何况，一个警察国家的阴影在我的有生之年难以消除。我并不认为他们了解我的作品，哦，也许特工部门有我的一些读者。但我们别忘了，四十年来，俄国已变得极为狭隘，更不用说，那儿的人民被告知该读什么、该想什么。在美国，我比在任何别的国家都感到快乐。正是在美国，我拥有最好的读者，他们的心灵与我相通。在美国，我心智上有回家的感觉。美国是我真正意义上的第二故乡。

您是一个专业的鳞翅目昆虫学家吗？

是的，我对蝴蝶的分类、变异、进化、结构、分布、习性感兴趣，这听起来很了不得，但其实我只是一小类蝴蝶的专家。我在几种科学期刊上发表过一些关于蝴蝶的论文——但我得重申：我对蝴蝶的兴趣纯属科学性质的。

这与您的写作有什么联系吗？

一般来说是有联系的，因为我认为，在一件艺术品中，存在着两者之间的某种融合，即诗的精确与纯科学的欣喜这两者的融合。

在您的小说新作《微暗的火》中，有一个人物说，真实既不是真正的艺术的主体，也不是它的客体，艺术创造它自己的真实。什么是艺术的真实？

真实是一种非常主观的东西。我只能将它定义为：信息的一种逐步积累和特殊化。举个例子，如一枝百合，或任何其他自然物体，一枝百合在博物学家那儿要比在普通人那儿真实。而对一个植物学家来说，它更真实得多。要是这位植物学家是个百合花专家，那这种真实则更胜一筹。这样，你离真实就越来越近，但你不可能完全达到真实，因为真实是不同阶段、认识水平和“底层”（false bottoms）的无限延续，因而不断深入、永无止境。你可能对某件事情知道得越来越多，但你难以对这件事情无所不知。这是没有希望的。所以，我们的生活多少被幽灵般的客体所包围。就拿那儿的一台机器来说，对我而言它完全是一个幽灵。我对它一无所知，嗯，它对拜伦爵士有多神秘，对我来说也就有多神秘。

您说真实全然是一种主观的事情，但在您的作品中，我觉得您似乎对文学骗局有一种异乎寻常的喜爱。

这如同一种国际象棋棋题[①]中的佯进、幻想的解决，或魔术师的戏法：我小时候也曾经是个小魔术师。我喜欢玩一些简单的魔术——像把水变成酒这一类的把戏；但我不必为此忧虑，因为所有的艺术都是骗局，自然界也是骗局；这是一种善意的欺骗，因而一切都是骗局，从模仿树叶颜色的昆虫到流行的生育诱惑。你知道诗歌从何而来？我一直认为诗歌起源于：一个男孩穿过草丛，跑回他居住的洞穴，边跑边喊，“狼！狼！”而实际上没有狼。他那狒狒般长相的父母，坚守真实的人，无疑会给他一顿好打，但诗歌由此而诞生——美妙的故事诞生于美妙的草丛之中。

您谈论欺骗的游戏，如国际象棋和魔术。在生活中，您自己喜欢它们吗？

我喜欢国际象棋，但象棋中的骗局，就像在艺术中，只是游戏的一部分；它是组合的一个部分，是令人愉悦的可能性、幻觉、思想景观（也许是幻景）组合的一部分。我认为，一个良好的组合总会包含某种欺骗的因素。

① chess problem，即借助棋子在棋盘上编制的棋局或难题。

您谈及您小时候在俄国玩魔术，人们记得，您的许多作品中那些情感极为深挚的篇章触及您已然失去的童年的记忆。对您而言，记忆有什么重要性呢？

说真的，记忆本身只是一种工具，是艺术家所用的许多工具之一；有些回忆，也许是知性而不是感性的，当它们被小说家倾注在作品中时，当它们让位于小说人物时，这些回忆是非常脆弱的，有时很容易失落现实的韵味。

您意思是说，一旦将记忆写下来，您就失去了它的感觉？

有时是这样，但只是涉及某类知性记忆。然而，举个例子——哦，多么难忘，半个世纪前的一个夏日，当我拿着捕蝶网奔下楼梯时，花匠在我们乡间别墅的客厅里摆放的花卉的那种新鲜欲滴：这样的记忆绝对是永恒的、不朽的，它绝不会改变，无论我多少次将这样的记忆赋予我的人物，它也永远和我在一起；红色的沙土、白色的花园长椅、黑色的冷杉树，这一切，为我永久地拥有。我认为这全是爱的缘故：你越爱一段记忆，这记忆就越强烈、越奇妙。我认为这很自然，因为我对往日、对童年的记忆有更深沉的爱意，超过对以后岁月的记忆，所以，在我的内心和自我意识中，对英国的剑桥或新英格兰的坎布里奇的记忆就不是那么生动，比不上对我们在俄国乡村领地的花园一角的记忆。

您是否认为如此强烈的记忆力会在作品中束缚您的创造欲望？

不，我不这么认为。

但同一类事件反复出现，有时只在形式上略有差异。

那取决于我的人物。

尽管在美国多年了，您还感觉自己是个俄国人吗？

我觉得自己是个俄国人，我认为我的俄语作品，这些年里写的各种长短篇小说和诗歌，是对俄国的一种敬意。我将之定义为因我童年时期的俄国的消失而感到震惊的波浪和涟漪。最近我在论普希金的英语作品中再次对俄国表达了敬意。

为什么您对普希金怀有这样的热情？

这源于翻译，一种直译。我想这样的翻译很难，它越难，就越让人兴奋。所以，这并非出于太在意普希金——我当然热爱他，他是最伟大的俄国诗人，这是无疑的——而因为这又是一种结合：既为找到了恰当的行为方式而兴奋，又通过自己的翻译接近现实，接近普希金时代的现实。事实上，我非常关注俄国的事情，我刚完成了对小说《天赋》英译的修订，这部小说是我三十年前写的。这是我俄语小说中篇幅最长，也是我自己认为最出色、最富乡愁的一部作品。小说描写了在20年代的柏林，一个年轻的俄国侨民文学和爱情上的冒险经历；但这个年轻人不是我本人。我小心翼翼地使我的小说人物与我的身份认同保持距离。只有小说的背景可以说包含一些传记材料。关于这部小说还有一件事让我很开心：也许我最喜欢的俄语诗恰好是我给予小说主人公的那首诗。

是您自己写的吗？

当然是我自己写的；此刻我想知道还能否用俄语背诵这首诗。让我来解释一下：诗中有两个人物，一个男孩和一个女孩，站在一座桥上，河水映出落日，燕子飞掠而过，男孩转身对女孩说：“告诉我，你会永远记得那只燕子吗？——不是任何一种燕子，也不是那些燕子，而是刚飞过的那只燕子？”她回答：“当然，我会记得！”说完，他俩都热泪盈眶。

您用哪种语言来思维?

我不用任何语言思维。我用形象思维。我不相信人们用语言思维。人们思维时并不动嘴唇。只有那些文盲认字或思索时才动嘴唇。我不动嘴唇,我用形象思维。有时,一个俄语或英语句子会随着意识波动而浮现,但仅此而已。

您开始写作时用俄语,后来转向用英语,是吗?

是的,那是一次非常困难的转向。我个人的悲剧(不会,也确实不应引起任何人的关注)在于:我不得不放弃我的母语,放弃我天然的习惯用语,放弃我美妙的、极为丰富和无比温馨的俄语,转向二流的英语。

您写了许多俄语书,也用英语写了很多作品。在您的英语作品中,只有《洛丽塔》闻名于世,您因而成为一个"洛丽塔男人",这让您恼火吗?

我没有恼火,因为《洛丽塔》是我自己非常喜欢的一部小说。这也是非常难写的一本书,它所要处理的主题与我自己的情感生活相比是如此遥远、如此陌生,我运用我的"组合"才能使之幻想成真,这给了我一种特别的快乐。

小说一出版就获得惊人的成功,您感到意外吗?

我感到意外的是这部书竟然能够出版。

考虑到这部小说的主题,您实际上对《洛丽塔》是否应该出版有所疑虑，是吗？

我没有疑虑。说到底，当你写了一本书，你通常会设想它的出版，即便在久远的将来。但是我很高兴，这部书能够出版。

《洛丽塔》有着怎样的创作过程？

她很久以前就诞生了，那是在1939年的巴黎。1939年，或1940年初，我感受到《洛丽塔》的第一次小小的悸动，那时，我正病倒在床，肋骨神经一阵剧烈的疼痛——犹如传说中亚当肋骨的突然剧痛。我能回想起的是，最初的灵感来自一个多少有些神秘的报章故事，我想这是在《巴黎晚报》上读到的。巴黎动物园的一只大猩猩，经过科学家数月的训练，最终用炭笔画出了动物的第一张图画，这张素描印在了报纸上，画的是这个可怜生物所居住的笼子的栅栏。

亨伯特·亨伯特，这个中年诱惑者，有什么出处吗？

没有出处。他是我虚构的。这个男人有一种迷恋，我认为我的许多人物都有着突如其来的迷恋，各种不同的迷恋；但是他之前从来没有存在过。他只是在我写了这本书之后才存在。在我写这本书的时候，我时常在报纸上读到各种传闻，说的是老男人勾引小女孩：一种有趣的巧合，但仅此而已。

洛丽塔本人有原型吗？

没有。洛丽塔没有任何原型。她诞生于我自己的头脑。她从未存在过。实际上，我对小女孩并不了解。当我构思这一主题时，我想我并不认识某个小女孩。我在社交场合会时常遇到一些小女孩，但洛丽塔是我凭空想象的产物。

您为什么要写《洛丽塔》？

这是我所做的一件有趣的事。然而，我为什么要写我的那些书呢？既是为了自得其乐，也是为了知难而上。我的写作没有什么社会目的，也不传递道德信息；我没有一般观念需要阐述，我就是喜欢编造带有优雅谜底的谜语。

您怎样进行写作？您的创作方法是什么？

我现在发现索引卡片真的是进行写作的绝佳纸张，我并不从开头写起，一章接一章地写到结尾。我只是对画面上的空白进行填充，完成我脑海中相当清晰的拼图玩具，这儿取出一块，那儿取出一块，拼出一角天空，再拼出山水景物，再拼出——我不知道，也许是喝得醉醺醺的猎手。

您并非完全意识到的另一个方面是您赋予色彩以异乎寻常的重要性。

说到色彩，我想我是个天生的画家——真的！——也许到十四岁，我几乎整天绘啊画的，人们觉得我迟早会成为一个画家。但我不认为自己真有这方面的天赋。但是，对色彩的感觉，对色彩的喜爱，我一生都拥有；我还具有看出字母色彩这种相当奇特的才能。这叫做“色听”（color hearing）。也许千人之中只有一人具有这种能力。但心理学家告诉我，儿童大都如此，只是后来当他们愚蠢的父母说这些都是胡扯，A不是黑色的，B不是褐色的时，他们便失去了这种能力——现在别再犯傻了。

您姓名的首字母VN是何种色彩呢？

V是一种透明的淡粉色；我想，确切地说可以称其为石英粉红，这是我能和V联系起来的最贴近的颜色了。而N则是一种灰黄的燕麦色。但有趣的事情发生了：我妻子也有这种看字母色彩的能力，但她的色彩感却与我截然相反。也许，有两三个字母，我们看到的颜色恰巧是相同的，但从其他字母看出的颜色却有很大的差异。结果是，有一天，我们发现，我们的儿子（那时还是个孩子）——我想只有十岁或十一岁——也从字母中看到了颜色。他会很自然地说："哦，这个字母不是那种颜色，是这种颜色。"诸如此类。然后，我们让他把看出的颜色排列出来，我们发现，有一次，从一个字母他看出紫色或淡紫色，我看出粉红色，我妻子看到了天蓝色。这就是字母M。于是，在儿子那里，粉红色和天蓝色合成了淡紫色。这仿佛是基因在画水彩画。

您为谁写作？您有什么样的观众？

我不认为一个艺术家应该为观众操心。他最好的观众就是他每天在剃须镜中看到的那个人。我认为，一个艺术家想象中的观众，如果他想象这一类事情的话，就是一房间挤满了戴着他自己的面具的人。

在您的书中，有着对面具和伪装的几乎极度的关注，仿佛您尽可能隐藏在什么东西后面，仿佛您失落了您自己。

哦，没有。我想我始终在场；这是显而易见的。当然，有一种批评家，他们评论一部小说作品，总要把所有的"我"放在作者头上。最近，一个不知名的笨蛋在《纽约书评》杂志上评论《微暗的火》，就错把书中那位我虚构的注释者的所有言论当成是我自己的。但这也是真实的：我把自己的一些思想给了我的一些更有责任感的人物。如《微暗的火》一书中的诗人约翰·谢德。他借用了我自己的一些观点。他的诗（作为小说的一部分）中有一章，当他说起什么，我想我能认同。他说——让我来引用一下，如果我能记得，是的，我想我记得：“我厌恶这些东西：爵士乐、折磨一头受伤黑牛的穿着白色紧身裤的蠢货、抽象派的小摆设、原始主义者的民间面具、激进派别、超市音乐、游泳池、暴虐者、讨厌鬼、阶级意识的庸人、弗洛伊德、马克思、冒牌思想家、自负的诗人、坑蒙拐骗者。”事实正是如此。

显然约翰·谢德和他的创造者都不是很善于交际的人。

我不属于任何俱乐部或团体。我不钓鱼，不烹饪，不跳舞，不吹捧同行，不签名售书，不签署宣言，不吃牡蛎，不酗酒，不上教堂，不做心理治疗，不参加示威游行。

有时我觉得在您的小说中，如《黑暗中的笑声》，有一种不通情理乃至残酷的东西。

我不知道，也许吧。我的有些人物无疑相当野蛮，但我真的不在乎，他们外于我的内在自我，就像大教堂门面上悲哀的怪物——将恶魔放在那儿只是要显示他们已被放逐。实际上，我是一个温文尔雅、厌恶残酷的老人。

《花花公子》
(1964)

这篇和阿尔文·托夫勒的对话发表在1964年1月的《花花公子》上。为了获得像是一次自然交谈的效果,双方都作了很大的努力。实际上,刊发的文字都是我事先写好的,当托夫勒1963年3月中旬来蒙特勒的时候,我把对问题进行回答的打印稿交给了他。现在这个文本考虑到了采访者提问的顺序,也顾及了我的几页打印稿在传递中显然丢失的事实。

随着1958年《洛丽塔》在美国的出版,您名利双收,几乎一夜之间从文坛名流——三十多年来您一直享有这样的声誉——成为褒贬参半的超级畅销书的著名作者。在经历了这样的轰动效应后,您后悔写《洛丽塔》了吗?

正好相反,1950年,还有1951年,我曾两度想烧掉亨伯特·亨伯特的黑色小日记本,现在回想起来还不免浑身战栗。我永不后悔写了《洛丽塔》。她就像编造一个美丽的谜——它的谜面同时也是谜底,因为两者互为镜像,这取决于你观看的方式。当然,她完全使我的其他作品黯然失色——至少我写的那些英语作品:《塞巴斯蒂安·奈特的真实生活》、《庶出的标志》,还有我的短篇小说和回忆录；但我并不因此而怨她。这个神秘的小仙女有一种奇特和温柔的魅力。

虽然许多读者和评论家不会同意她的魅力是温柔的，但很少有人会否认她有奇特的魅力——以至于当导演斯坦利·库布里克提议拍电影《洛丽塔》时，据说您这么说："他们肯定会改变情节。也许他们会把洛丽塔弄成个女性小矮人。或者他们让她十六岁，亨伯特二十六岁。"虽然最后您自己写了电影剧本，但有些评论家还是借助电影来稀释小说中的爱恋关系。您对这部电影满意吗？

我认为这部电影绝对是一流的。四个主要演员也值得高度肯定。苏·莱昂端着早餐盘或在汽车里孩子气地穿毛衣——都是表演和导演中难忘的情景。杀害奎尔蒂那一场是杰作，黑兹太太的死也是。虽然我必须指出，我与实际的拍摄无关。如果我参与拍摄，我就会坚持强调某些在电影中没有得到强调的东西——比如他们住过的不同的汽车旅馆。我所做的是写了电影剧本，其中大部分被库布里克采用了。那些"稀释"，如果确实存在的话，也并不来自我的洒水器。

您觉得《洛丽塔》的双重成功有益还是有损于您的生活？

我放弃了教学——这就是我所做的全部改变。你知道，我喜欢教学，我喜欢康奈尔，我喜欢编写和讲授有关俄国作家和欧洲名著的课程。但六十岁上下的年龄，尤其是冬天，你开始觉得从事教学有些体力不支了：每隔一天，早晨得按时起床、和车道上的积雪较量、穿过长长的走廊去教室、在黑板上费力画詹姆斯·乔伊斯的都柏林地图或者19世纪70年代早期圣彼得堡—莫斯科快车上硬卧车厢的格局——不了解这些，也就不能相应地读懂《尤利西斯》和《安娜·卡列尼娜》。出于某种原因，我最生动的记忆是有关考试的。戈尔德温·史密斯大阶梯教室。从上午八点考到十点三十分。约一百五十个学生——没有洗漱刮脸的小伙子和衣着得体的大姑娘。一种沉闷和灾难临头的气氛。八点半。小声咳嗽、神经质地清一下嗓子、嗡嗡的说话声、沙沙的翻纸声。有些殉难者双臂扣在脑后陷入沉思。我会遇到一道目光，直直地瞪着我，夹杂着希望和怨怼，以期看清知识禁果的出处。一个戴着眼镜的女孩走到讲台前来问我："卡夫卡教授，您要我们说……还是您只要我们回答问题的第一部分？"得C–的了不起的同仁，这个国家的栋梁，不停地在纸上涂鸦。一阵沙沙声同时响起，大部分考生翻过答题用的蓝皮簿的一页，良好的团队合作。甩甩发麻的手腕，没墨水了，体香剂洒不出来了。当我看着那双直视我的眼睛，它们马上移向天花板，显出虔诚的冥想模样。玻璃窗上有了雾气。小伙子脱掉毛衣。大姑娘急速地嚼着口香糖。十分钟、五分钟、三分钟，时间到了。

许多批评家援引《洛丽塔》中如您刚才描述的同样的滑稽性场景，称这本书是对美国的出色的讽刺性社会批评。他们说得对吗？

嗯，我只能重申：我既没有创作意图，也没有道德或社会讽刺家的禀赋。批评家是否认为我在《洛丽塔》中嘲笑了人类的愚蠢，对此我并不在意。但是，人们乐于传播说我嘲笑美国，这让我很恼火。

但是，难道不是您自己这么写的吗，"没有什么比美国人的庸俗粗野更令人振奋的了"？

不，我不会这么说。那句话脱离了上下文，犹如突然闯入了一条胖乎乎的深海鱼。如果你查一下我附在书后的短文《论一本题为〈洛丽塔〉的书》，你自然就会明白，我真正所说的是：在庸俗粗野方面——我确实觉得这东西是最令人振奋的——美国人和欧洲人之间并无差别。我还说，一个芝加哥无产者可以和一个英国公爵一样庸俗。

许多读者推断：您觉得最令人振奋的那种庸俗就是美国的性习惯的庸俗。

性作为一种风尚，性作为一个普遍观念，性作为一个问题，性作为一种老生常谈——我觉得这一切太乏味，难以言表。我们不谈性吧。

您去做过心理分析吗？

做过什么？

接受心理分析检查。

上帝啊！为什么？

为了明白怎样做心理分析。一些批评家觉得您对时髦的弗洛伊德主义（美国心理分析家正加以实践）的刻薄评价表明，您对心理分析虽然不屑一顾但实际上是熟悉的。

只是从书本上熟悉。这种折磨本身，即使作为一个玩笑，也太愚蠢、太讨厌，不值得考虑。在我看来，弗洛伊德主义及被其荒唐的理论和方法所玷污的整个领域是最可恶的自欺欺人的骗局。对此我完全拒绝接受，也不接受另一些至今被无知者、守旧者或重病患者所崇拜的中世纪的玩意。

说到重病患者，您在《洛丽塔》中暗示：亨伯特·亨伯特对小女孩的欲望是他童年时期一段暗恋的结果；在《斩首之邀》中，您写十二岁女孩，埃米，对一个比她大一倍的男人产生了情欲；还有在《庶出的标志》中，您的主人公梦到他“色眯眯地欣赏着在彩排中扭捏地坐在他腿上的马里耶特（他的女仆），她在剧中扮演他的女儿”。有些批评家细读您的作品，想从中找到您的个性的线索，他们就以这一反复出现的主题来证明：您对青春期少女和中年男人之间的性吸引这种题材有一种不健康的迷恋。您认为这种指责也许不无道理吗？

我认为不妨这么说：要是我没有写《洛丽塔》，读者也许不会去寻找我其他作品中的小仙女，也不会在他们自己家里寻找小仙女。我觉得这很有意思：有个友善、客气的人对我说——也许正是为了友善和客气——“纳伯科夫先生”或“纳巴科夫先生”或“纳波科夫先生”或“纳勃科夫先生”，这取决于他的语言能力，“我有个女儿，她是个标准的小洛丽。”人们往往低估我的想象力和在作品中逐步展现不同自我的能力。因而，自然就有那种批评家：窥探者、人情味的恶魔、快乐的暴发户。举个例子，有人发现亨伯特在里维埃拉的童年罗曼史和我自己对科莱特的回忆之间显然有着密切的关系，那是我十岁的时候在比亚里茨，和她一起用潮湿的沙子搭城堡。[①] 闷闷不乐的亨伯特那时十二岁，正苦于难以抑制的性欲骚动，而我自己和科莱特的罗曼史则完全没有情欲的成分，而是少男少女之间常有的现象。而且很自然，在九岁或十岁的年龄，在那样的情景下，在那个年代，我们对生活的种种假象一无所知，不像现在激进的父母什么都跟孩子们说。

① 比亚里茨是法国西南部旅游胜地，纳博科夫的相关回忆可参见《说吧，记忆》。

为什么是假象？

因为小孩子——尤其是城里的孩子——的想象会很快扭曲、改变或按特有的思路去理解他们所听说的怪事，如给他们讲忙碌的蜜蜂，而无论孩子或他们的父母都不能识别一只大黄蜂。

批评家宣称“您对措辞、韵律、节奏和词义极度关注，近乎迷恋”，这甚至在您对名称的选用上也很明显，如为您出了名的蜜蜂和大黄蜂取名——洛丽塔和亨伯特。您怎么想到这两个名字的？

为了我的小仙女，我需要一个有诗意、念起来节奏欢快又小巧可爱的词。最清澈明媚的字母之一是“L”。后缀“-ita”充满了拉丁语的温柔，这也是我想要的。因而就有了：Lolita（洛丽塔）。但是，这不应像你和大多数美国人的发音：Low-lee-ta，“L”发得太沉重拖沓，“O”音又太长。应该像“lollipop（棒棒糖）”中的第一个音节，“L”清亮柔和，“lee”别太尖锐。当然，西班牙人和意大利人念这个词肯定会有调皮和爱抚的腔调。另外需要考虑的是她原来的名字，那水源般的名字，像令人愉快的喃喃低语，“多洛莉丝”含义中的玫瑰和眼泪。我的小姑娘那悲惨的命运必须与她的可爱与清澈一并考虑。多洛莉丝还给了她另一个更朴素、更熟悉和更孩子气的昵称：多莉，并和“黑兹”这个姓也合适，而“黑兹”又将爱尔兰雾与德国兔子混在一起[①]——我是说德国小兔。

您对意为兔子的德语词“黑兹”所作的解释自然是一种文字游戏，然而，您怎么会想到给洛丽塔的那位老男人起这么一个显得累赘的怪名字？

---

① 洛丽塔在书中名为多洛莉丝·黑兹（Dolores Haze），昵称“多莉”（Dolly）。“多洛莉丝”含有“悲伤、痛苦”之意；而姓氏“黑兹”的爱尔兰语意为“雾”，而在德语中意为“小兔”。

那倒也不难。我觉得，这个低沉的叠加名字显得非常污秽，也很有挑逗意味。这是给一个讨厌鬼取的一个令人讨厌的名字。这也是一个君王般的名字，我确实需要狂暴者亨伯特与谦卑者亨伯特之间的一种庄重共鸣。它本身也可以引申出许多的双关语。而且，那个糟糕的简称“亨”与她母亲称她“洛”就交际功能和情感色彩而言倒也十分相称。

另一个批评家对您有这样的论述：“从多元的语言记忆中，筛选出一组恰当的用词，将其丰富而具有细微差别的含义进行安排，形成合适的并置，这必定是一件让人精疲力竭的工作。”就此而言，在您的所有作品中，哪一部是最难写的？

哦，当然是《洛丽塔》。我缺乏必需的材料——那是最初的困难。我不认识任何一个十二岁的美国女孩，我也不了解美国；我不得不虚构美国和洛丽塔。我曾花了四十年来虚构俄国和西欧，现在，我得面对类似的任务，但我可利用的时间却并不多了。获得本土元素以把一般的“现实”注入个别想象的酿造之中，对一个五十岁的人来说，这个过程要比我年轻时在欧洲所经历的困难多了。

您虽然出生在俄国，但您在欧洲和美国生活及工作多年，您对自己的民族身份意识有强烈的感觉吗？

我是一个美国作家，出生在俄国，在英国受教育，在那儿研究法国文学，此后，有十五年时间在德国度过。1940年我来到美国，决定成为一个美国公民，让美国成为我的家。碰巧的是：我很快置身于美国最好的方面，置身于丰富的精神生活及轻松、友好的氛围之中。我沉浸在大图书馆，也徜徉在大峡谷。我在动物博物馆的实验室工作过。我结交的朋友要比在欧洲结交的多。我的作品——旧作和新著——找到了可钦佩的读者。我像科尔特斯[①] 一样壮实——主要是因为我戒了烟，开始代之以嚼蜜制糖果，结果体重从平常的一百四十磅增加到庞大而又欢乐的二百磅。因此，我是三分之一的美国人——一身美国肥膘既保暖又安全。

您在美国待了二十年，然而，您从未拥有一所住宅或一处真正意义上的房产。您的朋友说您暂住在汽车旅馆、小木屋、带家具的公寓和提供给休假教授的出租房。您觉得生活如此动荡或因身处异乡，以致要定居下来的想法会让您感到困扰吗？

我想，主要的理由，即个人经历方面的理由是，没有我童年时期的生活环境，任何东西都不能使我满足。我从不设法让生活吻合我的记忆——因而，我为什么要麻烦地去追求没有希望的类似物呢？当然，也有一些特别的考虑：如推动力的问题，推动力的习惯。我如此愤愤不平，竭力将自己从俄国放逐出来，从此，我就一直不停地在滚动。是的，我打滚，我活着，想要得到那诱人的果实：一个“正教授”。但在内心，我始终是一个卑微的“客座讲师”。有时，我对自己说：“嗨，这可是一个安家落户的好地方。”但我会马上听到内心传来雪崩的轰响：一旦我栖身于地球一个特定的角落，我就会毁掉远方数以百计的所在。结果，我就不太关心家具什么的：桌子、椅子、灯具、地毯这类东西——也许因为在我富有的童年，我被告知要蔑视对物质财富的过度依恋，这就是为什么当革命剥夺这种财富时，我并不感到遗憾和痛苦。

您在俄国生活了二十年，在西欧二十年，又在美国二十年。但

① H. Cortez（1485—1547），西班牙殖民者，1518年率探险队前往美洲大陆开辟新殖民地，1523年征服墨西哥。

1960年，在《洛丽塔》成功之后，您移居法国和瑞士，此后不再回美国。这是否意味着，尽管您自认是个美国作家，但您认为您的美国阶段结束了？

我住在瑞士纯粹出于个人原因——即家庭原因，也有某种职业方面的考虑，如为一本专著做专项研究。我希望不久就返回美国——回到图书馆的书堆中和山间小路上。理想的安排将是：位于纽约的一套绝对安静的顶层公寓——没有人在上面走动，听不到任何软绵绵的音乐——以及在纽约西南角有一座平房。有时，我想这会很有意思：再进一所大学，在那儿居住和写作，但不讲课，或至少不是定期讲课。

同时，您仍然过隐居生活，据说就在旅馆的套间里坐着。您怎样打发时间？

我大约七点钟醒来，我的闹钟是一只阿尔卑斯山红嘴山鸦——硕大、光滑、乌黑，有着黄色的大喙——它来阳台造访，发出最悦耳的咯咯声。我在床上躺一会，在脑子里修订或计划什么事情。八点左右，我刮脸、用早餐、沉思、洗澡——按部就班。随后，我在书房工作到中午，抽空和我妻子沿湖边溜达一会。几乎所有俄国19世纪的著名作家在闲聊中都曾被提及。茹科夫斯基[①]、果戈理、陀思妥耶夫斯基、托尔斯泰——他追求打扫卫生的客房女佣以致损害了健康——还有许多俄国诗人。但那时，也谈论了很多有关尼斯和罗马的事。我们下午一点用午餐，一点半我回到书桌，并持续工作到六点半。随后去报摊买几份英文报纸，七点用晚餐。晚上不工作。九点左右上床。我看报到十一点半，和失眠较量到午夜一点。一个星

① Zhukovsky（1783—1852），俄国诗人。

期我有两次会做一个长长的噩梦，先前梦中曾出现的不速之客，会在多少有些重复的环境中露面——破碎印象如万花筒般的排列，白天思绪的断片，不负责任的机械意象，完全缺乏任何弗洛伊德理论运用和阐释的可能性，但很像人闭上困倦的眼睛，通常会在内眼睑的屏幕上看到变化着的形象。

有趣的是：医生和他们的病人从未想到这么简单和绝对令人满意的释梦。您站着写作，用手写而不是用打字机，这是真的吗？

是的。我从来没有学会打字。我通常在书房一张可爱的老式讲台前开始一天的写作。后来当我感到地球引力在蚕食我的小腿时，我就在一张普通的写字台旁的安乐椅上坐下来；最后，当地球引力开始爬上我的脊椎时，我就在书房角落的长沙发上躺下来。这是我愉快的日常工作。但在我年轻时，二十或三十岁时，我经常整天待在床上，边抽烟边写作。现在情况有了变化。躺着著文，站着写诗，坐着作注，不断地替换修饰词，糟蹋头韵。

您能再给我们说说实际的创造过程吗？如萌发写一本书的想法，是因为读了一些随手写下的笔记，或者一部正在写的作品的片断？

不说也罢。没有哪个胎儿需要接受一种探究性的手术。但我可以做点别的。这个盒子装着卡片，上面有我近来在不同时间写的笔记，而我在写《洛丽塔》时又搁在一旁。这是一小叠弃之不用的卡片。你自己看吧。“塞勒涅[①]，月亮。塞勒金斯克，西伯利亚的一座古城：登月火箭之城”……“浆果：疣鼻天鹅嘴上的黑疙瘩”……“尺

① Selene，希腊神话中的月神。

蠖幼虫：吊在丝线上的小毛毛虫”……“见《新邦顿杂志》1820年第5期，第312页，妓女被称作‘城镇女郎’”……“年轻人的梦：忘穿裤子；老年人的梦：忘戴假牙”……“学生解释说：读一部小说时，他喜欢跳过几段，‘以便得出他自己的看法，而不受作者的影响’。”……“Naprapathy[1]：该语言中最丑陋的字眼。”

“雨后，在挂满水珠的电线上，一只鸟、两只鸟、三只鸟，一只也没有了。泥泞的轮胎，太阳”……“无时间意识——低级动物世界；有时间意识——人类世界；非时间意识——某种更高的生存状态”……“我们不是在词语中思维，而是在词语的影子中思维。詹姆斯·乔伊斯的错误在于：他赋予思想太多的言辞，否则那些内心独白会更出色”……“对礼貌的戏仿：那不可模仿的‘请’——‘请寄给我你们美丽的——’公司愚蠢地以印刷的形式写上他们自己的地址，实际上是要人们订购他们的产品。”……

“深夜，在一座空荡荡、结了霜的站台上，凄凉的板条箱里的小鸡不停地发出稚嫩、尖细的唧唧喳喳声”……“小报标题‘碎尸杀手击败椅子’可以译成‘Celui qui tue un buste peut bien batter une chaise’[2]”……“报摊小贩递上一本登有我小说的杂志说：‘我知道是你写了这些玩意儿。’”……“雪花纷飞，年轻的父亲带小宝宝出门，鼻子犹如粉红的樱桃。如果有路人对宝宝微笑，为什么父母会马上对他们的宝宝说些什么？‘当然’，那个父亲冲着孩子探询的咯咯声说，要不是我微笑着走开去，孩子的咯咯声还会持续一阵，不会在静谧的落雪中消失”……“分柱法：两根白色柱子之间的深蓝色天空”……“英国奥克尼郡的地名：帕皮里奥”……“不是‘我也住在

---

① Naprapathy为英语词，指医学上的推拿疗法。
② 法语。

阿卡迪亚[1]'，而是'我甚至在阿卡迪亚'，死亡说，——一个牧羊人墓碑上的传说（《记录与询问》1868年6月13日，第561页）"……"马拉[2]曾收集蝴蝶"……"从美学的观点看，绦虫当然是一种不受欢迎的寄生者。它们常爬出人的肛门，有时一条接一条，据说是社交尴尬的一个根源。"（《纽约科学年鉴》第48卷，第558页）

您怎么会想到记录和收集这些互不相关的印象和材料？

我所知道的是：在一部小说写作进程的初期，我很想贮备一些稻草、绒毛，吃点小石子。没有人明白一只鸟会如何清晰地设想它未来的巢和巢里面的蛋，或者鸟压根就不会去设想。当我事后想起，甚至在我需要这些信息之前，我就草草记下那些事物确切的名称，或者它们的尺寸和色调，我倾向于认为，我所称的"灵感"（因缺乏更好的术语）已经开始工作了，不言不语地在这儿那儿起作用，为一个未知的结构积累已知的材料。在最初的认知震撼——突然意识到，这就是我想要写的——之后，小说就开始了它的自我孕育；这一进程只是在脑中，而不是在纸上进行的；要意识到在任何特定时刻它所到达的阶段，我不必明了每一个确切的短语。我感觉到一种柔和的发展，一种伸展，我便知道细节已在那儿，而实际上，如果我看得仔细些，如果我把机器停下来，打开它的内部隔间，我就能看得很清楚；但我宁可等待，直到灵感（一个松散的称谓）为我完成任务。我从内部得知整个结构已完成的时刻到来。接着我所要做的便是用铅笔或钢笔写下来。既然这一在脑海中依稀闪现的整体结构可以比作一幅画，既然你不必呆板地从左到右去感知它，那我

① Arcadia，希腊南部地区，在诗歌和小说中常被用来指世外桃源。

② 此处所说的马拉不知是否就是那位投身法国大革命，后在浴室被刺杀的著名政治家马拉（J. P. Marat，1743—1793）。

就可以在写作中将我的闪光灯引向这幅画面的任何一个部分。我写小说不从头写起，我写第四章前还没有写到第三章，我没有义务按顺序从这一页写到下一页；不，我这儿挑一点，那儿挑一点，直到填满纸上全部的空白。这就是为什么我喜欢在卡片上写我的短篇小说和长篇小说，当整部作品得以完成，我稍后再给这些卡片编号。每张卡片改写过多次。大约三张卡片可以打出一页纸。最后，当我觉得这幅构想的画面被我尽可能忠实和具体地复制下来时——总会遗下一些空白点，唉——我就对我妻子口述这部小说，她再打出一式三份。

在什么意义上您复制一部小说的“构想的画面”？

一个创造性的作家必须仔细研究他对手的作品，包括上帝的作品。他必须拥有对特定世界既能组合，也能再创造的天赋。要充分地做到这一点，避免重复劳动，艺术家应该知道这个特定世界。缺乏知识的想象走不出原始艺术的后院，也不会比栅栏上儿童的涂鸦和市场上商贩的买卖走得更远。艺术从来不是简单的。回想起我讲课的时期，每当有学生使用这样可怕的措辞“真诚和简洁的”——“福楼拜的创作风格总是简洁和真诚的”，我就不自觉地会给个低分，因为这给人的印象是，“真诚和简洁”是散文和诗歌应得到的最好的赞美。当我删去这些措辞，有时太用力而划破纸时，学生就会抱怨：老师总是这样教导他的，“艺术是简洁的，艺术是真诚的。”有朝一日我必须追究这种恶俗的根源。美国俄亥俄州的一个女学究？纽约的一个激进主义蠢蛋？很显然，艺术的伟大之处就在于奇特的骗局和复杂。

说起现代艺术，对当代抽象绘画是否真诚或虚假、简洁或复杂，批评家的观点是有分歧的。您的观点是怎样的？

在抽象艺术和原始艺术之间，我看不出有什么根本的差异。这两类艺术都是简洁和真诚的。自然，我们不应一概而论，起作用的是个体的艺术家。但当我们暂且接受“现代艺术”这个一般概念时，我们就得承认，麻烦在于，现代艺术是如此陈腐、缺乏创意和学究气的。它仅仅以模糊和斑点取代了一百年前的大众喜好：意大利女郎、英俊的乞丐、幻想的废墟，诸如此类。然而，就像在那些毫无新意的油画中，会有一个真正的艺术家的作品，光与影的处理很适宜，对暴力或温馨场面的表现也不乏神来之笔；在原始和抽象艺术品中，人们也能发现天才的闪光。就绘画和写作来说，只有才能使我感兴趣。我欣赏的不是一般的理念，而是个体艺术家的贡献。

对社会的贡献？

一件艺术品对社会没有什么重要性。它只对个体是重要的，也只有个体的读者对我是重要的。我并不在乎群体、社团、大众什么的。虽然我不关注“为艺术而艺术”一类的口号——因为不幸的是，这类口号的倡导者，如奥斯卡·王尔德及各种风雅诗人实际上都是糟糕的道学家和教导主义者——但无疑，使一部文学作品免于蜕变和腐朽的不是它的社会重要性，而是它的艺术，只是它的艺术。

您想要取得什么成就或留下什么——或应该留下什么遗产，作家不关注这些吗？

哦，说到要取得的成就，我并没有一份为期三十五年的计划或方案，但我对身后的文学声誉倒也略有所知。我意识到某种暗示，我感觉到成功的微风吹过。无疑会有起起伏伏，乃至长期陷于低谷。在魔鬼的默许下，我打开2063年的一份报纸，在一篇书评中，我发现：

"今天没有人读纳博科夫或福尔莫福特[1]。"可怕的问题：谁是这位不幸的福尔莫福特？

当我们谈及自我评价时，您认为您作为一个作家的主要弱点是什么——除了被遗忘？

不够自然天成；因与别人有相似想法的困扰，乃至二手想法、三手想法；无法用任何语言恰当地表达自己，除非在浴室里、在脑海中、在书桌上才能写出每一个该死的句子。

您眼下干得相当不错，如果我能这么说的话。

这是一个错觉。

您的回答也许可以作为对有些评论的认同，人们说您是"一个不可救药的搞笑者"、"一个使人迷惑者"、"一个文学密探"。您怎么评价自己？

我想我对自己最欣赏的一个方面是：我从未因批评家的无聊话和坏脾气而沮丧，我一生中从未请求或感谢书评家为我做书评。我对自己欣赏的第二个方面是——我是否就此打住？

不，请接着说。

第二个方面是，自年轻时代起——我十九岁离开俄国——我的政治信念就如同一块花岗岩一样，无可改变。还是传统的老一套：言论自由、思想自由、艺术自由。我很少关注理想国家的社会或经济结构。我的愿望不过分。政府首脑的肖像不超过一张邮票的尺寸。

① 所指不详。

没有酷刑，没有处决。没有音乐，除了来自耳机或在剧场演奏。

为什么没有音乐？

我没有听音乐的耳朵，这是我很苦恼的一个缺憾。当我出席一场音乐会时——大约五年中有一次——我努力跟随音乐的进展和不同乐调之间的关系，但过不了几分钟，我就跟不上了。视觉印象、手在上了漆的乐器上照出的影子、一个在小提琴上不断晃动的秃脑袋，这些取代了音乐，不久，我就被音乐家的演奏弄得不胜其烦。我的音乐知识少得可怜；我有一个特殊理由为我音乐方面的无知无能感到悲哀和不公平：家里有一位了不起的歌唱家——我自己的儿子。他的音乐天赋、极为美妙的男低音，还有职业上的美好前景——所有这些都对我产生了深刻的影响，在音乐家谈论他们的专业时，我感觉就像一个傻瓜。我完全意识到在艺术形式上，音乐和文学之间有诸多相似，尤其是结构方面，但如果耳朵和大脑拒绝合作，我又能怎么办呢？我在国际象棋中找到了音乐的一个奇怪替代品——确切地说，是在象棋的棋题中。

另一个替代品，当然是您自己的有乐感的散文和诗歌。作为能娴熟地用多种语言写作的少数作家之一，您怎样把握俄语和英语（这两种语言您用起来同样得心应手）之间的文本差异呢？

仅仅从词语的数量上说，英语要比俄语丰富得多。特别值得注意的是名词和形容词。俄语的一个很困扰人的特点是：专业术语的不足、粗略和笨拙。举个例子，一个简单的用语“泊车”——如果从俄语翻过来——就是“让一辆车长时间停着”。俄语，至少是俄语的礼貌用语，要比英语更正规。这样，俄语中表示“性的”词——polovoy——就有些不雅，不能随意使用。在英语交谈中经常表达，也非常熟悉的一些解剖学和生物学用语，运用到俄语中就会产生不同的意思。从另一方面说，要传达运动、姿势和情绪的某种细微差别，俄语更胜一筹。这样，通过改变一个动词的词头（有十多个前缀可供选择），就能让俄语在表现持续和强度方面的差异时极为细腻。就句法而言，英语是一种很灵活的语言，但俄语则具有更微妙的迂回和曲折。将俄语译成英语要比将英语译成俄语更容易一些，比将英语译成法语容易得多。

您说过不会再用俄语写小说了，为什么？

在伟大的、至今仍被埋没的俄国知识分子流放者时代——大致在1920年至1940年之间——那些由俄国侨民用俄语写作、由国外侨民公司出版的作品大多由急切的侨民读者购买和借阅，但在苏俄却完全被禁——现在仍然被禁（除了少数几个已故作家，如库普林、布宁，他们受到严格审查的书最近重印了），不论是什么主题的小说或诗歌。一部侨民小说，在巴黎出版，在欧洲所有的自由国家销售，在那些年里，一部这样的小说也许会卖出一千或二千册——那就是一部畅销书了——但每一本书至少会有二十个人传阅，如果俄文外借图书馆收藏的话，那每年至少会有五十个人读过，而这样的图书馆仅西欧就有几百个。这一侨民时代可说在二战期间结束了。老作家去世了，俄国出版商也消失了，而最糟糕的是，流放者文化的整体氛围，连同它的光彩、活力、纯净和影响力，都日趋萎缩，只剩下几份软弱、狭隘的俄语期刊了。现在拿我自己来说，问题并不是在经济方面，我的俄语作品每年只给我带来几百美元收入，我置身于象牙塔内，我的写作只取悦于唯一的读者——我的自我。但一个人需要某种回应，即使不是响应，他的自我需要在一国或多国适度地增殖；如果一个人的书桌周边空无一物，那他至少期待这是一种有声的空，而不是处在一间软壁病房之内。随着岁月的流逝，我对俄国的兴趣越来越少，也越来越对曾经令我心神不安的想法无动于衷：只要我对这个警察国家和政治压迫的轻蔑足以打消任何一点回国的念头，我的作品就仍然会在那儿遭禁。是的，我不会再用俄语写小说了，虽然我也偶尔写几首俄语短诗。二十五年前我写了最后一部俄语小说。而今天，作为补偿，为对我的美国小缪斯公正起见，我正在做一点别的事。但也许我不便早早就来谈论。

请说一下吧。

嗯，有一天，当我扫一眼形形色色的《洛丽塔》译本的书脊时，发现这些译本的语言我不懂，如日语、芬兰语，或者阿拉伯语——我不禁想，如果把这十五或二十个译本中难以避免的差错找出来，其篇幅就会超过任何一个译本。我曾校对过法语译本，译得很好，但要是我不对其中难以避免的错误加以订正，这译本就会让读者恼火。然而，面对葡萄牙语译本、希伯来语译本或丹麦语译本，我又能做什么呢？我想象在遥远的将来，有人会搞出一个《洛丽塔》俄译本。我将内心望远镜对准遥远的过去那个特定时刻，我看见，每一段文字本来就布满了陷阱，现在更难免可怕的错译了。在成事不足败事有余的译者手里，《洛丽塔》的俄译本很可能因随心所欲或错误百出而面目全非。所以，我决定自己来翻译。迄今为止，我已译六十多页了。

目前您在忙什么新作吗？

问得好，正如他们在电视上常说的。我刚完成普希金的《叶甫盖尼·奥涅金》译本的校对——厚厚四册，今年将作为波林根丛书之一出版，这首长诗本身的翻译在第一册中只占小部分。第一册的其余部分和另外三册是对长诗详尽的注解。这部作品的产生起因于我妻子1950年的一次闲谈——我很讨厌用韵文对《叶甫盖尼·奥涅金》进行意译，我妻子回应说——“你自己为什么不译呢？”结果便有了这个译本。我用了十年的时间来做这件事。仅索引就做了五千张卡片，放满了三只长条鞋盒；你可以在那个架子上看到那些鞋盒。我的翻译当然是逐字逐句的直译。为了迻译的忠实，我牺牲了一切：优雅、声音的和谐、清晰、良好的品位、现代用语，甚至语法。

考虑到这些您承认的缺点，您期待读到对此书的评论吗？

我实际上并没有急于去读对我自己的评论或关注那些评论，除非这些评论是机智和敏锐的杰作——而这不常见。我也从不重读它们，虽然我妻子会收集这些材料，也许有一天我会用一些有关《洛丽塔》的更可笑的新闻来写这个小仙女的落难简史。然而，我清楚地记得三十年前我的早期小说遭到了俄国移民批评家的攻击；并不是我那时更脆弱，而是我的记忆力肯定更强、更有进取心，那时我自己也是一个评论家。在20世纪20年代，我受到某位莫丘利斯基的严厉批评，他因我对有组织的神秘主义，对宗教，对教会——任何教会漠不关心而一直不以为然。另有一些批评家不能原谅我远离文学“运动”，不能原谅我未表露出如他们所期望的诗人的“焦虑”，不能原谅我不属于任何诗人团体（他们在巴黎咖啡馆包间举办共同灵感的聚会）。还有一件有意思的事情是关于吉奥吉·伊凡诺夫[①]的，他是个不错的诗人，但却是个粗鄙的批评家。我从未见过他或他的太太伊莉娜（也是个文人）；但在20年代后期或30年代初期，那时，我常为柏林的一家移民报纸写书评，有一天，她从巴黎给我寄来她的一本小说，书页上写有狡黠的题词：“感谢《王，后，杰克》”——我理解

① Georgii Ivanov（1894—1958），俄国侨民作家。

为“感谢写了那本书”，但也可以提供给她一个托词：“感谢寄给我您的书”，虽然我从未寄给她任何东西。她的书显然很平庸，我在一篇简短、令人不快的书评中表达了这一看法。伊凡诺夫在一篇有关我及我的作品的很情绪化的文章中对我进行了报复。通过文学批评手段，有可能发泄感情或制造友好或敌对情绪，就使批评成为一种有偏见的艺术。

据传您曾说过：我所喜爱的则是最让人们感到紧张的事情：捕捉蝴蝶和写作。它们有可比性吗？

没有，它们基本上属于两种不同的乐趣。对一个没有经历过的人描述捕蝴蝶和写作都不容易，但对有过这方面经历的人来说，这两者的乐趣显而易见，任何描述听起来都显得粗糙和多余。就捕蝴蝶来说，我能把握四种主要因素。第一，是希望捉到——或实际捉到——未知品种的第一只样品；每一个鳞翅目昆虫学者心底里都有这样一个梦想，无论他登上新几内亚的山峰，还是涉过美国缅因州的一片沼泽地。第二，捉到一只非常稀有或本地产的蝴蝶——这种蝴蝶只在书中、在鲜为人知的科技书评中读到过，在著名图书的漂亮插图上看到过，而现在你看见它们在自然环境中飞舞，与周边的植物、矿物有一种亲缘关系，像是一种神奇的魔术，产生和维系着这一珍稀的品质，所以，特定的风景有两次生命：既作为赏心悦目的自然景观，又作为某种蝴蝶或飞蛾的家园。第三，这是一个自然学家的兴趣所在：解开一种鲜为人知的昆虫的生活之谜，了解它们的习性和结构，确定它们在分类体系中的位置——有时，当一种新发现打破旧体系，并同这一体系的拥护者产生冲突时，这一体系就可能在一片炫目的争论的烟花中炸毁。再就是第四，人们不应忽略变种的因素、运气的因素、快速的动作和稳健的成就的因素，不应忽略一次充满激情而又艰辛的寻求的结果，一只收起丝绸般三角翅躺在掌心的蝴蝶。

写作的快乐是什么呢？

写作的快乐完全取决于阅读的快乐，一个短语带来的欣喜、欢乐由作者和读者分享，由得到满足的作者和感恩的读者分享，或者——这是一回事——由对内心中启示他进行意象组合的未知力量怀抱感激的艺术家和从这种组合中得到满足并有艺术气质的读者分享。每一个好读者一生中总欣赏过几本好书，所以，为什么要去分析两者都知道的这种乐事呢？我主要为艺术家写作，为艺术家同行和艺术追随者写作。然而，我从未在文学课上对学生恰当地解释如何阅读——事实是，你不用心灵去读一部艺术作品（心灵是一个相当愚蠢的读者），也不单单用大脑去阅读，而是用你的大脑和脊椎去阅读。"女士们先生们，脊椎感到的震颤真实地告诉你，什么是作者所感受的以及希望你去感受的。"我好奇地想，我是否会再次用幸福的双手去丈量讲台的宽度，面对一群充满同情的大学生再次把头埋到笔记本里。

某个批评家在他的书评中分析您的写作特点，说您具有优秀的创造性智慧，但"并不具有充分的概括性理智"，说您是一个"绝对怀疑理念的艺术家"。对此您有什么反应？

出于同样严肃的态度，某些坏脾气的鳞翅目昆虫学家也抨击我论述蝴蝶分类的文章，指责我对亚种和亚属比对属和科更有兴趣。我料想这种态度是精神气质的事情。品位一般或对艺术一窍不通的人难以摆脱这种诡秘的感觉；一部作品要成就伟大，必得涉及伟大的思想。哦，我知道那类人，枯燥乏味的人！他喜欢添加了社会评论的故事情节；他喜欢在作者的思想中辨认他自己的思想和痛苦；他希望书中至少有一个人物是作者的傀儡。如果是美国人，他便流着马克思主义者的血，而如果是英国人，他就有着敏锐而又荒谬的阶级意识；他认为写作中处理思想比处理词语更容易；他没有意识到：他在一个特定的作家身上找不到一般的观念，也许是因为那个作家特定的观念还没有成为一般。

陀思妥耶夫斯基被认为是世界上的一个伟大作家，他处理的主题，就其范围和意义两方面来说，都被认为具有普遍性而为广大读者接受。而您却把他形容为“一个廉价的煽情作家，既笨拙又粗俗”。为什么？

非俄语读者意识不到两件事情：并非所有的俄国人都像美国人一样喜欢陀思妥耶夫斯基；大多数喜欢陀思妥耶夫斯基的俄国人崇敬他是一个神秘主义者，而不是一个艺术家。他是一个先知、一个哗众取宠的记者、一个毛躁的滑稽演员。我承认，他作品的一些场景、一些精彩和滑稽的争吵写得很有趣。但他的神经质的凶手和凄婉的妓女让人受不了——反正本读者受不了。

您称海明威和康拉德是“给孩子写书的作家”，这是真的吗？

确切地说他们就是这样的作家。海明威当然要优于另一位，他至少有自己的声音，就他那篇令人愉快，也具有很高艺术性的短篇小说《杀手》来说，他是一个可信任的作者。在那篇久负盛名的写鱼的作品中，他对那条彩虹色大鱼和有节奏的撒尿的描写极为出色。但我无法容忍康拉德的纪念品商店风格、瓶装船及贝壳项链这些浪漫派的老一套。在这两位作家身上，我借鉴不到什么。在智力和情感方面，他们纯属幼稚，另一些宝贝作家也是这样，是公共休息室的宠儿、大学生的慰藉和支撑，如——但有些作家还健在，我不愿去伤害活着的老男孩，而死去的几个还没被埋葬。

您还是一个孩子的时候读些什么？

在十到十五岁期间，在圣彼得堡，我读的小说和诗歌——英语、俄语和法语的——肯定比我一生中其他任何五年读的都要多。我尤其喜欢威尔斯、坡、勃朗宁、济慈、福楼拜、魏尔伦、兰波、契诃夫、托尔斯泰和亚历山大·勃洛克的作品。在另一层面上，我的英雄是红花侠[1]、菲利亚斯·福格[2]、夏洛克·福尔摩斯。换句话说，我是一个家中拥有丰富藏书、能用三种语言阅读的很正常的男孩。在后来的一个时期，在西欧，二十至四十岁之间，我喜欢的作家是霍斯曼、鲁伯特·布鲁克、诺曼·道格拉斯、柏格森、乔伊斯、普鲁斯特和普希金。在这些我最喜欢的作家中，有几个——坡、儒勒·凡尔纳、埃穆什考·欧尔齐、柯南·道尔和鲁伯特·布鲁克——失去了对我曾有过的魅力和刺激。其他作家风采依然，在今天看来，就我个人而言，他们可能是不朽的。在20年代、30年代，我从未像我的许多同龄人那样，接触算不上一流的艾略特和肯定是二流的庞德的诗歌。1945年前后，他们已不再时尚，我读了他们的诗，那是在一个美国朋友家中的客房里，我不仅仍然对他们无动于衷，而且不理解为什么该为他们操心。但我想，对那些先于我发现他们的读者来说，他们的诗歌保存了某种情感的价值。

您现在的阅读习惯是什么？

通常我同时读好几本书——旧书、新书、小说、非虚构作品、诗

① Scarlet Pimpernel，英国女作家欧尔齐（Emmuska Orczy，1865—1947）所著同名小说中的主人公。

② Phileas Fogg，法国作家儒勒·凡尔纳（Jules Verne，1828—1905）小说《八十天环游地球》中的人物。

歌，什么都读——当床边一摞十几本书减少到两三本时，那一般常发生在周末，我就再添上一摞。有几种小说我从不碰——如神秘小说，我讨厌，还有历史小说。我也厌恶所谓“特有劲”的小说——充满了千篇一律的淫秽描写和大段的对话——实际上，当我从一个抱有希望的出版商那儿收到一本书时——“希望我像他那样喜欢这本书”——我首先就检查一下书中有多少对话，如果对话看起来啰里啰唆或没完没了，我就砰地合上书，不许它上我的床。

有什么当代作家您喜欢读吗？

我有几个喜欢的作家——如罗伯-格里耶和博尔赫斯。在他们神奇的迷宫中你可以呼吸得多么自由和欢快啊！我喜爱他们思想的清澈、纯净和诗意、镜中的幻景。

许多批评家觉得这一描述也很适合您自己的创作。作为艺术形式，您觉得散文和诗歌在多大程度上可以融合？

除了我出道要比他们更早——这是对你问题前半部分的回答。至于后半部分：嗯，诗歌，当然包括了所有的创造性写作；我从未在诗歌与艺术性散文之间看出任何一般性的差异。事实上，我倾向于将任何长度的一首好诗定义为一篇浓缩了的美文，不论有没有循环往复的节奏和韵脚。韵律的魔力可以提升我们称之为散文的品质，生发出意义的全部美感，然而，在朴素的散文中，也有着某些音韵模式、精当语句的音乐性、通过有特色的成语和语调的反复运用传达出的思想节奏。按今天的科学分类，我们现有的诗歌和散文的概念就有很多的重合。跨越两者之间的桥梁是隐喻。

您也写诗来表达“经由理性的词语感知非理性的神秘”。但许多人觉得，在一个科学的精确知识开始探究存在的大部分神秘领域的时代，“非理性”几无立足之地。您有同感吗？

这种表象是很有欺骗性的。这是一种新闻错觉。事实上，一个人的科学感越强，他的神秘感越深。而且，我不相信今天的科学已粉碎了一切的神秘。作为报纸的读者，我们倾向于将“科学”称作一个电工的聪明或一个精神病医生的胡言乱语。就此而言，最好的是应用科学，应用科学的特点之一是：昨日之中子或今日之真理死于明日。但甚至就“科学”的更好的意义来说，即作为对可见和可感知的自然的研究，或作为纯数学和纯哲学的诗来说，科学的前景依然没有希望。我们永远不知道生命的起源或生活的意义，永远不知道时空的性质，永远不知道自然的性质或思想的性质。

人类对这些神秘现象的理解体现在“神性存在”的概念中。最后一个问题，您相信上帝吗？

坦率地说——现在我所要说的是我以前从未说过的，我希望这会带来一丝有益的寒意——我知道的要比我能用言辞表达的更多，要是我知道的不多，我所能表达的那部分也会无从表达。

《生 活》
(1964)

1964年8月18日,《生活》杂志的简·霍华德寄给我十一个问题。我保存了回答这些问题的打字稿。9月中旬,她和摄影师亨利·格罗斯曼来到蒙特勒。采访文字和图片登在11月20日的那期《生活》上。

哪些作家、哪些人物和地方对您影响最大?

童年时期,我是一个酷爱读书的孩子。到十四五岁的时候,我已经用俄语读了或重读了全部的托尔斯泰作品、用英语读了全部的莎士比亚作品、用法语读了全部的福楼拜作品——还有数以百计的其他作品。今天我总能讲出,我写的哪一个句子在切换和语调上恰巧与半个世纪前我喜欢或厌恶的哪一个作家相像;但我不认为有哪个作家对我有任何确定的影响。至于地点和人物的影响,我童年时期的俄罗斯北方给了我很多隐喻和感性的联想,我也意识到,我之所以自小就能为读到一篇优秀诗作而兴奋,与我父亲有很大的关系。

您是否在文学之外还如此关注过其他一种职业?

说白了,我从不认为文学是一种职业。对我来说,写作永远是沮丧和兴奋、折磨与娱乐的混合——但我从不指望写作会是收入的来源。相反，我经常梦想的一个长期和激动人心的职业是：在一家大博物馆里做个默默无闻的鳞翅目昆虫部负责人。

您的哪一部作品最令您满意？

我要说，在我所有的作品中，《洛丽塔》给我留下了最美好的回忆——也许因为这是我的一部最纯粹、最抽象、也最精巧的作品。我可能要为人们似乎不再为他们的女儿取名“洛丽塔”这一怪事负责。我听说1956年以后，人们给雌性鬈毛狗，但不再给人取这个名字。怀有善意者想要把《洛丽塔》译成俄语，但结果如此糟糕，我只好自己来译。如“牛仔裤”这个词，在俄语字典中译为“宽而短的裤子”——这个定义完全不能让人满意。

在《防守》的序言中，您影射了精神病学。您认为被分析者信赖分析者是很危险的，是吗？

我很难想象任何心智健康的人会去看一个精神分析医生，但当然，如果一个人精神错乱了，他就会病急乱投医；总之，庸医和怪人、巫医和圣人、国王和催眠师都能给人治病——尤其是给那些歇斯底里的人治病。我们的子孙无疑会带着同样的笑意和蔑视看待今日的精神分析学家，如同我们看待占星术和颅相学。以不学无术、邪恶的胡说八道对轻信的公众进行欺骗的最极端的例子便是弗洛伊德式的梦的解释。每天早上，我以驳斥那个维也纳庸医而得到极大的乐趣，那就是我回想和解释我的梦的细节，根本不用性象征或神秘的情结来说事。我建议我可能的病人也这么做。

您怎样看待政治和宗教对您创作的影响？

我从不属于任何政治党派，但始终厌恶和鄙视独裁和警察国家以及任何形式的压迫。这还包括思想管制、政府审查、种族或宗教迫害，诸如此类。我并不关注这一简单的信念是否会影响我的写作。我想，我对宗教的淡漠与我不喜欢政治或公益方面的团体活动，是同样的性质。我让我的一些小说人物成为躁动不安的自由主义思想家，但同样，我还是一点也不在乎读者把何种信仰或无信仰的标签贴在作者身上。

您会喜欢生活在另一个时代吗？

我对“何时”的选择会受到“何地”的影响。事实上，我会建构一种时空马赛克以适应我的愿望和需求。这过于复杂，无法列出这种组合的所有因素。但是，我相当清楚它应当包括什么。它应当包括温暖的气候、每天洗澡、听不到电台音乐和交通噪声、古代波斯的蜂蜜、一家完备的缩微胶卷图书馆，还有对月亮和其他星球越来越多的认知所带来的独特、难以形容的狂喜。换句话说，我想我愿意把头置于20世纪60年代的美国，而不在意将我的其他的器官和肢体分布到不同的世纪和国家。

活着的作家中您特别赞赏哪一个？

当N先生从一篇访谈中得知，作家X先生将A先生、B先生和N先生列为他最欣赏的作家时，N先生可能会因此感到困惑，他会认为，A先生的作品粗朴和陈腐。我不愿意让C先生、D先生，或X先生困惑，他们都是我喜欢的作家。

您预计您会有更多的作品被拍成电影吗？根据《洛丽塔》的情况，这种前景让您感到高兴吗？

我很钦佩作为一部电影的《洛丽塔》——但遗憾的是，我没有机会参与实际的拍摄。喜欢我小说的人说，这部电影拍得太克制，也不完整。然而，如果以后根据我小说拍的电影能够像库布里克的这部电影一样迷人，我就没有什么好抱怨的了。

您认为您说的几种语言中哪种语言最美？

我的头脑说是英语，我的心灵说是俄语，我的耳朵说是法语。

为什么您更喜欢以蒙特勒作为您的总部？您怀念您在《洛丽塔》中微妙地戏仿过的美国吗？您发现欧洲和美国彼此相像到令人沮丧的程度了吗？

我想，在这种粉红色的流亡生活中，我努力发展对美国（我的新乡）的丰盈的怀旧，犹如在侨居西欧的后革命年代初期，我逐渐形成对俄国（我的故乡）的怀旧。我当然怀念美国——甚至怀念美国小姐。如果欧洲和美国彼此越发相像——我为什么要感到沮丧呢？也许很有趣，也许不那么真实，但肯定的是我并未想到什么沮丧。我妻子和我非常喜欢蒙特勒，这里的景色我写《微暗的火》时需要，我写另一部作品时也需要。我们生活在欧洲的这个地区也有家庭方面的原因。我有一个姐姐在日内瓦，一个儿子在米兰。他是哈佛大学的学生，来意大利完成歌剧训练，也开一辆意大利跑车参加大型活动，同时将他父亲的早期作品从俄语译成英语。

您对俄国文坛的前景有什么看法？

对这个问题不好作简单的回答。麻烦在于，一个政府，无论其多么有智慧或多么人性化，都难以产生伟大的艺术家，虽然一个坏政府肯定会纠缠、阻挠和压制他们。我们也必须记住——这非常重要——在各种各样的政府治理下竟然能繁荣昌盛的人是庸人。在一个温和政权的氛围中出现伟大艺术家的机会跟在一个卑劣的独裁政权的不幸年代里产生伟大艺术家的机会同样稀少。因而，我不能预言任何东西，虽然，我希望在西方的影响下，尤其是在美国的影响下，苏维埃警察国家会渐渐衰亡。顺带提一句，我断然反对那些蠢人或不诚实者的看法，他们荒谬地将斯大林与麦卡锡相提并论，将奥斯维辛与原子弹相提并论，将残酷无情的苏联帝国主义与美国对困难国家进行真诚无私的援助相提并论。

附言

亲爱的霍华德小姐，请允许我增加以下三点：

1. 我的回答必须全文照登；如果引用我的话，要一字不差；如果不是直接引用，要忠实于原意。

2. 我必须看到访谈的校样——中期校样和最后的校样。

3. 我有权更正文中所有事实的错误和特定的差错，如“纳博科夫先生是个留长发的矮个子”，等等。

纽约电视台13频道
(1965)

1965年9月，罗伯特·休斯来此地拜访我，为纽约电视台13频道教育栏目做电视采访。在我们原来的见面中，我读了准备好的卡片，下文就是访谈的内容。其余部分，五十页左右，是根据录音带打印的，因太口语化和太凌乱而不适合此书的体例。

就像果戈理，甚至詹姆斯·阿吉[1]的情况一样，您的姓有时念起来会让人把握不定。怎样才能把它正确无误地念出来?

这确实是一个难对付的姓氏。它经常被拼错，因为眼睛往往将第一个音节中的"a"视为印刷错误，随之试图以第三个"o"来恢复对称的顺序——好比在"0"和"×"的井字游戏中填满一串圆圈。No - bow - cough（别弯腰咳嗽[2]）。多么难听、多么不正常！一个作者，如果他的名字经常在报刊上被提及，当他浏览文章时，就会表现出一个鸟类观察者或毛毛虫捕手的习惯。但就我来说，我总是会被"Nobody"（没人）这个词抓住，如果它以大写的形式出现在一个句子开头的话。说到发音，法国人说"Nabokoff"，自然会把重音放在

① James Agee（1909—1955），美国小说家。
② 纳博科夫的英文为Nabokov，很容易发成Nobokov，接近No bow cough（别弯腰咳嗽）。

最后一个音节。英国人说“Nabokov”，重音落在第一个音节，而意大利人说“Nabokov”，重音就在中间音节，俄国人也一样：Na – bo – kov。就像在“Knickerbocker”[①]（纽约人）中那个重重的开元音“o”。我听惯了新英格兰口音，不会因美国学界人士把“Nabokov”中间那“o”发得细长雅致而感到不快。而念成可怕的“Na – bah – kov”就像一条可憎的下水道了。呃，你现在可以作选择了。顺便说一下，我的名字要发成“Vladeemer”——与“redeemer”押韵——不要发成与“Faddimere”押韵的“Vladimir”，我想，Faddimere是英国的一个地名。

怎样念您那位了不起的人物，P-N-I-N教授的姓？

“p”念得响亮，这就够了。但因为英语以“pn”开头的词汇中“p”不发音，人们就会倾向于加上“uh”，念成——“Puh-nin”——那就错了。为了把“pn”发正确，可试试连着念“Up north”，或者念“Up, Nina!”更好些，省略那个首字母“u”。Pnorth, Pnina, Pnin。你能发了吗？……很好。

您对普希金和果戈理的生平和创作作了非常出色的概括。您怎样来概括自己？

要对还未完成的事物进行概括并不容易。然而，像我在别处指出的，我生平的第一个阶段，就编年的角度来看，清晰得令人愉快。第一个二十年是在俄国度过的，下一个二十年是在西欧，之后的二十年，从1940年到1960年，则在美国。现在我在欧洲又生活了六年，但我不能保证会再待上十五年，以保持这个生活周期。我也不能预言

① 指最初向纽约移民的荷兰人子孙。

我会写什么新书。我最好的俄语作品，用英语来说是《天赋》。我最好的两本美国题材的小说是《洛丽塔》和《微暗的火》。

我现在正在将《洛丽塔》译成俄语，这就像完成了我文学生涯的一个圆圈，或不如说开始了一个新的盘旋。在专业术语方面，我遇到很多困难，尤其是那些与汽车相关的术语，还没有与俄国生活融合起来，不像它，或她，已融进美国生活那样。我要为不同的服饰、各种各样的鞋子、形形色色的家具找到合适的俄语词汇，也大有麻烦。另一方面，描述种种柔情、我那个小仙女的优雅、赏心悦目的美国景色，都会很微妙地滑入热情奔放的俄语。这本书将在美国，也许在巴黎出版；我希望旅行的诗人和外交官会把它偷偷带进俄国。要我读几行俄译《洛丽塔》吗？当然这似乎不可思议，也许不是每个人都记得英语《洛丽塔》的开头。所以，我也许应该先用英语读开头几行。注意“l”和“t”两者那梦幻般温柔的必要的效果，整个词[①]确实应该伊比利亚化，而不是美国式的发音：破碎的“l”、粗糙的“t”和拖长的“o”。下面是英语《洛丽塔》的开头：“洛丽塔，我生命之光，我欲念之火。我的罪恶，我的灵魂。洛—丽—塔：舌尖向上，分二步，从上颚往下轻轻落在牙齿上。洛。丽。塔。”下面是俄译本开头。这儿，她名字的第一个音节听起来更像“ah”，而不像“o”，但其余则像西班牙语。……（俄语开头略）

除了您在不同的序言中说明和隐含的，关于您的读者或批评家，您还有什么要补充的吗？

哦，当我想到一般意义上的批评家时，我把这个家族分为三类。第一，职业书评作者，主要是些雇佣文人或乡巴佬，定期在星期日专

① 指小说开头第一个词“洛丽塔”（Lolita）。

刊的坟场填满分配给他们的空地。第二，更有野心的批评家，他们每隔一年就把发在杂志上的论文收集成册，再取个有暗示意义的学术书名，如《未被发现的国度》之类。第三，我的作家同行，对他们喜欢或讨厌的书进行评论。许多公然的吹捧和暗中的争斗就这样产生了。当一个我欣赏的作者赞扬我的作品时，我不禁感受了一丝人间温情，还体验到一种和谐和理应如此的满足感。但是，我又有一种很愚蠢的感觉：如果我不马上做点什么，他或她就会很快降温，并慢慢转过身去。但我不知道做什么，我也从不做什么，第二天早晨，阴云就会遮盖明亮的山峰。在其他情况下，我必须承认，我打个哈欠并很快忘了。自然，每一个有价值的作家会有不少小丑和小评家[①]——绝妙的用词：小评家，或拙评家——围在身边，他们手中的击板与其说伤了作家，不如说他们彼此伤害。于是，我偶尔喜欢表达的厌恶之情也似乎恼怒了别人。我碰巧发现了一些二流和短命之作，它们出自这些自负的作家——如加缪、洛尔卡[②]、卡赞扎基斯[③]、D. H. 劳伦斯、托马斯·曼、托马斯·沃尔夫[④]，还有数以百计的其他“大作家”的二流作品。就为这个，我自然被他们的阵营跟随者、媚俗追随者、时尚追随者，还有各种“机器人”所厌恶。一般而言，我对涉及我小说的负面批评一点也不在乎。但另一方面，当某个虚张声势的蠢人对我的翻译挑错，而可笑地暴露出对俄国语言和文学的无知时，我就乐于反击了。

① 批评家英文为criltic，纳博科夫在其后加上意为“小”的后缀ule，构成新词criticule，以嘲笑不入流的、小家子气的一类批评家，这里意译为“小评家”。“拙评家”英文为crilicaster，意为“拙劣的批评家”。纳博科夫还在形容词poetic（诗的）加后缀ule，构成名词poeticule，意为蹩脚诗人或小诗人。

② Garcia Lorca（1898—1936），西班牙诗人。

③ Nikos Kazantzakis（1883—1957），希腊作家。

④ Thomas Wolfe（1900—1938），美国作家。

您能描述一下对美国的最初的反应吗？您是怎样开始用英语写作的？

在移居美国（1940年5月28日，在淡紫色的晨霭中抵达美国）的几年前，我就开始断断续续用英语写作了。在30年代后期，我住在德国和法国，将我的两部俄语作品译成了英语，还写了我的第一部纯英语小说，是关于塞巴斯蒂安·奈特的。随后，在美国，我完全停止了用母语写作，除了偶然写的一首诗，顺便说说，这首诗还意外地使我的俄语诗在紧凑和浓缩方面有所进步。我从俄语写作彻底转向了英语写作，这一转向是极为痛苦的——就像在爆炸中失去了七八根手指，要重新学习拿东西一样。我在1958年美国版《洛丽塔》的后记中描述了此书的写作过程。《洛丽塔》最初在巴黎出版，那时，其他地方的人都不要它，至今十年了——十年——时间爬得真慢！

说到《微暗的火》，虽然50年代后期我在纽约的伊萨卡就设想了赞巴拉传说的一些小玩意，但这部小说第一次真正让我怦然心动，它的微型结构相当完整地呈现出来，我匆匆记了下来——写在一本记事本上——那是1959年，我坐船从纽约去法国。书中国王，即赞巴拉的查尔斯探讨的那首美国长诗是我要啃的一块硬骨头。这首长诗的大部分是我在法国尼斯写的，那是冬天，我在"英国小路"散步或在附近的山区漫游。金波特的大部分评注是在这儿的蒙特勒皇家花园写的，这是我所知的最迷人、最启发灵感的花园之一。[①]我尤其喜欢园中那棵枝条下垂的雪松，树上犹如栖着一只毛发盖过眼睛的长毛狗。

您教文学的方法是什么？

我可以给你举些例子。当研究卡夫卡的著名小说时，我的学生

---

① 如今风光不再，已改作网球场和停车场。——原注

必须确切地知道格里高尔变成了哪种昆虫（这是一种圆顶状的甲虫，不是马虎的译者所说的扁平的蟑螂），他们必须能够确切地描述萨姆沙住所的房间布局，门和家具的位置。他们必须知道《尤利西斯》中的都柏林地图。我相信具体的细节是很重要的；一般观念能够照顾自己。《尤利西斯》当然是一部非凡的艺术作品，也是一部不朽之作，尽管学术界的那些不学无术之徒将其变成一部象征或希腊神话的汇编。我曾经给一个学生C－或D＋的分数，就因为他借用荷马的标题给它的章节命名，而不注意穿着棕色雨衣的男子的行踪。他甚至不知道这个穿棕色雨衣的男子是谁。哦，是的，让人们想方设法去把我比作乔伊斯吧，但是，对乔伊斯锦标赛来说，我的英语是一个弱项啊。

您怎么想到在瑞士生活？

我年龄越大，身体越胖，要从这张或那张安乐椅或帆布折椅起身就越难，我一坐下去就会满足地长出一口气。现在，我发觉从蒙特勒去洛桑旅行很困难，就像去巴黎、伦敦或纽约那么困难。另一方面，我愿意每天走上十或十五英里，沿着山间小路，寻找蝴蝶，像我每个夏天做的那样。我住在蒙特勒的一个原因是，我发现，坐在安乐椅上所见到的景色会根据我的心情或湖的心情，奇妙地起慰藉和振奋的作用。我还需补充的是，我不仅不是一个避税者，而且，我还得在大笔的美国税之上再交纳略少的瑞士税，美国税如此之高，几乎使美景黯然失色。我很怀念美国，一旦我恢复精力，我就会永远回到那儿。

安乐椅在哪儿？

安乐椅在另一个房间，在我的书房。它归根结底是个隐喻：这安乐椅就是整个旅馆、花园、一切事物。

在美国您会住哪儿?

我想我会住在加利福尼亚,或者纽约,或者马萨诸塞州的坎布里奇。或者这三个地方换着住。

因为您精通英语,您经常被拿来与康拉德相比。

嗯,我这样说吧。小时候,我是个狼吞虎咽的读者,所有的少年作家似乎都这样,八至十四岁期间,我很喜欢浪漫派作品——广义的浪漫派——如柯南·道尔、吉卜林、约瑟夫·康拉德、切斯特顿[①]、奥斯卡·王尔德,还有一些对年轻人有吸引力的作者。但是,如我先前在别处说过的那样,我根本不同于约瑟夫·康拉德。首先,他在成为英语作家之前并没有用母语写作;其次,我今天受不了他那种优雅的陈词滥调及原始本能的冲突。他曾写道,他宁可读加尼特译的《安娜·卡列尼娜》而不读原著!这就像面对一些愚蠢至极的人时福楼拜常说的:"简直是痴人说梦。"自从像高尔斯华绥、德莱赛,还有泰戈尔、马克西姆·高尔基、罗曼·罗兰这些可怕的庸才常被当作天才之后,我就对所谓"巨著"这类伪概念感到困惑和好笑。举例来说,曼的愚笨的《威尼斯之死》或帕斯捷尔纳克的夸张、写得糟糕的《日瓦戈医生》,或福克纳的南方编年史被认为是"杰作",或至少是新闻记者所说的"巨著",在我看来,是一个荒谬的错觉,如同一个被催眠的人同一把椅子做爱。我心中的20世纪散文杰作是乔伊斯的《尤利西斯》、卡夫卡的《变形记》、别雷[②]的《圣彼得堡》,还有普鲁斯特童话般的《追忆似水年华》的前半部分。

您如何看待美国文学?我注意到在您的杰作名单上没有美国作

① Gilbert Chesterton (1874—1936),英国作家。
② Andrey Biely (1880—1934),俄国诗人。

品。您如何看待1945年以来的美国文学?

哦,每一代很少有两三个真正的一流作家同时存在。我认为,塞林格和厄普代克是近年来最好的艺术家。色情及造假一类畅销书、暴力和庸俗的小说、处理社会和政治问题的小说,即一般而言,主要由对话和社会评论组成的小说——这些都绝对禁止成为我的床头书。流行的色情加理想主义谎言则令我极为恶心。

您如何看待1945年以来的俄国文学?

苏维埃文学……哦,布尔什维克革命后的头些年,20年代和30年代早期,人们仍然能够透过苏维埃宣传的可怕的陈词滥调听出先前文化的垂死之音。强权政治——任何政治——的愚昧和平庸的心态只能产生愚昧和平庸的艺术。这对由苏维埃警察国家主导的所谓"社会主义现实主义"和"普罗阶级"文学来说尤为真实。它的穿长筒军靴的狒狒逐步扼杀了真正有才华的作者、有个性的艺术家、脆弱的天才。最可悲的一个例子也许是曼德尔施塔姆[1]——一个杰出的诗人,是那些力图生存在苏俄的诗人中最伟大的——受到了残暴而愚蠢的行政当局的迫害,最终被驱入一个遥远的集中营而死。他像英雄一般坚持写作,直到精神失常遮蔽了他清澈的才赋,他的诗歌是最深沉和最崇高的人类心灵的样本,令人钦佩。读这些诗歌会增强人们对苏维埃暴行的有益的蔑视。暴君和虐待者永远别想以宇宙杂耍来掩盖其可笑的行为。轻蔑的笑声正当合理,但在道义的层面上还很不够。当我阅读曼德尔施塔姆在那些残暴者可恶统治下写作的诗歌时,我感到一种无法抑制的羞耻,因为我在自由世界如此自由地生活、思考、写作和发表言论——只有这个时候

① Mandelstam (1891—1938),俄国诗人。

才感到自由是苦涩的。

在蒙特勒和采访者一起散步

这是一棵银杏——在中国是圣树，现在野生的银杏很稀少了。它的有着奇妙纹路的叶子像一只蝴蝶——这让我想起一首小诗：

金黄色银杏叶，
麝香葡萄，
形如翅翼半展，
旧时蝴蝶。

这是我的小说《微暗的火》中约翰·谢德写的一首短诗，他是迄今为止最伟大的虚构诗人。

经过一个游泳池

我不在意与日光浴者分享阳光，但我不喜欢沉浸在一个游泳池里。这毕竟只是与他人分享的一个大盆——让人想起那些可怕的日本共用澡盆，水上漂满了一家人，或一群商人。

电话亭附近的一只狗

必须记住把那条温驯的狗和那位电话亭里饶舌的女士拴在一起的生活连线。“漫长的等待”——自然派油画的绝佳标题。

公园里踢球的孩子

自从我把一只足球抱在胸口之后已经过去很多年了。四十五年前，我是剑桥大学的一个发挥不稳定，但相当引人注目的守门员。之后，我三十岁时在一个德国球队踢球，我最后一次救球是在1936年，我被一脚踢昏，但一个性急的队友要拉开我的双臂时，我仍死抱着球，我苏醒过来时已在看台上了。

维伦纽夫附近的一次散步

对收集蝴蝶来说，中欧的9月下旬不是一个好季节。这儿不是美国的亚利桑那，天哪！

日内瓦湖上方有一处古老的葡萄园，附近是一块草地，有一些艳丽的普通雌性草地褐蝶仍在飞来飞去——懒散的老寡妇！那儿就有一只。

飞来一只天蓝色的小蝴蝶，也是很普通的一种，在英国曾被叫做“克利夫登蓝”。

阳光越来越热。我喜欢赤裸着捕蝴蝶，但我怀疑今天会有什么收获。夏天，日内瓦湖岸边迷人的小路上尽是飞舞的蝴蝶。查普曼蓝蝶和曼白蝶，两种当地珍稀蝴蝶，就是在离这儿不远的地方捕到的。但我们在这块林间空地、在这个美好但很平常的秋日看到的白蝴蝶，只是一种普通的白蝴蝶：小白蝶和白粉蝶。

啊，一条毛虫。小心点。它的淡棕色外衣能引起一阵奇痒。这条漂亮的幼虫明年就会变成一只肥大、丑陋、土褐色的飞蛾。

对问题的回答：喜欢拍摄什么样的场景？

国王的鬼魂那部分中的莎士比亚。

路易十六被斩首，鼓声淹没了他在断头台上的演讲。

赫曼·麦尔维尔用早餐，给他的猫喂沙丁鱼。

坡的婚礼。刘易斯·卡罗尔的野餐。

俄国人离开阿拉斯加，他们满意这一交易。一只海豹鼓掌的镜头。

《威斯康星研究》
(1967)

这次采访(发表在《威斯康星当代文学研究》第8卷第2辑,1967年春季号上)是1966年9月25、27、28、29日在瑞士蒙特勒进行的。纳博科夫先生和他的妻子最近六年一直住在一家华丽的旅馆里,这家旅馆建于1835年,至今保留着它19世纪的风貌。他们的套间在六楼,可以俯瞰日内瓦湖,开着的门通向小阳台,听得见湖上的声音。既然纳博科夫先生不喜欢进行随意的闲聊,录音机就不用了。纳博科夫先生要么已根据问题写好了回答,要么对采访者口述他的回答;在某些情况下,谈话笔记稍后按正式的问答作了修改。采访者是纳博科夫1954年在康奈尔大学的学生,选了文学311—312,一门讲授欧洲小说名著的课程(论及简·奥斯丁、果戈理、狄更斯、福楼拜、托尔斯泰、斯蒂文森、卡夫卡、乔伊斯和普鲁斯特)。到纳博科夫1959年辞职时,注册的学生达到了四百个。访谈的脚注,除了说明之外,均由采访者小阿尔弗雷德·阿佩尔提供。

多年来,文献编纂者和文学记者不知道把您归到“俄国作家”还是“美国作家”名下。既然您现在住在瑞士,看起来可以达成共识:您是美国作家。您感到这种区别对您作为一个作家的身份很重要吗?

甚至在还是俄国的一个学童时,我就已经认为,一个有价值的作家的国籍是次要的。昆虫的外观越特别,分类学家就越不易扫一眼标本下的所在地标签就决定在几个描述模糊的品种之间,它应归入哪个品种。作家的艺术是他真正的护照。他的身份应该根据一种特别的样式或特有的天然色得以辨认。他的居住地可能证明这一测定的正确但不应导向这一测定。已知的所在地标签可以由不道德的昆虫交易者加以伪造。除了这些考虑之外,我认为自己现在是一个美国作家,而曾经是一个俄国作家。

您翻译和论述的俄国作家都先于所谓的“现实主义时代”,英美读者对这个时代作家的欣赏要多于对先前时期的作家。您能谈一下在气质或艺术上,您同1830年到1840年间那些伟大作家的亲缘关系吗?您觉得您自己的作品沿袭了俄国文学的幽默传统吗?

关于亲缘性的问题,我认为,我与19世纪俄国作家有没有这种关系是一个分类的问题,而不是承认与否的问题。说到与我的联系,过去时代的俄国大作家几乎没有一个不被提及。普希金的血液不可避免地流淌在现代俄国文学的静脉中,一如英国文学流淌着莎士比亚的血液。

许多俄国大作家,如普希金、莱蒙托夫和别雷,在诗歌和散文两方面都很杰出,而在英美文学中,这样的成就并不常见。这一重要现象只与俄国文学性文化的特质有关呢,还是技术或语言方面的因素使这种多才多艺出现在俄国文学中的可能性更高?作为一个散文和诗歌创作的两栖作家,您认为两者之间有什么区别?

但无论果戈理还是托尔斯泰或契诃夫,都不是杰出的诗人。再说，在一些伟大的英美小说中，散文和诗歌之间的界线不容易划清。我想，你应该在你的问题中用“押韵诗”这一术语，然后，人们就可以回答：俄国的有韵诗要比英国的有韵诗更迷人，也更丰富。所以不奇怪，一个俄国散文作家常会创作华美的诗歌，尤其在他年轻的时候。

您最欣赏的美国大作家是谁？

我年轻的时候喜欢坡，现在仍然喜爱麦尔维尔，但小时候并没有读他。我对詹姆斯的感情有些复杂。我确实很不喜欢他，但简洁的肖像、修饰语的转换、一个可笑的副词的使用，偶尔也会使我有电击的感觉，仿佛他的血也流经我自己的血管。霍桑是个很好的作家，爱默生的诗赏心悦目。

您经常说您“不属于任何俱乐部和团体”。俄国作家曾让意识形态决定（如果没有摧毁）他们的艺术，这在我们时代的社会主义现实主义那里达到了顶点。我想知道，是否这些历史实例在形成您自己对任何形式的教导主义持怀疑和厌恶的态度中起了作用？哪一个“历史实例”您明确意识到了？

我对团体的厌恶一定程度上出于性格因素，而不是知识和思想的产物。我生来如此，一生中本能地鄙视意识形态权威。顺便说一下，那些“历史实例”并不如你想要表明的那么轮廓鲜明和显而易见。果戈理神秘的教导主义或托尔斯泰功利的道德主义，或陀思妥耶夫斯基反动的新闻主义，都是他们自己制造的糟糕玩意，从长远来看，没有人会把它们真正当回事。

您能谈一下围绕《天赋》中有关车尔尼雪夫斯基的传记所产生的争论吗？您之前作过简短的说明，但既然它在30年代遭到压制表明了如此卓越的一种反讽，也似乎证实了正需要这样一种戏仿。我认为，您的读者会有浓厚的兴趣，尤其因为这些情况鲜为人知，如侨民社区、他们的杂志，还有知识分子在这些社区中的作用。如果您愿意叙述一下作家同这一侨民世界的关系，请吧。

关于戈杜诺夫·切尔登采夫伯爵的车尔尼雪夫斯基传记，任何所能说并有益的都在《天赋》中由孔切耶夫说了。我所能补充的是，为收集材料写车尔尼雪夫斯基这一章，我投入的诚实的劳动与我在《微暗的火》中写谢德的诗所投入的一样多。至于说到那一章遭到《当代年鉴》编辑的压制，这确实是前所未有的情况，与他们那种非凡的开阔胸襟极不吻合，因为一般来说，接受或拒绝一部文学作品，引导他们作出决定的只是艺术标准。至于你的问题的后半部分，修订过的《说吧，记忆》第十四章能提供补充信息。

您对俄国反乌托邦传统（如果能这么命名的话）持什么观点？这里只举几个例子：从奥多耶夫斯基的《最后一个自杀》和《俄罗斯之夜》中的《无名之城》到勃留索夫的《南十字星共和国》和扎米亚京的《我们》。

我对这些作品不感兴趣。

《斩首之邀》和《庶出的标志》被认为是嘲笑反乌托邦小说的，这么说恰当吗？因为《斩首之邀》和《庶出的标志》的意识形态中心被去除了——极权国家成为一种思想囚禁的极端和怪诞的隐喻，这样，就使意识，而不是政治成为这些小说的主题。

是的，也许。

说起意识形态，您经常对弗洛伊德表示敌意，尤其是在您的翻译小说的序言中。有些读者想要知道，弗洛伊德的什么著作或理论得罪了您以及为什么。《洛丽塔》和《微暗的火》中的戏仿表明，您对这位好大夫的了解程度超过了您公开承认的。对此您愿意谈一下吗？

哦，我不想再来讨论这个有趣的人物。我已经在小说和《说吧，记忆》中表达了我的看法，除此之外，他不值得我给予更多的关注。让轻信和平庸的人继续去相信，所有的心理问题都可以通过古希腊神话的日常运用而得到解决。我真的不在乎。

您对弗洛伊德的“标准化的象征”的蔑视延伸到许多其他的理论假定。您是否认为文学批评根本就是有目的的，如果是这样，您倾向于何种批评？《微暗的火》清楚表明了您认为哪种批评充其量只是胡言乱语。

我对一个初出茅庐的文学批评家的劝告如下。学会识别平庸。记住庸才以“观念”为乐。留意时尚的信息。如果你发现的象征不是你自己的脚印就自问一下。忽略寓意。无论如何将“怎样”置于“什么”之上，但别将“怎样”与“那又怎样”混淆起来。信任你的汗毛的突然竖起。在这一点上别把弗洛伊德掺和进来。其他的一切取决于个人天分。

作为一个作家，您觉得批评——并不专门指对您作品的评论，而是指一般的批评——有启发性吗？从您自己的经历来说，您是否认为学术研究和文学创作会彼此滋养？因为今天的许多作家除了校园生活，对其他一无所知，所以我对您这方面的感觉很感兴趣。您是否认为您自己在美国的事业根本上是因您属于学术界而得以形成？

当一个专家向我证明我书中的事实或语法出错的时候，我发现批评是最有启发性的。学术作为职业对作家的帮助主要体现在两个

方面：1. 便于进入大图书馆；2. 长假。当然会有教学任务，但老教授有年轻讲师帮他们批改试卷，年轻讲师如果有着作者的光环，在名利大厅的走廊上就有钦佩的目光跟随着他们。此外，我们最大的回报，比如我们的思想在他们的头脑中引起反响，日后也会产生同样的回荡，会迫使小说家兼教师在讲课中要培养明晰和诚实的风格。

您如何看待文学传记？

文学传记写起来很有趣，但读起来通常不那么有趣。有时，文学传记成了一种双重追逐：传记作者通过书信和日记，经过猜测的沼泽地，追踪他的猎物，随后，学术对手又追踪这位沾满泥巴的传记作者。

有些批评家可能发现小说中巧合的使用显得轻佻或做作。我记得您自己在康奈尔就称陀思妥耶夫斯基的巧合的用法很粗糙。

但在“现实”生活中，真有巧合发生。昨天晚上，你在用餐时告诉我们一个很滑稽的故事，关于德语中使用“医生”的称号，紧接着，当我的大笑声消失时，我听见隔壁桌子的一个人透过餐馆的嘈杂声带着明显的法国腔对她的邻座说——“当然，你永远弄不明白德国人说‘医生’是指牙医还是律师。”在“现实”生活中，你经常会遇到某个人或某件事，像在故事中发生的情景。但困扰我们的倒不是故事里的巧合，而是由不同作家写的不同故事中的巧合的巧合，如19世纪小说中一再出现的窃听装置。

您能给我们说一下您作为作家的工作习惯以及写小说的方式吗？您写提纲吗？在一部小说刚开始写的时候，您就完全意识到它要往哪儿发展吗？

在20年代和30年代初期，我习惯用笔蘸着写，每隔一天就换新笔尖，用的是练习本，画掉，添上，再删去，把纸弄得皱巴巴的，每页纸都会重写三四遍，随后用不同的墨水把小说工整地抄写出来，随后再作一次修改，重抄一遍修改稿，最后念给我妻子听，由她把我的全部文稿打出来。一般来说，我是一个写得很慢的作家，像一只蜗牛，以每年二百页誊清稿的速度往前走（一个令人惊叹的例外是俄语原版《斩首之邀》，在一种极度亢奋和灵感不断的状态下，两个星期就完成了初稿）。在那些白天和黑夜，我写小说通常一章接一章写，但即使这样，从一开始我就主要依靠内心的构思，当我走在街上，坐在浴室里，或躺在床上时，我就整段整段地进行构思，虽然过后会删掉或重写这些段落。在30年代后期，我开始写《天赋》，也许是需要许多的笔记，我就改用另一种方法，也更实用的方法——用橡皮铅笔在索引卡片上写。因为我向来在一开始就对整部小说有一种奇妙而清晰的前瞻，我发现卡片用起来尤为方便，因为不必按着章节的逻辑顺序，而可以在小说的任何一个部分进行替换，随时填补空白。我恐怕和柏拉图混淆起来，我并不在意他，但我确实认为，就我的情况来说这是真的：整部小说，还没有写，就似乎在另外的某个空间完美地准备好了，有时清晰，有时模糊，我的工作就是尽量把我所理解的写出来，尽可能准确地写出来。我在写作中体验到的最大的快乐在于：当我觉得不能理解，或者说发现自己不理解（没有预想到一种创造已经存在）怎样或为什么时，那种意象或结构的变化或词语的确切表达就迎面而来了。有时发现我的读者试图以一种实事求是的方式阐明这些（出自我那不太有效的头脑的）天然之作时，觉得相当有趣。

人们经常听作家谈到一个小说人物如何控制作者，并在某种意义上决定小说情节的发展，您也有这样的经历吗？

我从来没有经历过这种事。多么荒唐的经历！有此经历的作家必定是不入流或不正常的作家。不，我小说的设计是在想象中确定的，每个人物按我想象的路线行动。在那个私有世界，我完全是个独裁者，迄今为止，唯有我为这个世界的稳定和真实负责。我是否按我的意愿充分和忠实地再现了这一世界则是另一个问题。我以前的一些作品暴露出令人沮丧的模糊和脱节。

在有些读者看来，《微暗的火》某种程度上显得像是柏拉图的洞穴神话的一个注解，您这部作品中不断出现的谢德和影子[①]的游戏暗示了一种有意识的柏拉图主义。您对这种可能性有何评论呢？

正如我说过的，我不特别喜欢柏拉图，在他的军国主义和音乐的日耳曼政权统治下我也生存不了多久。我并不认为他的洞穴神话和我的谢德及影子有什么关系。

既然我们谈到了哲学，我想知道，我们能否谈一下似乎在您作品中展示的语言哲学，您是否明确意识到了这种相似性，即赞巴拉的语言与维特根斯坦所谓“私人语言”之间的相似性。您那位诗人对语言局限的敏感同维特根斯坦对语言的参照依据的评论有着惊人的相似。您在剑桥的时候，和哲学系的教师有很多的接触吗？

没有任何接触。我完全不了解维特根斯坦的作品，我第一次听到他的名字肯定是在50年代。在剑桥，我踢足球和写俄语诗。

在长诗第二章，约翰·谢德形容他自己：“我站在窗前，修剪/我的手指甲”，您是在回应《一个青年艺术家的画像》中的斯蒂芬·迪

① 谢德（Shade）是书中诗人的名字，但英语shade又有“阴影”的意思，与“影子”（shadow）相近。

达勒斯吗？他说艺术家“停留在他的艺术品之内或之后或之外或之上，人们看不见他，他使自己从存在中升华，毫不在意，修剪着他的手指甲”。在您的几乎所有小说，尤其是《斩首之邀》、《庶出的标志》、《微暗的火》及《普宁》中——甚至在《洛丽塔》中，在奎尔蒂的剧中代表第七个猎人[①]的人物身上，以及在其他一些细心的读者可以察觉的细微处——创造者确实在他的艺术品之后或之上，但他不是看不见，也肯定不是毫不在意的。在《微暗的火》中您多大程度上有意识地“回答”了乔伊斯，您如何看待他的美学立场——或者据说是他的立场，因为也许您可能认为斯蒂芬的观点并不适用于《尤利西斯》？

无论金波特、谢德还是他们的创造者，都没有在《微暗的火》中回答乔伊斯。实际上，我从来不喜欢《一个青年艺术家的画像》。我觉得这是一本艺术性不强、喋喋不休的书。你所引述的那句话是个不幸的巧合。

您说过皮埃尔·德拉兰德[②]影响了您，我也乐于承认，如果追溯影响是要否认作家的原创性，那它可能是简单化，也是很令人讨厌的。但在您自己和乔伊斯的例子中，我似乎觉得您有意识地借鉴乔伊斯而不是模仿他——你认识到《尤利西斯》可能有的影响，但并不求助于显而易见的“乔伊斯式”技巧（意识流、从大堆日常生活的废弃物中创造出“拼贴”效果）。您愿意谈一下乔伊斯对作为作家的您意味着什么吗？他对于小说形式的解放和拓展有什么重要性呢？

我20年代初对《尤利西斯》只是稍有了解，第一次真正接触是在30年代，那时我当然已经成了一个作家，对任何文学影响有了免

① 《洛丽塔》第二部写奎尔蒂为女校学生写了一个剧本，名叫《陶醉的猎人》，洛丽塔在剧中扮演一个角色。第七个猎人是一个诗人。

② Pierre Delalande (1787—1823)，法国博物学家、探险家。

疫力。我认真研究《尤利西斯》则更晚了，是在50年代，那时我要准备在康奈尔大学的课程。那是我在康奈尔所受教育中最好的部分。《尤利西斯》是乔伊斯最好的作品，比起他崇高的独创性以及思想和风格的独特的清晰，不幸的《芬尼根的守灵夜》只是没有形式、枯燥无味的一堆伪民俗、一盘冷布丁、隔壁房间的不息的鼾声，令我难以入眠，苦恼不堪。再说，我向来讨厌充满了古怪的老派人士和拖着腔调发音的地方小说。《芬尼根的守灵夜》的外观像是一间普通、单调的出租房，只有几声天籁才使它免于纯粹的无趣。我知道我将会因此番言论而被驱逐。

虽然我忘了您在讲授乔伊斯时是否提到《尤利西斯》复杂的结构，但我确实记得您坚持认为"夜城[①]中的幻觉是作者的，不是斯蒂芬或布卢姆的，这离评论错综复杂的结构只是一步之遥了。《尤利西斯》的这一方面几乎被研究乔伊斯的学术界完全忽视了，而乔伊斯的这个方面似乎引起了您的极大兴趣。如果乔伊斯结构上不太协调的复杂往往被其结构的庞大所模糊，那可以认为您的小说采取了复杂的结构策略。您能就此谈一下吗？或者将您对乔伊斯在其作品内外存在的感觉同您自己的意图比较一下——那就是乔伊斯在《尤利西斯》中暗暗现身；莎士比亚戏剧的父子主题最终演变为《尤利西斯》一书的"父母身份（parentage）"观；在夜城，莎士比亚直接对乔伊斯发话（"我的老伙伴怎样勒死了他的星期四莫娜"，那是布卢姆日）；莫莉向乔伊斯恳求，"哦，詹姆西，让我起来，离开这些"——所有这些都与表达作者的声音的方式相反——或与您所称"通过我虚拟的人格化神祇"相反——这种情形一次又一次地出现在您的小说

① Nighttown，都柏林的红灯区，参见《尤利西斯》第15章。

中，结尾部分尤为明显。

《夜城》人物中的布卢姆之所以不是一个活跃角色（如果他不活跃，那作者就直接为他设置活跃的梦境，并围绕他到处插入一些“现实”的事件），原因之一在于，布卢姆，这个萎蔫的男人，天刚黑就耗尽了阳气，这样，就不太可能沉迷于夜城的强烈的性幻想了。

一个读者怎样理想地体验您小说的“结尾”或对它作出反应？在您的小说结尾，动力消失，虚构的事实显露出来，人物被打发走了。您想要抨击什么样的文学观呢？

这个问题的措辞很迷人，我也想以同样的优雅和雄辩来进行回答，但我不能说得太多。我想，当读者合上我的一本书时，我希望有这样一种感觉：书中的世界慢慢后退，停在某个地方，悬在远处，犹如画中的一幅画：凡·博克的《艺术家的工作室》[①]。

这可能是一种错觉，但我对《洛丽塔》的最后几句话总没有把握，也许是因为在您的其他作品的结尾，声音的转换是清晰的，但在《洛丽塔》的结尾，读者不会认为“听到”了一种不同的声音吗？当书中伪装的叙述者说“别可怜C.Q.，人们不得不在他和H.H.之间作出选择，愿意H.H.……”[②]，等等，下一句就回到了第一人称，因而我想叙述者的面具没有摘掉，但受过《斩首之邀》训练的读者总想寻找“大师拇指”的印记，用《微暗的火》中弗兰克林·莱恩的话说，“使那整个错综复杂、难以置信的事物成为一条美丽直线”。

不，我并不想引入一个不同的声音。然而，我想要传达叙述者病

① 有关研究未能证实这位据称是“荷兰大师”的存在，他的名字只是字母上的一个有趣的变形词，同奎尔蒂那位字谜般的情人“Vivian Darkbloom”有一种可怜的联系。——原注
② C.Q.和H.H.，即《洛丽塔》中两个人物：克莱尔·奎尔蒂和亨伯特·亨伯特。

态心理的一种抑制，一阵警告意味的情感冲击导致他对名字作了缩略，匆忙结束他的故事以免为时太晚。我很高兴，因为我在结尾时设法取得了这种语气上的孤傲效果。

弗兰克林·莱恩的《书信集》存在吗？我不想显得像是《塞巴斯蒂安·奈特的真实生活》中的古德曼先生，但我相信弗兰克林·莱恩确实存在。

弗兰克林·莱恩，他出版的《书信集》，以及金波特的引文，当然是存在的。金波特对莱恩清秀而忧郁的脸相当震惊。自然，"莱恩"[①]是谢德那首诗的最后一个词。后者没有什么特别的意义。

您认为在早期的哪部作品中，您开始面对这种可能性，并在《斩首之邀》中得到充分发展，又在《微暗的火》的"纷乱的住所"中达到顶点？

可能是《眼睛》，但大体上说《斩首之邀》是一个自发性突破口。

还有哪些作家处理复杂结构是您欣赏的？斯特恩[②]？皮兰德娄的戏剧？

我从不关注皮兰德娄。我喜爱斯特恩，但在我用俄语写作的时期我并没有读过他的作品。

从许多方面看，《洛丽塔》的后记显然是很重要的。所有的《洛丽塔》译本都会收入这篇后记，我想大概有二十五个译本了吧？

是的。

---

① 谢德长诗的最后一个词是"lane"，意思是"小巷"。
② Laurence Sterne（1713—1768），英国作家，重要作品有《感伤的旅行》和《项狄传》。

在康奈尔，有一次课后您曾告诉我，您读《芬尼根的守灵夜》无法读到一百多页。但巧的是，第104页上开始的一节精神上非常接近《微暗的火》，我想要知道，您是否读过这节文字，或看出这一相似性。这节文字是安娜·利菲娅·普鲁拉贝尔的书信的各种版本和阐释的历史（或"妈妈宣言"文本）。有三页列着书信的各种抬头。还有，关于知识和文学的堕落，您如何评价斯威夫特的贡献？《微暗的火》中金波特的"前言"写于"10月19日"，这也是斯威夫特去世的日子，这只是巧合吗？

我最终读完了《芬尼根的守灵夜》。它和《微暗的火》没有内在的联系。金波特自杀（他最后编完那首长诗肯定会自杀的）的日子恰好是普希金写作《皇村组诗》[①]及"可怜的斯威夫特老头"去世的日子，这倒不错，但后者的去世纪念日对我是个新闻呢（见第231诗行注解中的异文[②]）。与普希金一样，我也对预言性的日子着迷。再说，当我给小说中一些特殊的事件定日子的时候，我经常选择一个多少有些熟悉的日子，就像一个point de repère[③]（以便于在校样上检查可能的印刷错误），如《绝望》中赫尔曼日记中的"4月1日"。

提到斯威夫特就促使我关注《微暗的火》的文类问题；您认为像"小说的一个怪胎"这样的说法涉及某个传统或形式吗？

---

① 皇村（Lyceum），即皇村贵族子弟学校，由沙皇设立，1811年10月19日正式建校，普希金是皇村学校的第一届学生，就读时间长达六年，对学校怀有深厚的感情，以后每逢建校纪念日，他就以皇村或以建校日为题写诗纪念，如《皇村回忆》（1814、1829）、《皇村》（1819）、《10月19日》（1829）、《1827年10月19日》、《1828年10月19日》、《皇村雕像》（1830）等。这些诗被称为"皇村组诗"。

② 《微暗的火》第231诗行的注解中提到"一段漂亮的异文"，其中最后一句为"可怜的斯威夫特老头儿，可怜的——，可怜的波德莱尔"。

③ 法语，基准点、水准点。

《微暗的火》的形式是别具一格而不是一般的新颖。我愿意借此机会更正1962年普特南版第二次印刷中的一些错误：第137页，143行注解的结尾，“rustic”应为“rusty”。第151页，“Catskin Week”应为“Catkin Week”。第223页，第一个注解的诗行数字不是“550”，而是“549”。第237页，第一句中“For”应为“for”。第241页，在“disent-prise”后面的词“lines”应为“rhymes”。还有第294页，“Arnold”之后的逗号应代之以左括号。谢谢。①

您明确区分讽刺和戏仿吗？我问这个是因为您经常说您不希望被当作一个“道德讽刺家”，而且戏仿对您的想象来说是如此重要。

讽刺是一堂课，戏仿是一场游戏。

《塞巴斯蒂安·奈特的真实生活》第10章对您自己的小说中戏仿有怎样的功能提供了一个非常精彩的说明。但您对“戏仿”的认识似乎对它一般的定义有所延伸，如《斩首之邀》中的辛辛纳特斯告诉他的母亲，“你仍然只是一个戏仿……就像这只蜘蛛，就像那些酒吧，就像报时的钟声。”所有的艺术，或至少所有尝试“现实主义的”艺术，都会产生一种变形，一种“戏仿”。当《天赋》中费奥多尔说“戏仿的精神永远与真正的诗歌同行”时，您想因此扩展您对“戏仿”的认识吗？为什么？

在我那部最梦幻、最诗意的小说中，诗人辛辛纳特斯（不太公正地）指责他母亲是一个戏仿，他是在“滑稽模仿”这一最为人熟知的

① 既然纳博科夫先生作出勘误，兰瑟丛书1963年平装本《微暗的火》以下印刷错误需要说明：第17页，中间一段倒数第5行，“sad”应为“saw”。第60页，47—48行注解21行，应是“burst an appendix”，不是“and”。第111页，172行注解第4行，“inscription”拼错了。第158页，493行注解的最后一句，“filfth”应为“filth”。纳博科夫的其他作品相对来说印刷错误不多，除了《天赋》1963年平装本，其中的错误不胜枚举。——原注

意义上使用这个词的。《天赋》中，费奥多尔提及在真正“严肃”的诗歌中彩虹般闪耀的“戏仿的精神”，基本上是在轻松、雅致、嘲鸫[①]般的游戏的意义上与戏仿相关，如普希金在《纪念碑》一诗中对杰尔查文[②]的戏仿。

您对乔伊斯创作中的戏仿怎么看？您在如妇产医院和格蒂·麦克道维尔海边插曲这些场景的艺术效果方面看出什么差异吗？您熟悉受您和乔伊斯影响的美国年轻作家的创作吗？如托马斯·品钦（他是康奈尔大学59级学生，肯定听过文学312课程）。您对当下时尚的所谓戏仿小说（如约翰·巴思）有什么看法？

妇产医院那一章[③]中的文学戏仿总的来说是枯燥无味的。乔伊斯看来给他为此章选择的语调“消毒”了，这多少使得镶嵌其中的那些讽刺小品显得模糊和单调。另一方面，手淫场景[④]中的犹如中篇小说的戏仿则高度成功；陈词滥调与真正的诗歌的灿烂烟花及温柔天空出其不意地连接到一起，这是天才之笔。我对你提到的另两个作家不熟悉。[⑤]

在《微暗的火》中您为什么称戏仿为“机智的最后一张王牌”？

这是金波特说的。戏仿会使有些人不安。

《洛丽塔》和《说吧，记忆》是两部有关过去的很不一样的作品，

---

① mockingbird，一种美洲鸣禽，能模仿别种鸟的鸣叫。
② Gavrila Derzhavin（1743—1816），俄国诗人。
③ 指《尤利西斯》第14章。
④ 参见《尤利西斯》第13章。
⑤ 纳博科夫妻子给丈夫阅卷打分，她记得品钦，但只记得他的“不一般”的书写，半是印刷体，半是手写体。——原注

它们的写作有联系吗，就如同翻译《伊戈尔远征记》、《叶甫盖尼·奥涅金》和写作《微暗的火》有关一样？您开始写作《微暗的火》之前就已经完成《叶甫盖尼·奥涅金》的全部注释了吗？

是的，我开始写《微暗的火》之前就已经完成了《叶甫盖尼·奥涅金》的全部注释。福楼拜在他的一封有关《包法利夫人》中某个场景的信中说，困难在于画出色彩中的色彩。某种程度上这正是我所要做的：当我创造金波特时，就需要扭曲缠绕我自己的经历。《说吧，记忆》是严格的自传。而《洛丽塔》则没有任何自传成分。

虽然自我戏仿是您作品中必不可少的部分，但您是一个极度相信想象的首要性的作家。然而，您的小说有许多细节看上去像是故意取自您自己的生活，读《说吧，记忆》就很清楚这种情况，更不用说那些最主要的模式，如延伸到您的许多小说中的蝴蝶主题。它们不仅仅加入某种复杂的声音，还就自我认知与艺术创造、自我戏仿与自我身份的相互关系表明某种清晰的观念。您对此有什么看法？能否谈谈非自传性作品中自传性因素的重要性？

我想说，想象是记忆的一种形式。意象取决于联想的力量，联想则由记忆提供和促动。当我们谈论一种生动的个人回忆时，我们称赞的不是我们的记忆能力，而是记忆女神的神秘的远见，这种远见储存这种或那种因素，以便创造性想象用来与稍后的回忆及创意加以结合。在此意义上，记忆和想象都是对时间的一种否定。

斯诺[①] 抱怨文学界与科学界这"两种文化"之间存在鸿沟。作为在这鸿沟之上架桥的人，您认为科学和人文是必然对立的吗？您作

① Charles Percy Snow (1905—1980)，英国物理学家和小说家。

为一个科学家的经历影响您作为一个艺术家的创作了吗？用物理学词汇来描述您的一些小说结构是不是很奇怪？

我可以把自己比作罗德岛巨人，跨过斯诺的热力学与利维斯[①]的桂冠迷之间的鸿沟，如果这鸿沟不只是一道小沟，一只小青蛙就可以跳过的话。今天所用的“物理学”和“书呆子”这些术语让我产生应用科学的可怕形象，想起电工用炮弹和其他小玩意发出叮当声的技能。“两种文化”中的一种只是实用技术，而另一种是二流小说、意识形态作品和流行艺术。如果如此的“物理学”和“人文学科”之间存在一条深沟的话，又有什么关系呢？那些书呆子都是可怕的庸人。一个真正的好脑袋不是椭圆形，而是圆形的。

您的蝴蝶是从哪儿，通过哪扇窗户飞进来的呢？

我对野外、实验室和图书馆中的鳞翅目昆虫学研究的热情甚至比文学研究和创作给我带来的快乐更多，这可以多说一点。鳞翅目昆虫学家是鲜为人知的科学家。没有一个被韦伯斯特大词典提及。但这又何妨。我对不同种类的蝴蝶重新作了分类，对好几个品种和亚种的蝴蝶作了描述和计算。我对一些微小的蝴蝶器官（我第一个观察和描绘）的命名已确定无误地进入生物学词典（可与可怜的“小仙女”一词进入最新版韦伯斯特大词典相比）。确切描述所带来的有形的喜悦、投影仪的静谧天堂、分类描述中的诗歌般精确，这些都表现了令人兴奋的鳞翅目昆虫学研究所具有的艺术性特点，这种研究可积累新知，虽然这种新知对外行来说毫无用处，但却呈现给了它最初的创造者。在我看来，科学首先意味着自然科学。它并不是一种修理收音机的能力，修理工作是粗笨的手指也能做的。除了这

① F. R. Leavis (1895—1978)，英国文学批评家。

个基本考虑，我当然欢迎任何科学领域和任何艺术门类之间术语的自由流通交换。没有想象就没有科学，没有事实就没有艺术。格言化是动脉硬化的一种症状。

在《微暗的火》中，金波特抱怨“夏天的来临代表了一个光学问题”。《眼睛》的书名取得很好，因为您通过小说探讨了这些问题：对“现实”的理解是视觉的一个奇迹，在您的作品中，意识实际上是一种光学仪器。您研究过光学吗？您能谈一下您的视觉意识吗？您认为视觉意识有助于您的小说创作吗？

你的引文恐怕是脱离了上下文。金波特只是对夏天茂盛的叶子有点生气，因为这妨碍了他的窥视。[①] 而你认为我有好视力是说对了。多疑的人应该戴上眼镜。然而，这是真的：即使有绝好的视力，人也必须触摸某物以便对“现实”更有把握。

您说过，罗伯－格里耶和博尔赫斯是您喜欢的两个当代作家。您觉得他们彼此相像吗？您认为罗伯－格里耶的小说如他声称的那样摆脱“心理学”了吗？

罗伯－格里耶的说法是荒唐的。那些宣言和那些蠢人都随着达达派死去了。他的小说很有诗意和独创性，精神层面的转换、连续的印象的相互渗透，等等，当然属于心理学——最佳状态的心理学。博尔赫斯也是一个天才人物，但他的微型迷宫和罗伯－格里耶的大型迷宫是相当不同的建筑，采光也不一样。

我记得您在康奈尔大学对两个有“心灵感应”的作家（我相信您

① 参见《微暗的火》评注部分，42行：“我辨认得出”。

在比较狄更斯和福楼拜）作过很幽默的评论。您和博尔赫斯都生于1899年（但欧内斯特·海明威也是啊！）。您的《庶出的标志》和博尔赫斯的短篇《环形废墟》在观念上是相似的，但您不懂西班牙文，而那个短篇1949年才译成英文，已是《庶出的标志》问世两年后了，就像在博尔赫斯的《秘密的奇迹》中，赫拉迪克创作了一部诗剧，令人惊异地与您最近译成英语的剧本《华尔兹的发明》相像，您的剧本先于博尔赫斯的小说，而他不可能用俄语读过这个剧本。您什么时候开始注意博尔赫斯的小说？除了心灵感应，您和他有过什么联系和接触吗？

三四年前我第一次读博尔赫斯的小说。在此之前我没有意识到他的存在，也不相信他知道，或应该知道我的情况。那说不上是什么心灵感应。《斩首之邀》和《城堡》之间有相似性，但当我写我那部小说的时候，我还没有读过卡夫卡。至于海明威，我40年代初第一次读他的小说，什么钟声啊、棒球啊、公牛啊，我很讨厌。后来我读了他那篇值得赞赏的《杀手》，还有那个精彩的鱼的故事，有人请我译成俄语但因故没有译成。

您的第一本书是将刘易斯·卡罗尔译成俄语。在卡罗尔的"胡言乱语"观与《庶出的标志》和《微暗的火》中您的假冒或"混合"的语言之间，您认为有什么相似吗？

与其他许多说英语的孩子（我也是一个说英语的孩子）一样，我一直非常喜欢卡罗尔。但我并不认为他虚构的语言和我的语言出于同一根源。他和亨伯特·亨伯特倒有一种可怜的相似，但某种顾忌阻止我在《洛丽塔》中暗示他的反常行为和他在昏暗的房间中拍的那些暧昧的照片。他没有受到惩罚，就像其他许多维多利亚时代的人逃脱了因鸡奸和恋童癖而受罚一样。他的小姑娘是些可悲的、瘦巴巴的小仙女，拖泥带水，衣衫不整，或者就是半裸的，仿佛参与了某种肮脏和可怕的猜字游戏。

作为一个翻译家，您有丰富的经验，小说创作中也借鉴了翻译。在翻译艺术和写作实践中，您认为存在着哪些基本问题？

有一种小马来鸟，属于画眉科，据说只在每年的花市上，由一个经过特殊训练的孩子用一种难以形容的方式加以折磨才歌唱。卡萨诺瓦① 一边看着窗外达明斯②受着莫名的酷刑，一边同妓女做爱。当我读由一些当代名家翻译的殉难的俄国诗人的"诗作"时，上述景象让我很不舒服。一个受折磨的作者和一个被欺骗的读者，这就是故作风雅的意译的必然后果。翻译的宗旨和正当理由只是尽可能准确地传达信息，而这只有通过直译加上注释才能达到。

提及翻译让我想起批评家面对的一个金波特式的问题：他们通过翻译评论您的俄语小说，但他们自己不懂俄语。可以说，像《防守》和《绝望》这些作品的翻译必然会有许多风格上的变动（双关语的情况当然也一样），而且语言上通常也比《黑暗中的笑声》更为丰富，这部小说跟其他小说写于同一时期，但它的翻译是在30年代。对此您怎么看？如果《黑暗中的笑声》的风格表明它应该先于《绝望》，实际上，它的写作也许要早得多。在四年前BBC的访谈③中，您说您二十六岁时写作《黑暗中的笑声》，那应该是在1925年，这样，它就是您的第一部小说。您真的这么早就写了这部小说吗？还是因BBC摄像机的干扰导致记忆有误？

---

① Casanova（1725—1798），意大利冒险家，风流浪子。

② Robert-Francois Damiens（1715—1757），法国人，因涉嫌刺杀路易十五而受酷刑至死。

③ 彼得·杜瓦尔－史密斯《弗拉基米尔·纳博科夫的生活及作品》，发表于《听众》杂志第68期（1962年11月22日）。1963年3月1日以"纳博科夫谈创作"为题重新发表在《时尚》杂志第141期，第152—155页。——原注

正像我在序言中说的，我在翻译中对那些小说的细节经常进行润色，在《绝望》译文中重新设置了一个情景。所谓“二十六岁”肯定是错的。这可能是年份发生了压缩，或者是我想到了我的第一部小说《玛申卡》，写于1925年。《黑暗中的笑声》的俄语原著写于1931年，比《绝望》早三年，威尼弗里德·罗伊的译本，经由我大致的校对，1936年在伦敦出版。一年后，在里维埃拉，我尝试——不很成功——译成英语，为鲍勃斯－梅里尔公司提供一个新译本，该译本1938年在纽约出版。

在《绝望》中有一个关于“粗俗而平庸的赫索格”的附加评论，那是取笑最近的一部畅销书[①]吗？

在德语中，赫索格意为“公爵”，我说的是城市广场上的一座德国公爵的普通塑像。

既然您的一篇告知性的前言对《黑暗中的笑声》的再版表示并不在意，那您能否谈谈您是怎样开始并在什么情况下写这本书的？评论家很快就指出玛戈和洛丽塔之间的相似性，而我则对阿克谢·雷克斯[②]与奎尔蒂之间的同源关系更感兴趣。您对此有什么看法？也许您能谈一下您作品中其他的诱惑者？他们看起来似乎都有着雷克斯的邪恶特性。

是的，在雷克斯和奎尔蒂之间存在某种共性，就像玛戈和洛之间很相似一样。实际上，玛戈是一个普通的妓女，不是可怜的小洛丽塔。无论如何，我并不认为那些反复出现的性怪癖和病态行为有多大的吸引力或重要性。我的洛丽塔被比作《斩首之邀》中的埃

① 指美国作家索尔·贝娄（Saul Bellow，1915—2005）的小说《赫索格》。
② 玛戈和雷克斯都是《黑暗中的笑声》中的人物。

米、《庶出的标志》中的玛利亚特，甚至比作《说吧，记忆》中的科莱特——这最后一种比较特别荒唐可笑。但我想，这可能就是英国人的玩笑和游戏吧。[①]

在您的小说中，面貌酷似的主题[②]显然占有很重要的地位，《微暗的火》中，人们倾向于称其为“三重性”（至少）。《黑暗中的笑声》可以说是您的第一部双重人格小说吗？

我看不出在《黑暗中的笑声》中有什么双重人格。一个情人能被视为被背叛一方的对应者，但那没什么意义。

从坡、霍夫曼、安徒生、陀思妥耶夫斯基、果戈理、史蒂文森、麦尔维尔到康拉德和曼，面貌酷似的主题一直被运用，有时也遭到滥用，对此您有什么看法？面貌酷似主题的小说中您喜欢哪几部？

面貌酷似的题材令人厌烦得要命。

您怎么看待陀思妥耶夫斯基那部著名的《双重人格》？毕竟，《绝望》中的赫尔曼考虑以此作为他手稿可能用的标题。

陀思妥耶夫斯基的《双重人格》是他最好的作品，虽然是对果戈理的《鼻子》明显和无耻的模仿。《绝望》中的菲利克斯其实是一个虚假的双重人格。

说到双重性让我想到《普宁》，就我的阅读体验来说，这是您最受欢迎的小说之一，同时，也是您最难把握的小说之一，有些读者弄不清叙述者和人物之间的关系，或者甚至读到后面还看不清这个叙

① 参见金斯利·埃米斯对《洛丽塔》的评论，“她是一个孩子，我也是一个孩子。”——原注
② 在德语中，Doppelganger 指酷似活人的幽灵或面貌极相似的人。

述者。七章中的四章于一个相当长的阶段（1953—1957）里发表在《纽约客》上，但极重要的最后一章，也是叙述者掌控的一章只在书中出现。我很想知道，《普宁》的不同章节发表时，全书的构思是否已经完成，或是否后来您才完全意识到它的可能性？

当我写头一章的时候，《普宁》的构思就已经完成了，既然这样，我相信，这头一章实际就是我写下来的七章中的第一章。在第四章（顺便说一下，第四章中那个在圣马可市场的孩子和普宁都梦见了《微暗的火》草稿中的一个段落，这部小说写赞巴拉革命和国王的逃亡——这就是你所说的心灵感应！）和第五章（普宁开车那一章）之间还另有一章。这没有写出来的一章，在我大脑中既漂亮又清晰，纤毫毕现：普宁因背部扭伤住院并逐步康复，他在病床上自学驾驶，他研究一本在医院图书馆找到的1935年版的汽车使用手册，并学习操纵病床的升降。他的同事中，只有布劳伦吉教授去看望了他。这一章的结尾，普宁参加驾驶考试，很学究气地和教练争论，教练最后承认普宁是对的。1956年的种种情势妨碍我把这一章写出来，后来又有其他事情的干扰，现在它只是一具木乃伊了。

在去年的电视采访中，您将别雷的《圣彼得堡》与乔伊斯、卡夫卡和普鲁斯特的作品并列，作为20世纪散文创作最伟大的成就之一（顺便说一下，您的称赞，促使格罗夫出版社再版《圣彼得堡》，您的评论印在了此书的封面上）。我很欣赏这本书，但不幸的是，相对而言它在美国鲜为人知。您最欣赏它的什么特点？别雷和乔伊斯有时被拿来进行比较，您认为这种比较有道理吗？

《圣彼得堡》是一部奇妙的幻想作品，但我想在别的场合回答这个问题。在《圣彼得堡》和《尤利西斯》的某些章节之间确实存在某种相似。

虽然我从未见过有这样的讨论，但在我看来，阿勃勒克霍夫的父子关系可被视为一种双重关系，这使得《圣彼得堡》成为双重人格主题中最有趣、最具幻想性的作品之一。既然这部作品的主题（如果您同意的话）比曼的《威尼斯之死》的主题更接近双重人格主题，您是否愿意说一下它的含义？

作为一个作家，我并不看重那些含糊的事情。就哲学而言，我完全是个一元论者。顺便说一下，你的笔迹和我的笔迹很相似。

别雷1922年至1923年住在柏林。您在那儿认识他的吗？您和乔伊斯同一时期住在巴黎，您见过他吗？

1921或者1922年，有次在一家柏林餐馆我和两个姑娘一起吃饭。恰巧我和安德烈·别雷背对背坐着，他和另一位作家，阿列克谢·托尔斯泰在我后面的桌子用餐。那时候，这两位作家都公开地赞同苏联（也准备返回俄国），作为一个白俄（就其特殊意义来说，我仍然是个白俄），我当然无意同一个布尔什维克分子（同路人）说话。我认识阿列克谢·托尔斯泰，但自然不会理他。至于乔伊斯，30年代后期，我在巴黎见过他几次。保罗和露西·莱昂是他的好友，也是我的老朋友。有一个晚上，他们带他来听一个法语讲座，我应邀作有关普希金的演讲，主持人是加布里埃尔·马塞尔（演讲后来刊登在《法国新杂志》上）。在最后时刻，我要替代一位匈牙利女作家作演讲，那个冬天，她因是一部畅销书的作者而出名，我记得书名是*La Rue du Chat qui Pêche*[①]，但记不得那位女士的名字了。我的一些朋友担心那位女士的意外生病，以及我意外被邀请来作有关普希金的演讲，可能造成意外的冷场，所以尽力招呼他们知道我会喜欢的听众。然而，演讲厅

① 法语，《钓鱼的猫之路》。

里显得有些混乱，因为那位女士的粉丝感到莫名其妙。匈牙利领事误将我当作那位女士的丈夫，当我进去时，他急匆匆向我走来，表示慰问的话挂在了嘴边。有些人在我开始演讲时就离去了。难忘而又令人欣慰的是看到乔伊斯坐在那里，抱着胳膊，镜片闪着亮光，身边是匈牙利足球队员。另有一次，我和妻子同他在莱昂家吃饭，晚上又作了一次非常友好的长谈。我记不得谈话的内容了，但我妻子记得乔伊斯问myod（俄语“蜜糖酒”）到底有哪些成分，每个人给出的回答都不一样。在这方面，标准英语版《卡拉马佐夫兄弟》中有一个不可思议的错误：在描述佐西马家的晚餐桌时，译者滑稽地将“Médoc”（按原版俄语音译），一种俄国人很欣赏的法国红酒误读为medok，即myod（蜜糖酒）的缩略形式。这会很有意思，如果当时我跟乔伊斯说到此事，但不幸的是，我十年后才读到《卡拉马佐夫兄弟》的那个英译本。

您刚才提到阿列克谢·托尔斯泰，您能谈一谈他吗？

他是一个有些才华的作家，他的一些科幻故事和几部长篇小说让人难忘。但我不太在意对作家进行归类，唯一的类别是独创性和天才。总之，如果我们要给某类作品贴标签，那我们就得将莎士比亚的《暴风雨》归入科幻一类，自然还有成千上百部其他有价值的作品。

托尔斯泰原是反布尔什维克的，他的早期作品写于俄国革命前。整个苏俄时期的作家有您欣赏的吗？

有几个作家，他们发现，如果他们选择某种情节和人物，他们就能在政治上侥幸成功，换言之，他们不愿意被告知该写什么和怎样完成一部小说。伊利夫和彼得罗夫，[1]这两个极有天赋的作家，他们明白，如

① 伊利夫和彼得罗夫，即Ilya Ilf（1897—1937）和Yevgeni Petrov（1903—1942），是苏俄时期的两个作家，他们经常合作发表作品。

果他们让一个无赖冒险家作为主人公，那么无论他们写什么冒险故事，都不会在政治层面上受到批判，因为一个十足的无赖或一个疯子或一个违法者或任何游离于苏维埃社会的人——换句话说，任何的流浪汉人物——都不会被当作一个坏的或好的共产党人而受指责。这样，伊利夫和彼得罗夫、左琴科[①]，还有奥辽沙[②]，他们根据那种完全独立的标准设法出版了绝对是一流的小说，因为这些人物、情节和主题无法按政治标准来处理。直到30年代初期，他们设法获得了成功。诗人的状况也类似。他们想（开始的时候他们是对的），如果他们坚守艺术的乐园——忠诚于纯粹的诗歌和诗意模仿吉卜赛歌谣，如伊利亚·谢利温斯基[③]——那么，他们就是安全的。扎博洛茨基[④]发现了第三种写作方法，仿佛诗歌中的“我”是个十足的弱智者，在梦中低吟，扭曲词语，像一个似疯非疯者那样玩弄文字。所有这些人都才华横溢，但那个政权逮住了他们，他们就在那些无名的集中营里一个一个地消失了。

据我粗略估算，您还有三部小说、五十多个短篇和六个剧本是俄语的，有翻译这些作品的计划吗？《荣耀》怎么样？这部作品写于您作为“俄语作家”那个最多产的时期，您能简略地谈一下这部作品吗？

那些作品并不都像我三十年前认为的那么好，但其中有一些作品可能不久就会译成英语出版。我儿子正在翻译《荣耀》。这是一个有关俄国侨民的故事，一个和我同样背景和同时代的浪漫青年，一个喜好冒险的情种，骄傲的危险炫耀者，一个没事找事的人，他仅仅

① Mikhail Zoshchenko（1895—1958），苏联作家。
② Yury Olesha（1899—1960），苏联作家。
③ Ilya Selvinski（1899—1968），苏联诗人。
④ Nikolái Zabolotski（1903—1958），苏联作家。

为了寻找刺激，有一天非法越境进入苏联，然后又设法离开去流亡。小说的主题是克服恐惧，以及荣耀和胜利的欣喜。

我知道《塞巴斯蒂安·奈特的真实生活》用英语写于1938年。想到您用这种方式告别一种语言，踏上另一条语言之路就令人激动。您为什么在这个时候决定用英语写作？因为显然您并不知道两年后肯定能移民。在写作《塞巴斯蒂安·奈特的真实生活》与1940年移居美国之间，您用俄语还写了哪些作品？有机会的话，您还会用俄语写作吗？

哦，我确实知道我最终会到达美国。《绝望》的英译让我对自己的能力有了信心，我能够得心应手地运用英语来取代俄语。[①]我至今仍能感受到那种取代带来的心理痛苦，这种痛苦并没有因我写于纽约的俄语诗（我的佳作）或1954年的《说吧，记忆》俄语版，甚至我近来花两年时间的《洛丽塔》俄译（将于1967年出版）而得到平息。我1938年在巴黎写了《塞巴斯蒂安·奈特的真实生活》。那年，我们在西贡街有一个很迷人的套间，西贡街位于埃多瓦勒街和布瓦街之间。我们有一个漂亮的大房间（用作客厅、卧室和育儿室），大房间的一边是小厨房，另一边是能晒到阳光的浴室。这套公寓房曾是某个单身汉的乐土，但不适宜一家三口居住。晚上只能在厨房招待客人，免得吵醒我未来的译者。浴室有我两个书房大。这又是你所说的"双重性"吧。

您还记得那些在厨房招待过的客人吗？

我记得有弗拉季斯拉夫·霍达谢维奇，他是那个时代最杰出的

① 1936年，当纳博科夫住在柏林时，他为约翰·朗公司将《绝望》译成英语，1937年出版。《绝望》最新的也是最终的版本（纽约，1966年）如纳博科夫在其前言中说明的，是根据这部小说的初译本和俄语原版修订的。

诗人。他用餐时为方便就取下假牙，做派像一个旧时代的大人物。

有些人听说您还写了七个剧本感到吃惊，这是有些奇怪，因为您的小说充满“戏剧性”效果，这种效果显然不是“小说性”的。可以认为您经常提到莎士比亚不只是出于打趣或敬意吗？您怎么看待作为一种形式的戏剧？您觉得莎士比亚戏剧的哪些特点最接近您自己的美学思想？

莎士比亚的诗性语言是我们已知的世界上最伟大的文本，作为戏剧，莎士比亚的语言比他的戏剧结构更胜一筹。在莎士比亚那儿，重要的是隐喻而不是剧本。我在戏剧领域最雄心勃勃的冒险是基于《洛丽塔》写一部大型电影剧本。我为库布里克写了这个本子，他拍摄时只用了这个本子的一丁点儿，不过这是一部很优秀的影片。

当我是您的学生的时候，您在讨论乔伊斯的《尤利西斯》时从不提到荷马式的平行，但您在介绍许多名著的时候却提供了“特殊信息”：为《尤利西斯》提供一幅都柏林地图，为《化身博士》[①]提供街道和公寓的布局，为《安娜·卡列尼娜》提供莫斯科－彼得堡快车车厢的内部格局，还为《变形记》提供萨姆沙所住公寓房间的平面图及有关格里高尔的一幅昆虫画。您能为您的读者提示一些同类的东西吗？

乔伊斯自己很快就不无沮丧地意识到：在那些基本上很简陋庸俗的“荷马式平行”上唠唠叨叨只会分散对这部作品真正美感的注意。他不久就放弃这些装腔作势的章节标题，这些标题向不读作品的“读者”提供现成的“解释”。在我的课上，我只给出实际的资料。

① 《化身博士》是英国作家斯蒂文森（Robert Louis Stevenson，1850—1894）的一部小说。

《说吧，记忆》修订本会附一张有着三处乡村庄园和蜿蜒河流的地图，一幅觅梦绢蝶的图形。

顺便提一下，我的一个同事最近来到我的办公室，带来一个令他惊异的消息：格里高尔不是一只蟑螂（他刚读到一篇相关的报道），我告诉他十二年前我就知道了，我拿出笔记，给他看我在曾叫做“昆虫学312”的课程上画的图画。顺便问一下，格里高尔是哪一种甲虫？

这是一种圆顶状甲虫，一种有着鞘翅的圣甲虫，无论格里高尔和他的作者都没有意识到，当女佣打扫房间，窗户打开时，他可能飞出去，逃之夭夭，加入其他幸福的蜣螂之中，在乡村小路上滚着粪球。

您的小说《时间的肌理》（*The Texture of Time*）进展如何？考虑到您的一些小说材料似乎已经出现在您先前的小说之中，不管这种出现多么短暂，那么，是否可以这样认为，《庶出的标志》第十四章包含了您最新一部小说的萌芽？

在某种程度上可以这么认为，但我已经做了充分准备的《时间的肌理》只是一部篇幅更大、内容更丰富的小说的核心部分，这部名为《爱达》的小说写充满激情、感到无望而又欣喜若狂的黄昏恋情，燕子飞过彩窗，那一阵阵颤抖……

提到小说材料，在《微暗的火》的结尾，金波特说起谢德和他的诗，“我甚至暗示给他取一个好的诗名——我心目中那本书（有些书页他砍掉了）的名称：《单王》，而不是我看到的那个莫名其妙的《微暗的火》。”1940年，《当代年鉴》发表了您一部“未完成”小说中的一个很长的章节，小说的名字就是“单王”。《微暗的火》代表了那个“砍掉”

的部分吗？《单王》中其他未被翻译的部分（以“极北之国”为名，发表在1942年纽约《新杂志》上）和《微暗的火》之间是什么关系？

比起谢德的诗来，我的《单王》可能不会使金波特感到那么失望。两个王国，即单王的王国[①]和赞巴拉王国，属于同一个生物圈。他们的亚北极区沼泽差不多有同样的蝴蝶和浆果。自20年代起，悲凉和僻远的国度就似乎缠绕着我的诗歌和小说。这和我的个人经历并没有什么关系。与俄国北部不同，赞巴拉和极北之国是多山地区，他们的语言是一种假冒的斯堪的纳维亚语。如果一个残酷的家伙恶作剧地把金波特蒙上眼睛，绑架到极北之国的乡间，闻到树的香味和听到鸟的叫声，金波特不会知道——至少不会马上知道——他不是回到了赞巴拉，但他差不多能肯定他不是在涅瓦河畔。

这就像要求一个父亲公开表明他最喜欢哪个孩子，我的问题也许不合适，但在您的作品中，有您最钟爱的作品吗？哪部作品您评价最高呢？

我最钟爱的作品是《洛丽塔》，评价最高的作品是《斩首之邀》。

这最后一个问题，先生，我想回到《微暗的火》，请问王室珠宝藏在哪儿呢？[②]

藏在考巴尔塔纳附近的一处旧兵营废墟里，先生，但别把这个消息告诉俄国人。

① 即“极北之国”（Ultima Thule，又译“图勒”），古代地理学者想象中最北的地区，也意为最终的目标或理想。

② 这多半是个玩笑，但应该告诉不熟悉《微暗的火》的读者，赞巴拉王室珠宝的藏匿地在书中从未被透露，读者参考索引中“王室珠宝”条目也无济于事。地名“考巴尔塔纳”也在索引中。——原注

《巴黎评论》
(1967)

1966年9月，赫伯特·格尔德来蒙特勒访问我，大部分问题是他提出来的。其余问题（带*号）则由乔治·普林普顿寄给我。两部分合起来发表在1967年10月的《巴黎评论》上。

早晨好！请允许我问上四十多个问题。

早晨好！问吧。

亨伯特·亨伯特和洛丽塔之间的关系您认为很不道德，然而，在好莱坞和纽约，四十岁男人和比洛丽塔稍大一点的女孩之间发生关系是常有的事。他们的结合并不引起公众特别的愤怒，反倒获得公众的青睐。

并不是我认为亨伯特·亨伯特和洛丽塔之间的关系不道德，是亨伯特自己这么认为。他在意，我无所谓。我不关心公众道德，无论在美国还是在别的什么地方。而且，四十岁的男人和十多岁或二十出头的女孩结婚这事和洛丽塔没什么关系。亨伯特喜欢“小女孩”——并不只是“年轻女子”。小仙女就是女孩子，不是刚出道的女伶和“性感小猫咪”。当亨伯特遇到洛丽塔时，她才十二岁，不是十八岁。你可能记得，在她十四岁的时候，他就称她为“老情妇”了。

有个批评家这么说到您，“他的情感与众不同”，您认为这说法有道理吗？或者这意味着比起别人来您更了解自己的情感？或者说您在其他的层面上发现了自己？或只因为您有独特的经历？

我不记得那篇文章了，但如果一个批评家作出这样的说明，这意味着在得出这个结论之前，他一定研究过至少三个国家几百万人的情感。如果是这样的话，那我确实是个异类。反之，如果他的研究对象只局限于他的亲朋好友，那他的说明就无须严肃地加以讨论了。

另一个批评家在文章中说，您的“世界是静态的，可能因痴迷而变得紧张，但不像日常现实的世界那样会发生断裂”。您同意这个观点吗？您对事物的看法是静态的吗？

谁的“现实”？哪儿的“日常”？在我看来，“日常现实”这一术语本身就完全是静态的，因为它假设这样一种状态：永远可观察、具有客观本质、天下皆知。我怀疑你虚构了那个论“日常现实”的专家。两者都不存在。

这个批评家是存在的（说了他的名字）。还有一个批评家说，您“贬低”您的人物，“以至于他们成了一出大闹剧中的小角色”。我不同意这个观点。亨伯特尽管可笑，但仍然有一种感人的、固执的特征——那是一个被宠坏的艺术家的特征。

我的看法有所不同：亨伯特·亨伯特是个自负、冷酷的坏蛋，他想方设法显示他的“感人”。这个形容词就其真实、眼泪汪汪的意义来说，它只适合我那位可怜的小姑娘。另外，我怎能把我自己创造的人物“贬低”到无足轻重的地步？人们可以“贬低”一个传记主人公，但不能"贬低"一个幽灵般的人物。

*福斯特[1]说他的主要人物有时会掌控小说的发展。您也遇到过这个问题吗？或者您完全控制小说的发展？

我对福斯特先生的了解只限于读过他的一部小说，我不喜欢这部小说。然而，有关人物失控这种奇谈怪论不是他最早提出来的，这种说法就像羽毛笔一样古老，虽然，人们会同情他的人物，如果他们想要逃避印度之行或别的他要带他们去的地方。我的人物只是划桨船上的奴隶。

*普林斯顿大学的克拉伦斯·布朗指出您作品中存在着引人注目的相似。他认为您是一个"极度重复"的作家：以很不相同的方式叙述本质上同一件事。他还谈及"纳博科夫文艺女神"的命运。您意识到在"重复自己"吗？换句话说，您是在不同作品中追求一种有意识的统一吗？

我没有读过克拉伦斯·布朗的文章，但他可能说得有些道理。缺乏独创性的作家似乎多才多艺，因为他们模仿过去和现在的许多作家。而艺术原创性只有它自己的自我可以效法。

*您认为文学批评就是有目的的吗？就一般的批评而言或是针对您的创作来说，文学批评是建设性的吗？

批评的目的是对批评家读过或没读过的作品发表看法。如果批评能给予读者，包括作品的作者有关批评家的才智或诚意或这两者的某种信息，那么在此意义上，批评就是建设性的。

---

① E. M. Forster (1879—1970)，英国小说家，他的一部小说名为《印度之行》(*A Passage to India*)。

编辑的功能是什么呢？他能提供文学上的建议吗？

所谓“编辑”，我想你是指校对者。他们中间，我认识几个得体、温和的聪明人，会和我讨论分号的用法，仿佛这是体面攸关的事——确实也常是艺术攸关的事。但我也会遇到一些浮夸的、自以为是的家伙，他们试图“提建议”，而我则大吼一声：“不删！”

您是一个悄悄走近蝴蝶的捕蝶者吗？如果是这样，那您的笑声不会惊吓它们吗？

正相反，笑声会让它们安静下来，进入一种慵懒的安全状态，就像昆虫模仿枯叶时那样。虽然我不喜欢读对我作品的评论，但我正好记得一位年轻女士写的文章，她想要在我的小说中找出昆虫学象征。如果她对鳞翅目昆虫学略有所知的话，那她的文章会比较有趣。但天哪！她对此一无所知，她使用的术语很混乱，因而互相冲突，十分荒谬。

您如何解释您对所谓“白俄”流亡者的疏远？

噢，在历史上，我自己就是一个“白俄”，因为所有像我的家庭那样，一开始就因反对布尔什维克政权而离开俄国的人都是白俄，我现在很大程度上仍是一个“白俄”。但这些流亡者分裂为许多社交圈子和政治派别，就像布尔什维克革命前整个俄国那样。我既不与“黑色百人团”[①]白俄交往，也不与“粉红色”的所谓“布尔什分子”交往。而另一方面，我在君主立宪知识分子和社会革命党人知识分子中都有朋友。我父亲是个老派自由主义者，我也不在乎被贴上老派自由主义分子的标签。

① Black Hundreds，20世纪初俄国支持沙皇、反对革命的运动或组织。

您如何解释您对现在的俄国的疏远?

这是对时下宣传的虚假的解冻的极不信任。是对难以救赎的罪恶的持续关注。是对所有感动今日苏维埃爱国者的东西漠不关心。是对早在1918年就对列宁主义的小资产阶级骄矜和庸俗本质有所察觉而深感满意。

*您如何评价勃洛克、曼德尔施塔姆和其他在您离开俄国之前就创作的诗人?

我童年时代就读他们的诗,那是在半个多世纪以前。自那以后,我仍然迷恋勃洛克的抒情诗。他的长诗软弱无力,那首出名的《第十二个》糟糕至极,用一种虚假的"原始的"调子来表情达意,最后还粘贴上一个"左"倾的不真实的耶稣基督的形象。至于曼德尔施塔姆,我也记得这位诗人,但他给予我的快乐并不强烈。今天,经由一种悲剧命运的折射,他的诗歌显得比实际成就更伟大。我顺便说一下,文学教授仍然将这两位诗人分别归入不同流派。其实只有一个流派:天才派。

我知道您的作品在苏联有人阅读,也受到攻击。您对您作品的苏联版本感觉如何?

哦,欢迎他们出版我的作品,实际上,维克多出版社正在出版我的《斩首之邀》,那是根据1935年俄语原版重印的,纽约菲德拉出版社也将出版《洛丽塔》的俄译本。我肯定苏联政府会乐于正式承认这部小说,因为这部小说看来包含了对希特勒政权的预言,这部小说也被认为是对美国汽车旅馆体系的猛烈抨击。

您和苏联公民有过接触吗?是哪种形式的接触呢?

我和他们没有实际的接触，虽然20年代后期或30年代早期，我曾经同意见——纯粹出于好奇——布尔什维克俄国的一个特工，他竭力劝说移民作家和艺术家回到祖国怀抱。他有个双名，塔拉索夫什么的，写过一部中篇，名为《巧克力》，我想我可以跟他开个玩笑。我问他是否允许我自由写作，如果我回俄国后不喜欢是否可以离开。他说我会非常喜欢以至于连梦想再次出国的时间都没有。他说，我完全可以自由选择苏俄政府慷慨地允许作家使用的任何一个主题，如农场、工厂、法基斯坦的森林——哦，许多迷人的主题。我说我对农场什么的不感兴趣，我的可怜的诱惑者很快就放弃了。他在普罗科菲耶夫[1]那儿的运气更好些。

您认为您自己是个美国人？

是的，我是这么认为。我就像亚利桑那的四月一样充满了美国味。美国西部各州的动植物和空气把我与俄国的亚洲及北极部分联系起来。当然，我得益于俄国语言及风物良多，以至在精神层面上难以满腔热忱地接受美国地方文学、印第安舞蹈和南瓜馅饼，但当我在欧洲边境出示我的绿色美国护照时，我确实有一种温暖、愉悦的自豪感。对美国事务粗暴的批评会让我恼火和痛苦。在国内政治方面，我是一个坚强有力的反隔离主义者；在国际政治方面，我坚定地站在政府一边。每当产生疑问，我总是遵循选择那种行为准则的简单方法，尽管这一行为准则会使得红色分子和罗素[2]们大为不快。

① Sergei Prokofiev (1891—1953)，俄国作曲家。

② 应该是指英国哲学家罗素（Bertrand Russell, 1872—1970），他是左翼知识分子、和平主义者，反对美国的战争政策。

您认为您属于哪一个群体？

我并不真正属于哪一个群体。我能够在思想上聚集一大群我喜欢的人，但在实际生活中，在一个真实的国度，他们可能会组成迥然不同的团体。另外，我想说，与阅读我的作品的美国知识分子在一起我感到非常惬意。

*您如何看待学术界作为一种环境对作家的作用？您能主要谈谈您在康奈尔大学从事教学的利弊吗？

赏心悦目的校园，再加上一流的大学图书馆，对一个作家来说，就是良好的环境。当然，有如何教育年轻人的问题。我记得有一次，放假期间，不是在康奈尔，有个学生把收音机带进阅览室。他设法说明：①他放的是“古典”音乐；②他“轻轻地”放；③“夏天没有很多读者”。而我就在那儿，影响我一个人，也就影响了很多人。

您能描述一下您和当代文学界的关系吗？和埃德蒙·威尔逊、玛丽·麦卡锡，和杂志编辑及出版商关系如何？

我只有一次和别的作家进行过合作，就是二十五年前，和埃德蒙·威尔逊一起为《新共和》杂志翻译普希金的《莫扎特和萨利埃里》。这事想起来就觉得有些荒诞，因为去年他竟敢质疑我对《叶甫盖尼·奥涅金》的理解，真是愚蠢至极。相反，玛丽·麦卡锡在《新共和》上发文对我表示好感，尽管我认为她评《微暗的火》时在金波特的李子布丁上加了很多她自己的配料。我在这里不想提及与吉罗迪亚的关系，我在《常青评论》杂志上对他“奥林匹亚选集”上的恶毒文章进行了回击。除此之外，我与我的所有出版商的关系都很好。我和《纽约客》的凯瑟琳·怀特、比尔·马克斯韦尔情谊深厚，就是最傲慢的作家也会对他们怀有感激和愉悦之情。

您能说一下您的写作习惯吗？您按事先准备好的大纲写吗？您是从一章到另一章跳着写，还是按顺序从开头写到结尾？

作品的构想先于作品本身。就像玩字谜游戏，我随意在空白处填写。我在卡片上写下这些段落，直到完成整部小说。我的写作计划是灵活的，但我对写作工具则相对讲究：横格的布里斯托卡片、削得不太尖的橡皮铅笔。

您希望世界有什么样的前景？对您来说，过去就是现在，即使在一部写“未来”的小说，如《庶出的标志》中也是如此。您是一个“怀旧者”吗？您愿意生活在什么时代？

我愿意生活在这样的未来日子里：有着悄无声息的飞机、优美的空中自行车、万里无云的银色天空、通用的地下道路系统，卡车将被淘汰，就像莫拉克人[①]的遭遇。至于过去，我不会在意从不同的时空角落重新找回已经失去的生活乐趣，如宽松的长裤、长又深的澡盆。

您不必对我所有的金波特式问题一一回答。

避开难题无济于事。让我们继续吧。

除了写小说，您最喜欢做什么？

哦，当然是捕捉和研究蝴蝶。比起显微镜下蝴蝶器官的新发现和在伊朗或秘鲁的山里找到蝴蝶新品种所带来的欣喜，文学创作具有的快乐和报酬算不了什么。如果没有发生俄国革命，我很可能完全投身于鳞翅目昆虫学研究，根本不会写什么小说。

---

① Morlocks，英国作家威尔斯（H. G. Wells，1866—1946）的科幻小说《时间机器》中的一个种族。

在当代创作中，poshlust[①]的显著特征是什么？它对您有什么诱惑吗？您中过招吗？

poshlust或更确切的对译poshlost，词义上有许多的细微差别，我在论果戈理的那本小书中，显然没有把那些词义阐述得足够清楚，如果你想问某人是否受到poshlost的诱惑。过时的语言垃圾、庸俗的陈词滥调、各式各样的市侩习气、模仿的模仿、假深刻、粗俗、弱智和不诚实的伪文学——这些都是明显的例子。如果我们现在来确认当代创作中的poshlost，我们得在弗洛伊德式象征主义、陈旧的神话学、社会评论、人文信息、政治寓言、对阶级或种族的过度关注及我们所知的各种新闻概论中去寻找。poshlost在这样一些概念中表现出来，如“美国并不比俄国好”或“我们都须承担德国的罪恶”。poshlost在这样一些措辞和术语中盛行，如“关键时刻”、“超凡魅力”、“存在的”（严肃地使用这个词）、“对话”（用于两国间的政治会谈）、“词汇”（用于一个拙劣的作者）。一口气列举奥斯维辛、广岛、越南，这是一种煽动性poshlost。属于某个富人俱乐部（炫耀一个犹太名字——一个财务主管的姓名），这是一种上流社会的poshlost。雇佣文人的书评经常是poshlost，但正统的文章中也会隐藏着poshlost。poshlost称布兰克先生为大诗人，布拉夫先生[②]为小说大师。艺术展览馆一直是poshlost最喜欢的滋生地之一，所谓的雕塑家制造出poshlost，他们操着肇事者的常用工具，搭建不锈钢曲轴怪物、禅宗立体音响、聚苯乙烯臭鸟、在公厕发现的物品、加农炮弹、罐头球体。在那儿，我们欣赏到所谓抽象艺术家、弗洛伊德超现

① poshlust或poshlost是俄语пошлость的英译，意为庸俗、低俗。
② 布兰克先生（Mr. Blank）和布拉夫先生（Mr. Bluff）并非实有其人，而是指“苍白无力”和“虚张声势”。

实主义、水迹污渍、罗夏墨水点[①]的厕所墙壁图样——所有这些就其本身而言，如同半个世纪前的学院派《九月之晨》[②]和《佛罗伦萨花童》[③]一样，已经过时了。还可以列举很多，自然，在这份清单上，每个人都有其bête noire[④]，有他的眼中钉。我所讨厌的是航空公司广告：一个姑娘巴结地用点心招待一对年轻人——她心醉神迷地盯着黄瓜三明治，他含情脉脉地欣赏着女招待。自然，《死于威尼斯》。你见过这类玩意儿。

有您欣赏的当代作家吗？

有几个这样的作家，但我不想说出他们的名字。莫名的快乐不会伤害任何人。

有您极为讨厌的作家吗？

没有。许多公认的作家对我来说简直不存在。他们的名字刻在空墓穴上，他们的作品只是仿制品，就我的阅读趣味来说，他们完全无足轻重。布莱希特、福克纳、加缪，还有许多其他作家，在我看来，绝对算不了什么。当我看到查泰莱夫人的通奸或庞德先生的装腔作势的废话被批评家和同行轻易地称为"伟大的文学"时，我不禁怀疑是否有反对我大脑的阴谋。我注意到，在有些家庭，庞德先生取代了史怀哲博士[⑤]。

---

① 罗夏墨水点，即罗夏测试（Rorschach test），一种心理测试，让人解释墨水点呈现的图形以判断其性格。

② 指法国画家保罗·沙巴（Paul Chabas, 1869—1937）的名画《九月之晨》（*September Morn*, 1911）。

③ 指美国画家弗兰克·杜韦内克（Frank Duveneck, 1848—1919）的画作《佛罗伦萨花童》（*Florentine Flower Girl*, 1887）。

④ 法语，特别讨厌的人或物。

⑤ Albert Schweitzer（1875—1965），德国人，哲学和神学博士，创立"敬畏生命伦理学"，1953年获诺贝尔和平奖。

*作为一个欣赏博尔赫斯和乔伊斯的作家，您似乎和他们一样，乐于用骗局、双关语和谜团来戏弄读者。您认为读者和作者之间应有怎样的关系？

我不记得博尔赫斯用了什么双关语，但我只读过译文。不管怎样，他的精致的小故事和微型人身牛头怪不同于乔伊斯的大型机械，在《尤利西斯》这部清晰明了的小说中，我也没有发现很多的谜团。相反，我讨厌《芬尼根的守灵夜》，书中过分复杂的词语如同癌细胞一般扩散，难以获得书中民间传说和简明（过于简明）的寓言带来的巨大愉悦。

您从乔伊斯那儿学到了什么？

什么也没有。

哦，接着说吧。

詹姆斯·乔伊斯在哪个方面对我都没有影响。1920年前后，我在剑桥大学第一次接触到《尤利西斯》，那时，一个朋友，彼得·洛佐夫斯基从巴黎带来一本，他正好到我家来，给我读了一两页莫莉的粗俗的内心独白，可以这么说，这是书中最弱的一章。只是十五年后，我已经是个作家，学不学什么已不太在意，我读了《尤利西斯》，非常喜欢。我对《芬尼根的守灵夜》不感兴趣，我对所有用方言写的地方文学都不感兴趣——即使那是一种天才的方言。

您不是写过论乔伊斯的书吗？

我论述的不仅是他。我想要做的是发表一组文章，每篇文章二十页左右，论述几部作品——《尤利西斯》、《包法利夫人》、卡夫卡的《变形记》、《堂吉诃德》，等等——都基于我在康奈尔和哈佛大学的讲稿。我乐于记得，面对纪念堂里的六百个学生，我将《堂吉诃德》这本残酷和粗俗的老书批得体无完肤，这让我的几个保守的同事感到震惊和难堪。

其他的影响呢？普希金？

有点影响，但并不比托尔斯泰或屠格涅夫所受普希金艺术的高傲和纯粹的影响更多。

果戈理呢？

我小心翼翼地不去学他。作为一个说教者，他是不可信和危险的。就他的缺点来说，如他的乌克兰题材小说所表现的，他是一个毫无价值的作家；而就他的优点来说，他是无与伦比和不可仿效的。

其他作家呢？

威尔斯是个大艺术家，他是我童年时期最喜欢的作家。《热诚的朋友》、《安·维罗尼卡》、《时间机器》、《盲人国》，所有这些小说都要比贝内特或康拉德的作品好得多，实际上，要比威尔斯同时代的任何作家的作品好得多。自然，他的社会学层面的思考可以略而不论，但他小说中的传奇和幻想是高超的。有一次，我们在圣彼得堡的住宅内用晚餐，他的译者季娜伊达·温格洛夫晃着头告诉威尔斯："要知道，你的作品中我最喜欢的是《失去的世界》[①]。"我父亲很快地说："她是指火星人失去的那场战争。"这真是一个可怕的时刻。

您在康奈尔从学生那儿学到什么吗？任教只是出于经济考虑

---

① *The Lost World*，科幻小说，作者是柯南·道尔。

吗？教学对您有什么教益吗？

我的教学方法妨碍了与学生真正的接触。他们至多在考试中对我的思想有所反馈。我讲的每堂课，都细心地、充满感情地写出讲稿，并打印出来。我在课堂上不慌不忙地读着讲稿，有时停下来重写一个句子，有时重复一段话——重复有助于记忆，但在写下来时却很少引起手腕的节奏变化。我欢迎听众中有几个速记能手，希望他们能与速记水平较差的同学交流信息。我曾试过在学院电台播放录音来取代在讲台前讲课，但没有成功。另一方面，我很欣赏在讲课中，大厅的这个或那个角落传来赞同的咯咯笑声。最好的酬报来自我教过的学生，他们十几年以后写信给我，说他们现在理解了我要他们理解的东西：我让他们想象爱玛·包法利的被误译的发型，或萨姆沙所住公寓的房间布局，或《安娜·卡列尼娜》中的两处同性恋描写。我不知道是否从教学中学到了什么，但我知道，通过分析十几部小说，我为学生积累了大量宝贵的、有趣的资料。我的薪水，正如你碰巧知道的，并不是很高的。

您能说一下您夫人跟您的合作吗？

她是我的顾问和法官，20年代初期就过问我的第一部小说的写作。我的所有短篇和长篇小说，我都至少对她读两遍。她打字的时候要重读这些作品，清样出来后要进行校对，还检查好几种语言的译文。1950年的一天，在纽约的伊萨卡，我因技术上的困难和疑虑而苦恼，正要把《洛丽塔》的头几章投入花园里的垃圾焚化炉，她及时阻止我，劝我别放弃，要我再想想。

您和您作品的翻译之间的关系是什么？

就我妻子和我掌握或能读的语言——英语、俄语、法语，某种程度上包括德语和意大利语——来说，我们会严格检查译文的每一个句子。在译成日语或土耳其语的情况下，我竭力不去想象可能发生在每一页上的那些灾难。

新的写作计划是什么呢？

我正在写一部新的小说，但我不能说。我酝酿已久的另一个计划是出版我为库布里克写的《洛丽塔》电影剧本的全本。虽然他的电影借用了我的剧本，并足以证明我是剧本作者的合法地位，但这部电影只是我想象的非凡画面的模糊而又短促的一瞥，这幅画面是我在洛杉矶度假别墅工作了六个月，一个场景一个场景写下来的。我并不想暗示库布里克的电影是平庸之作；这部电影就其本身而言是一流的，但电影和我的剧本并不同。电影经常将poshlost强加给小说，在它扭曲的镜头中对小说进行曲解和粗俗化。我想，库布里克在他的电影中避免了这种缺陷，但我不理解他为什么不跟随我的方向和梦想。这很遗憾；但至少我可以让人们完整地读到我的《洛丽塔》电影剧本。

如果要您选一本（只能选一本）书，能够让人们记住您，会是哪一本呢？

会是我正在写的，或我梦想写的那本书。实际上，我将因《洛丽塔》和我对《叶甫盖尼·奥涅金》的翻译而青史留名。

作为一个作家，您有无显而易见或不为人知的弱点？

缺乏自然天成的词汇。承认这一点会觉得奇怪，但这是真的。我所拥有的两个工具，一是我的母语，已不再运用，这不仅因为我没有了俄语读者，还因为1940年转向英语写作之后，凭借俄语媒介进行的语言探险带来的兴奋渐渐消失了。我常用的第二个工具是英语，但英语是一种生硬、不够自然的语言，用来描述日落或昆虫没什么问题，但当我需要表述货栈与商店之间的捷径时，英语就难以掩饰其句法和日常用词的贫乏。一辆老式的劳斯莱斯并不总是优于普通吉普车。

您对当代作家的竞争力排名有什么看法？

我注意到因这种排名，我们的职业书评家成了十足的庄家。有人上榜，有人落榜，转眼已成明日黄花。一切都很有趣。我对被冷落稍感遗憾。没有人能确定我是个中年美国作家还是一个老朽俄国作家，或一个没有年龄特征的国际怪人。

您写作生涯中最大的遗憾是什么？

没有更早来美国。我应该在30年代就住在纽约。要是我的俄语小说那时译成英语，就可能给亲苏派以震惊和教训。

对您现在的声誉有什么不利之处吗？

享有盛誉的是《洛丽塔》，不是我。我是一个无名者，双重的无名，一个名字都无法被人念清楚的小说家。

《纽约时报书评》
(1968)

1968年2月17日，马丁·艾斯林来蒙特勒的旅馆看我，他要为《纽约时报书评》做一个访谈。下面这封信放在楼下等候他的到来。

欢迎来访！我花费了许多快乐时光来回答由你在伦敦的办事处寄来的问题。我采用了一种简明、雅致、适宜刊印的形式。除了为避免过长的问答而插进若干问题，你能否按我准备好的回答登在《纽约时报书评》上？这种便利的方法很常用，让访谈双方都满意，如《花花公子》、《巴黎评论》、《威斯康星研究》、《世界报》、《日内瓦论坛》，等等。另外，我想要看到校样，以便检查可能的印刷错误或事实出入（如日期、地点）。作为一个通常的不善言辞者（作家的可怜同类），我希望事先准备的打印稿以直接引语形式作为我的部分，而其他的陈述，如在访谈过程中我结结巴巴说出的话，还有你想在简介中说明的内容，则请作间接或解释性的处理，不采用引语的形式。自然，由你来决定访谈发表时背景材料是否与问答部分区别开来。

我把附加材料留在门房，因为我想你可能要在我们见面前仔细看一下。我很期待见到你。准备好了就请你打电话给我。

下面的文字就是访谈的打字稿。这次访谈发表在1968年5月12日的《纽约时报书评》上。

V. 纳博科夫如何生活和休息？

我们的一个俄国老朋友，现在住在巴黎，她最近在这儿说起，四十年前的一个晚上，在柏林她的一个文学聚会上，做一个小测验，我被问到喜欢住在哪儿，我回答，“住在一家舒适的大旅馆”。那正是我妻子和我现在的生活状态。差不多每隔一年，她和我都要乘飞机（她）或坐船（她和我）回到我们的第二祖国，但坦白地说，我是一个懒洋洋的旅行者，除非旅行中能捕捉蝴蝶。为此，我们通常去意大利，我的儿子和译者（从俄语译成英语）住在那儿；顺便说一下，他在从事歌剧演唱（他的主要职业）过程中获得的意大利语知识有助于他检查我的一些作品的意大利译本。我自己的意大利语只限于“avanti”和“prego”[①]。

早晨六点到七点之间醒来后，我写作到十点半，通常在一张小讲台上写，面对房间的一个明亮的角落，而不是面对我职业岁月时的一大群听众。第一个半小时的休息是和我妻子一起用早餐，约莫在八点半，餐间也阅读信件。有一类信件立马被扔进字纸篓，这类附有一个贴了邮票的信封和我的照片的信是从收集亲笔签名的人那儿寄来的，他告诉我他收集了大量的名人签名（萨默塞特·毛姆、阿布·阿卜杜勒、卡伦·科罗纳、查尔斯·道奇森，等等），想要加上我的名字，但他拼错了我的名字。十一点左右，我在浴缸的热水中泡二十分钟，头上搭一块海绵，想着写作上的麻烦，渐渐进入一种涅槃状态。简单的午餐后，我和妻子沿着湖边散步，两小时的午睡后，再工作到七点

① 意大利语，意为“前面，在前”、“请，不客气”。

用晚餐。一个美国朋友送我们一副西里尔字母拼字游戏，是康涅狄格的新城生产的，晚餐后我们就玩一两个小时的俄国拼字游戏。随后，我上床阅读——期刊或一本出版商寄来的小说。十一点到十二点之间，我开始了同失眠的搏斗。这些就是我在冬季的生活安排。夏季，我去鲜花盛开的山坡追逐蝴蝶；自然，每天骑车十五英里以上，我冬天的睡眠甚至更糟糕。我最后一项休闲活动是编制棋题。最近我在《星期天时报》和伦敦的《晚间消息》上发表的两局棋题带给我的喜悦，我想，甚至超过了半个世纪以前在圣彼得堡第一次发表诗歌。

V. 纳博科夫的社交圈子怎么样？

日内瓦湖上有成群的鸭子和有羽冠的水鸟。我的小说新作中有一些可爱的人物。我的姐姐埃琳娜在日内瓦。有几个朋友在洛桑和沃韦。一群美国知识才俊常在映着美丽落日的湖边寂寞中来探访我。一个叫凡·维恩[1]的先生每隔一天从山区小木屋下来会一位皮肤黝黑的夫人，她的名字我不便透露，他们在一个从我的象牙般的高楼上能够望见的一个街道角落会面。还有谁？还有一位维维安·巴德鲁克[2]先生。

V. 纳博科夫如何看待自己的工作？

我对工作的感情总的来说并非是不友好的。无止境的谦虚和人们所说的“谦卑”这些美德使人不会沾沾自喜地唠叨自己的工作——尤其是当他缺乏这些美德的时候。我明白我的工作分为四个阶段。首先是构思（包括积累那些似乎杂乱无章的笔记及研究的隐

① Van Veen，纳博科夫长篇小说《爱达或爱欲》（*Ada or Ardor*）主人公。
② Vivian Badlook，虚构人名，由纳博科夫本人名字字母重新排列而成。

秘指向)。接着是实际的写作和再写作,写在文具商为我订购的一种特殊卡片上,说其“特殊”,是因为这种卡片两面都有横格线,如果在写作过程中,一阵灵感的爆发将卡片扫到了地板上,你捡起来,看也不看就接着写,这种事可能发生——也确实发生过——即你写在了卡片的反面,标上数字,如“107”,接着你找不到第“103”号卡片,其实它就在背面,先前已经写过的了。当卡片上的文字誊清楚时,我妻子就进行阅读,检查笔画和拼写,再由懂英语的打字员打到纸上,读校样也属于这个第三阶段。书出版之后,要着手处理外文版权。我懂三种语言,不仅能说,而且能用这三种语言写作(就写作实践而言,我在美国所认识和知道的所有作家,包括一伙意译者,都是只用一种语言的)。我自己将《洛丽塔》译成了俄语(刚由菲德拉出版社在纽约出版);但我能控制和订正的只有我小说的法语译本。这个过程充满了同大大小小各种翻译错误的较量,但另一方面也让我达到了第四个,也是最后一个阶段——在原文出版几个月后再次读到了我自己的作品。那时我会发表什么意见呢?对我的写作仍然满意吗?取得的成果与预期相符吗?理应相符,也确实相符。

V. 纳博科夫对以下问题,如关于现代世界、当代政治、当代作家、认为《洛丽塔》“乏味”的瘾君子的看法是什么呢?

我怀疑我们是否能假设一个“现代世界”的客观存在,以及艺术家对这一世界会有确定和重要的看法。自然,会有人努力,甚至长篇大论地来说明对现代世界的看法。一百年前在俄国,最雄辩、最有影响的评论来自“左”倾的、激进的、功利的、政治的批评家,他们要求俄国小说家和诗人描绘和审视现代场景。在那个远去的时代和僻远的国度,一个典型的批评家会坚持要求文学家成为“当前主要问题的报道者”、社会评论家、阶级斗争的通讯员。半个世纪前,布尔什维克警察不仅复活了19世纪60和70年代的这种所谓进步（其实是退步）传统，而且众所周知，强化了这一传统。在旧时代，可以肯定，伟大的抒情诗人或那个创作了《安娜·卡列尼娜》（音译应不带“娜”，她不是一个芭蕾舞女演员）[1]的无与伦比的散文艺术家会乐于忽视这些左翼、进步的对文化艺术无知的人，他们要求丘特切夫[2]或托尔斯泰反映政治和社会的思想交锋，而不是热衷于描写贵族的风流韵事或自然之美。这种可怕的原则曾经在亚历山大二世统治时期有所表现，今天每当听到在英美标榜进步的书评家呼吁多一些社会批评、少一些艺术上的异想天开时，我就想到那些可怕的原则如何演变成了前景暗淡的警察国家的政令（柯西金那阴郁的面孔比斯大林自信的小胡子更能说明这种暗淡前景）。“现代世界”这一已为人们接受的概念仍然在我们周围泛滥，它属于同一种抽象的说法，如同古生物学上的“第四纪”。我所感受到的真实的现代世界是艺术家创造的世界，是艺术家自己的幻影，通过他的蜕变行为，成为一个新的世界，一定程度上是他生活的那个时代。我的幻影产于我的私人沙漠，一个干燥但丰饶的地方，高大的棕榈树干上刻着标志：旅行拖车禁止入内。自然，心存善良：希望他们一般观念的旅行拖车能驶向某个地方——奇异的集市、易上镜的寺庙；但一个独立的小说家不能从步其后尘中获得什么真正的好处。

我也想首先确定政治这一术语的特殊含义，那可能意味着再次沉入遥远的过去。让我来把事情说得简明一些：无论在我的客厅私下谈论，还是作公开的陈述（如说服一个演讲的外国人，每当攻击美国时，他总乐于加入我们本国的示威者），我都欣然表明，对红派来

---

① 纳博科夫认为，对安娜·卡列尼娜这一俄语姓名的英语音译应为Anna Karenin，后面不加“a”，中译为“安娜·卡列宁”；芭蕾舞女演员，英语为：ballerina。

② Fyodor Tyutchev（1803—1873），俄国诗人。

说是坏事，对我来说则是好事。我不想细说，只想补充说明，我并没有鲜明的政治观点，或者说，我所持的观点可以粗略地归入一种老派自由主义。更确切地说——或更坚定，甚至更坚硬地说——我意识到我身上的一种精神内核，它闪耀并嘲笑极权国家及其附庸的残酷的闹剧。我内心清楚地意识到有一道深渊般的大裂口，一边是警察国家的一道道铁丝网，另一边则是我们在欧美享受到的充分的思想自由。

我对那些加入社会批评喧哗的作家感到厌烦。我鄙视炫耀四字词的低俗的市侩时尚。我也拒绝称赞一部小说，就因为它是非洲一个勇敢的黑人写的，或是俄国一个勇敢的白俄写的——或是美国任何个别的团体的代表写的。坦白地说，民族的、民俗的、阶级的、共济会的、宗教的，或任何其他的团体氛围会身不由己地对一部小说抱有偏见，从而使人难于给水果去皮来获取可能的才华的果汁。我可以说出一些现代艺术家的名字，但我不会说，因为我阅读他们纯粹为了乐趣，不是为了得到教育。我发现在同一个标签下，混杂着一大批作家，这很有趣，如“护裆甲和平抵抗”、“威尔士工人—上流阶层社会复兴”、“新鬈发流派”。顺便说一下，我经常听到有人发牢骚，他们在杂志上抱怨我不喜欢他们崇敬的作家，如福克纳、曼、加缪、德莱赛，当然还有陀思妥耶夫斯基。但我可以向他们保证，因为我讨厌某些作家，我就不会损害这些申诉人的幸福，在他们那儿，我的受害者的形象正好形成了受敬重者的星系。我确实能够证明，那些作家的作品真正独立地、在那些愤怒的陌生人的体系及一味吹捧的宣传工具之外存在。

瘾君子，尤其是年轻的瘾君子，是些拉帮结派、随波逐流的人，我不为帮派写作，也不认同群体疗法（如弗洛伊德式闹剧中的大场面）；如我常说的，我为自我写作，这个自我是多重的，一如在微微发光的沙漠地平线上常见的现象。嗜好毒品的年轻笨蛋不读《洛丽塔》或我的任何一本书，有些人实际上什么都不读。也让我来考察一下“乏味”这个词，作为一个俚语，它已经过时了，没有什么比激进的年轻人衰落得更快，也没有什么比吸毒这种蠢事更平庸、更俗气、更弱智的了。半个世纪之前，在圣彼得堡的上流社会也有相似的时尚，那就是吸食可卡因及来自东方的假货。我的年轻的美国读者有着更健康更聪明的头脑，他们远离那些幼稚的时尚和追逐时尚的人。

BBC-2台

（1968）

1968年9月3日，尼古拉斯·加汉姆在蒙特勒宫为BBC-2台的一档节目采访我。访谈原文刊登在当年10月10日的《听众》上。这次访谈简洁明了，我用它的标题作为本书的书名。

您说过您的小说"没有社会目的，没有道德信息"，那么您的小说的功能以及一般意义上的小说的功能是什么呢？

我所有小说的功能之一是要证明：一般意义上的小说是不存在的。我写的书是一个主观的、特殊的事件。我写作中根本没有什么目的，除了把书写出来。我写得很辛苦，长时间地遣词造句，直到我完全拥有这些词语并享受写作的快乐。如果读者的阅读也是一种劳作，那么读得越辛苦，效果就越好。艺术是困难的。容易的艺术是你在现代展览上看到的展品和涂鸦。

在您的作品序言中，您一再嘲讽弗洛伊德是维也纳庸医，为什么？

我为什么要在我的思想一侧容忍一个十足的陌生人？我先前也许说过，但我愿意重复一遍：我讨厌的不是一个医生，而是四个医生：弗洛伊德医生、日瓦戈医生[1]、史怀哲医生和卡斯特罗医生[2]。当然，第一个医生取走了无花果叶，如后来者在解剖室里所说。我无意去梦见那个打着破伞的奥地利怪人的单调乏味的中产阶级之梦。我也要指出，弗洛伊德信条会导致危险的伦理后果，如一个恶劣的凶手，脑子有毛病，但可能被轻判，因为他小时候被妈妈打屁股打得太多或太少——两者都成立。在我看来，弗洛伊德式喧哗只是一场闹剧，如同用光滑的木头做的、中间有个光滑的洞的怪东西，它什么都不是，除了可以看做一张平庸者瞠目结舌的脸，但它却被说成是一个活着的伟大的洞穴艺术家制作的伟大艺术品。

您正在写的小说，我相信，是关于“时间”的，您怎么看待“时间”？

我的小说新作[3]（现在已经打出八百页了）是一部家族编年史，故事的背景主要是在梦幻般的美国。五个章节中，有一章基于我对时间的看法。我将解剖刀深入到时空，解剖肿块般的空间。我对物理学懂得不多，我也反对爱因斯坦的华而不实的公式，但人们不需要懂得神学才能做一个无神论者。我小说中的两位女性都有爱尔兰和俄国血统。一个女孩的故事占了七百多页的篇幅，她年纪轻轻就死了；她姐姐跟随我直到快乐的结尾，硕大的生日蛋糕上点燃了九十五根蜡烛。

您能告诉我您欣赏哪个作家并受其影响吗？

我更愿意说说我一见就厌恶的现代作品：少数族裔的郑重其事的历史个案、同性恋者的伤心史、反美的苏维埃说教、穿插下流故事

---

① 指俄国作家帕斯捷尔纳克（Boris Pasternak，1890—1960）的小说《日瓦戈医生》。

② Fidel Castro（1926—2016），古巴革命和国家领导人，曾获博士学位。英语doctor既指医生，又指博士。

③ 指长篇小说《爱达或爱欲》，简称《爱达》。

的无赖小说。那倒是自愿接受的分类的好例子——帮派的作品、遗忘的标题、混杂的作者。至于影响，我从来没有受哪个作家影响，无论是死去的还是将要死去的，就像我从不属于任何俱乐部或文学运动。实际上，我也像是不属于任何界限分明的大陆。我是大西洋上空的一片羽毛，我的天空多么明亮和湛蓝，远离了鸽舍和那些泥鸽。

您似乎对象棋和扑克这类游戏很着迷，这类游戏也似乎对应着一种生活的宿命观，您能解释一下您小说中命运的作用吗？

我将解决这些难题的事留给学术型评论家，留给知识树上的夜莺的歌唱。客观地说，我没有在我的小说中表达什么主要的观念，如命运观，或至少没有什么观念能用少于我的这本或那本书的字数阐述清楚。游戏意味着有他人参与；我对个人的表演感兴趣，如棋题，我以一种永恒的孤独构思棋题。

您的小说常涉及通俗电影和流行小说。您似乎乐于营造这种通俗文化的氛围。您喜欢这些东西吗？它们和您自己的创作有什么关系吗？

没有关系。我厌恶通俗读物，我厌恶戈戈舞[①]，我厌恶丛林音乐[②]，我厌恶写小妞和暴徒的那些悬而未决的科幻小说。我尤其厌恶粗俗的电影——残疾人在餐桌下强暴修女，或者裸露的姑娘用乳房挤着讨人嫌的年轻男子晒黑的身体。还有，我真的不认为我就比其他作家更经常嘲笑那些流行垃圾，我们都相信：放声大笑是最好的杀虫剂。

---

① go-go，一种由衣着暴露的女子表演的舞。
② jungle music，一种流行快步舞曲，歌词多涉柏油丛林，即城市生活。

流亡国外对您意味着什么?

艺术家总是在流亡之中,尽管他可能从来没有离开祖先的宅门或父辈的教区,这类艺术家常是著名的传记人物,我感觉和他们很亲近;但就更直接的意义来说,对于艺术家,流亡只意味着一件事——他的作品被禁。自从四十三年前我在一家德国公寓的破沙发上写下第一部作品以来,我所有的作品在我的祖国都遭到查禁。这是俄国的损失,而不是我的损失。

在您所有的小说中,人们觉得想象的生活要比乏味的旧现实更真实。你认为想象、梦幻和现实是截然不同的吗?如果是的,那用什么方式进行分类呢?

你用的"现实"这个词让我感到困惑。可以肯定,有一般的现实,可以为我们大家感知,但那不是真正的现实:这只是普遍观念的现实,是日常琐碎的惯用形式,是当下的报刊用语。如果你用"旧现实"指所谓的旧小说的"现实主义",即巴尔扎克或萨默塞特·毛姆或D. H. 劳伦斯——举几个特别令人沮丧的例子——那种平铺直叙的话,那么你是对的,因为你指出了由平庸的表演者伪造的现实是乏味的,而反之,想象世界要求一个梦幻的、非现实的层面。悖谬的是:唯一真实、真正的世界自然是那些看起来非同寻常的世界。当我的想象充分呈现时,就会进入一般现实的普通领域,这一现实也是不真实的,但却置于我们尚不能猜测的新的语境之内。个别的创造活动一旦停止给主观感知的文本注入活力,一般现实就开始腐烂发臭。

您认为生活只是一个非常滑稽但残酷的玩笑,是这样吗?

你所谓"生活"这一术语的意义我不能作更多的引用。谁的生活?什么生活?没有一个所有格的形容词,生活就不存在。列宁的生活不同于詹姆斯·乔伊斯的生活，就像一把碎石不同于一块蓝宝石，虽然两个人都流亡在瑞士，都写下了大量的文字。或者拿奥斯卡·王尔德和刘易斯·卡罗尔的命运来说——一个炫耀其变态生活而锒铛入狱，另一个将卑微但更邪恶的小秘密藏于显影室的液体之下，最终成了所有时代的最伟大的儿童文学作家。我无须为那些现实生活的闹剧负责。我自己的生活远比成吉思汗的生活要幸福和健康，据说他是纳博科夫家族的远祖，第一个纳博是12世纪的鞑靼小王子，在那个充满浓郁的俄国文化氛围的年代里，他娶了一个俄国女孩。至于我书中人物的生活，并不都是荒唐的，也并不都是悲剧的。《天赋》中的费奥多尔拥有真诚的爱情，他的天赋也早就获得赏识。《微暗的火》中的约翰·谢德过着一种紧张的内心生活，远离你所说的玩笑。你必定是把我和陀思妥耶夫斯基混淆起来了。

《时 代》
(1969)

1969年3月中旬，在来蒙特勒之前，《时代》的记者玛莎·达菲和R. Z. 谢帕德通过电传提了二十多个问题。我把回答工整地打出来，等着他们的到来，访谈中他们又加了十多个问题，我回答了七个。大部分问答登在1969年5月23日的杂志上，就是封面上有我头像的那一期。

《说吧，记忆》的节奏和语调和《爱达》很相似，您和凡用意象再现过去的方式也相似。你们两个的思路也相似吗？

作者笔下的人物越有才华和越健谈，他们在语调或心理反应方面同作者相像的机会就越多。这是一种我常遇到的令人略感不安的尴尬，尤其是因为我并没有真正意识到任何特别的相似——就像一个人没有意识到他和一个讨厌的亲戚有着相同的行为方式。我讨厌凡·维恩。

下面两段引文看上去有密切的联系："我承认不信任时间。我喜欢表演结束之后折起我的魔毯，以便让图案的一个部分叠在另一个部分上面。"（《说吧，记忆》）"纯粹的时间，可感知的时间，可触摸的时间，脱离了内容、语境和现场评述的时间——这就是我的时间和主题。其余的都是数字化象征或空间的某个层面。”（《爱达》）您能行个方便来指出在凡和爱达的故事中时间是如何被赋予活力的吗？

在他对时间的研究中，我的人物区分了文本和文本质感，时间的内涵和它几乎可以触摸的本质。我在《说吧，记忆》中忽略了这种区别，而主要关注如何忠实于我的过去的踪迹。我怀疑凡·维恩对想象的控制比我要少，在他沉湎于往日时，将他年轻时的许多形象小说化了。

您说过您对音乐无动于衷，但在《爱达》中，您将时间描述为“压力之间有节奏的、温柔的间隔”。这些节奏是音乐性的、听觉的、身体的、大脑的？或其他什么？

那些“间隔”似乎显示了空间的黑条之间的时间的灰色缺口，更像节拍器单调的打击之间的间隙，而不像音乐或诗歌的不同节奏。

如果，如您所说，“平庸兴盛于‘观念’”，那为什么凡，一个并非平庸的人，在小说近结尾处开始长篇大论地说明他的时间观？这是凡的自负吗？还是作者对小说故事的评论或戏仿？

所谓“观念”，我当然是指一般的观念，这类宏大、严肃的观念渗透在一部所谓的伟大小说中，而且从长远来看，不可避免地膨胀为一堆时事性话题，犹如一条搁浅的死鲸鱼。我看不出这与我贡献给一位智者的短章之间有什么联系，这位智者致力于解决一个深奥的难题。

凡议论说，“我们是在一个非常奇怪的宇宙中的探险者”，读者觉得这也可以用来描述爱达。您的绘画也很出名——有可能把您创造的宇宙画出来吗？您说过，当您在卡片上开始写的时候，整部作品就在您的脑海里。那地球、反地界[①]，等等，是什么时候进入这幅宇宙之画的呢？为什么地球的记录要晚五十年？另外，各种发明和机械装置（如泽姆斯基王子被窃听的后宫）看似弄错了时代，为什么？

对地球而言，反地界恰是一个发生了时代错误的世界——这就是一切。

在罗伯特·休斯为您拍的电影里，您说，《爱达》中的隐喻有了生命，转身成为一个故事……“失血，随后枯竭”。您能说得详细点吗？

这说的是《爱达》中《时间的肌理》那部分中的隐喻：逐渐地、优雅地，这些隐喻构成了一个故事——一个男子驾车旅游，从东到西横穿瑞士的故事；接着，这一形象又消失了。

《爱达》是您的作品中最难写的一部吗？如果是的，您能说说是哪些主要困难吗？

从物质层面来说，《爱达》比我先前的小说都难写，因为它的篇幅更长。你看我写作用的卡片，我用铅笔在卡片上写了又写，这部小说的最后一稿，约有两千五百张卡片，凯勒尔夫人（自从《微暗的火》以来一直为我打字）的打字稿有八百多页。十年前我就开始写时间的质地这一章，那是在纽约北部的伊萨卡，但只是在1966年2月，整部小说才一跃进入存在形式，能够且必须用文字呈现出来。它的跳板是爱达的电话呼叫（现在已经成为小说的倒数第二个部分）。

① 反地界（antiterra），纳博科夫小说《爱达》中虚构的一个星球，作者称之为demonia。

您称《爱达》为一部家庭小说。您颠倒《安娜·卡列尼娜》开头一行的情感，这是一种戏仿还是您认为您的文本更真实？乱伦是通向幸福的一条可能的道路吗？维恩在阿尔迪斯幸福吗？或只是在阿尔迪斯的回忆之中？

如果我描写乱伦意在代表一条可能通向幸福或不幸的道路，那我就是一个表现普遍观念的畅销书说教者了。实际上，我并不在意这样或那样的乱伦。我仅仅想要"bl"在sibling（同胞）、bloom（开花）、blue（蓝色）、bliss（喜悦）、sable（貂皮）这些词中发音。《爱达》的开头句子引发了一系列爆炸，贯穿这部作品，并针对那些缺乏保护的名著的译者，通过基于无知和自作主张的"变形"，译者出卖了他们的作者。

您区别艺术家的凡和科学家的凡吗？作为他的创造者，您对凡的作品有什么看法？《爱达》在某种程度上是关于一个艺术家的内在生活吗？在休斯的电影中，您谈到小说和象棋中的虚晃一枪。维恩在故事中也制造假象吗？

客观地说，维恩的观点在他的《来自地球的信》及他的另外几篇文章中陈述得相当清楚了。我——或以我的面貌出现的任何人——明显站在维恩一边，支持他反对维也纳演讲对梦的解释。

爱达是凡这个艺术家的缪斯吗？凡对她了解多少呢？她似乎在他的故事中一再显现，并使他生活中几个连续的阶段具有了戏剧性。当他在给她写的诗中借用《旅行的邀请》[①]的首行诗句——"在如你一般的土地上，相爱且白头偕老！"——时，他是想表示他很认同波

① 《旅行的邀请》（*L'invitation au voyage*）是法国象征主义诗人波德莱尔诗作《恶之花》中第五十六首诗，中译为《邀游》。

德莱尔的诗句吗?

很可爱的想法,但不是我的。

十二岁的爱达的性早熟势必让人们把她与洛丽塔作比较。在您心目中,这两个女孩之间还有别的什么联系吗?您像喜欢洛丽塔一样喜欢她吗?凡说,“所有快乐的孩子都是堕落的。”是这样吗?

爱达和洛丽塔在同一年龄失贞,这一事实恐怕是拿她们作比较的唯一理由。顺便说一下,洛丽塔(大名多洛蕾丝),一个西班牙吉卜赛小女孩,在《爱达》全书中被提到过好几次。

您曾说过,您是一个“不可分割的一元论者”,请解释一下。

一元论意味着基本现实的单一性,当一个混乱的一元论者或三心二意的物质主义者进行思考,“心”便悄然离开“物”,这样,一元论就是可分割的了。

您未来的写作计划是什么?您说过要出版一部论乔伊斯和卡夫卡以及康奈尔讲稿的书。这部书很快就要出版了吗?您想再写一部小说吗?对此您有什么要说呢?还会写诗吗?

受麦格鲁-希尔出版公司的委托,最近几个月我在做将我的一些俄语诗歌(1916年以来)译成英语的工作。1968年,我完成了《叶甫盖尼·奥涅金》第二版的修订(普林斯顿出版社),比起初版来,这一版更注重逐字逐句的直译。

您考虑要回美国吗?如您几年前提到的回到加利福尼亚?您能说一下为什么离开美国吗?在某种程度上,您仍然觉得自己是个美国人吗?

我是个美国人，我感觉自己是美国人，我喜欢这种感觉。我住在欧洲是出于家庭的原因，我在国内外挣的每一分钱都交纳美国联邦所得税。经常地，尤其在春天，我梦见加利福尼亚的紫红色晚霞、飞燕草和橡树、大学图书馆的安详宁静。

您还会授课或演讲吗？

不会了。尽管我喜欢讲课，但如今要连续地备课和讲课实在是太累了，即使我使用录音机。就此而言，我早就得出结论：最好的教学是放录音，学生可以根据需要多次播放，或者在隔音房间里收听。到年底，他要参加一场老式的、困难的、四小时长的考试，监考人员来回走动。

您有兴趣将《爱达》拍成电影吗？考虑到小说的具体生动、性感美丽和它的重叠的视觉意象，《爱达》看来天生要拍成电影的。据说制片商纷纷来到蒙特勒阅读这本书并出价。您和他们见面了吗？他们提问或征求您的意见吗？

是的，电影业的人纷纷来到蒙特勒我下榻的旅馆——敏锐的头脑、灵活的手段。我也确实想要写，或帮助写一部能反映《爱达》的电影剧本。

在您近来的几部小说中，您一些最有趣的议论是关于驾驶和道路问题的（包括作者对速度和杂物箱中物品的摸索）。您开车吗？喜欢驾车旅行吗？经常旅行吗？喜欢什么交通工具？明年有旅行计划吗？

1915年夏季，在俄国北方，作为一个喜欢冒险的十六岁男孩，有一天，我注意到我们的司机将家里那辆敞篷汽车停在了车库前（那是我们乡村别墅马厩的一部分)，马达响着，人却不见了；接下来便是我开着它，一路歪歪扭扭地开到了最近的沟里。那是我第一次开车。第二次，也是最后一次是三十五年后，在美国的什么地方，我妻子让我开一会儿车，我几乎撞上停车场上唯一的一辆车，停车场很宽敞，那辆车还停在了远处。1949至1959年之间，她开车十五万英里，带我游遍了北美——只是为了捕捉蝴蝶。

似乎只有塞林格和厄普代克是您称赞的美国作家。这张名单上您还会加上什么作家吗？您读过诺曼·梅勒最近的政治和社会报道(《夜间的军队》)吗？如果读过，您欣赏吗？您是否特别欣赏哪位美国诗人？

这倒提醒了我：你知道，这听上去有些荒唐，但去年我和另外几个作家被邀请去报道芝加哥的那场政治集会，我自然没有去，现在还相信这多半是《老爷》杂志开的一个玩笑——邀请一个连民主党和共和党都分不清的人。再说，我讨厌公众集会和游行示威。

您对俄国作家有什么看法？如索尔仁尼琴、亚布拉姆·特尔茨[①]、安德烈·沃兹涅先斯基[②]，近几年这些作家在美国很受读者欢迎。

只是从文学的角度，我可以谈论同行，就你提到的这些勇敢的俄国作家来说，对他们的优缺点进行专业的考察是必需的。我不认为这种客观性会是公正的，因为这些勇敢的俄国人承受着政治迫害。

您经常见您的儿子吗？你们怎样合作翻译您的作品？你们从一个项目的开始就一起工作还是您只是一个校订者或顾问？

---

① Abram Tertz，俄国作家安德烈·辛亚夫斯基(Andrei Sinyavsky，1925—1997)的笔名。
② Andrey Voznesenski(1933—2010)，俄国作家。

我们选择住在中欧，是不想离我们的儿子德米特里太远，他住在靠近米兰的地方。我们并不如我们所愿地经常见到他，因为他的歌剧职业（他有一副出色的男低音）要求他到各个国家去旅行。这多少有违于我们居住欧洲的初衷。这也意味着他不能像过去那样贡献更多的时间来合作翻译我的旧作。

在《爱达》中，凡说，一个丧失记忆的人在天堂会和吉他手，而不是和一个大作家，甚至一个平庸的作家同居一室。您愿意谁做您的天堂室友呢？

这会很有趣：听到莎士比亚放声大笑，当他知道了弗洛伊德对他剧本的所作所为时。这会满足一个人的正义感，当他看到H. G. 威尔斯比假模假样的康拉德更多地应邀参加柏树下的聚会时。我也想要从普希金那儿得知他和雷列耶夫[①]的决斗是否真的发生在巴托沃公园（后来成了我祖母的产业），这个问题是1964年我第一个提出来的。

您愿意简单说一下20年代、30年代的流亡生活吗？比如，您在哪儿做网球教练？您教哪些人打网球？阿佩尔先生提到，他认为您给侨民团体作过演讲。如果这是真的，您演讲的题目是什么？看起来您肯定经常旅游，是这样吗？

我给同一批人或他们的朋友上网球课，1921年以来，我就教他们英语和法语，那时我仍然来往于剑桥和柏林之间，我父亲是柏林一家侨民《俄语日报》的主编之一，1922年我父亲去世后，我差不多就定居在那儿了。30年代，我经常受侨民组织的邀请当众朗读我的散文

① Fedorovich Ryleev（1795—1826），俄国诗人，因参与十二党人起义而被处绞刑。普希金也因参与起义而被流放。1837年，普希金死于与法国流亡贵族丹特士的一次决斗。

和诗歌作品。在参与那些活动的过程中，我旅行到过巴黎、布拉格、布鲁塞尔和伦敦，后来，1939年的一个蒙恩的日子，阿尔达诺夫，一个同行和好朋友，对我说："你瞧，明年夏天或秋天，我被邀请去加利福尼亚的斯坦福讲课，但我去不了，所以，你能代替我去吗？"我生活中的第三个阶段就这样开始了。

您何时何地遇到了您的妻子？你们何时何地结婚的？您能简单说一下她的家庭背景和少女时代吗？您在哪个城市或国家向她求婚的？如果我没说错，她也是俄国人，您或您的兄弟姐妹小时候见到过她吗？

我是在柏林的一次侨民慈善舞会上遇到我妻子薇拉·斯洛尼姆的，在这样的舞会上，年轻女士们通常会出售潘趣酒、书籍、鲜花和玩具。她父亲是圣彼得堡的一个法学家和企业家，革命毁了他的企业。我们先前在圣彼得堡的聚会上见过，那儿我们有共同的朋友。我和薇拉于1925年结婚，开始的时候生活很拮据。

阿佩尔夫妇和其他人说，康奈尔文学课的学生对您的小说课程不怎么欣赏，他们对男、女生联谊会的姑娘小伙和运动员更感兴趣。您意识到了吗？如果上述说法属实，那么原因是：您是一个"爱炫耀的、滑稽的讲师"。这一看法似乎同您作为一个散淡的教师的自画像有所不符。您能就作为一个教师的生活经历略微多谈一些吗？因为这是封面故事的一个不可或缺的部分。那时，您对学生有什么看法？他们把那门大课称为"肮脏的文学"。您认为这是您还是英国小说名著让他们感到震惊？还是他们对什么事情都会大惊小怪？您对当今盛行激进主义、示威抗争的大学教学怎么看？

在我十七年的教学生涯中，不同学期的课程是有所变化的。我记得我的教学方法和原则使有些文学课学生（还有他们的教授）感到恼怒或困惑，因为他们习惯了“严肃”的课程，这些课程充满了“趋势”、“学派”、“神话”、“象征”、“社会批评”，还有称为“思潮”的极其可怕的东西。实际上，这些“严肃”课程是相当简单的，学生所要求知道的不是作品本身，而是关于这些作品的东西。在我的课上，阅读者必须讨论具体的细节，而不是一般的观念。“肮脏的文学”是一个由来已久的笑话：说的是我前任的课程，他是一个忧伤、彬彬有礼和好酒的人，他对作家的性生活比对他们的作品更感兴趣。近十年的激进主义、示威抗议的学生，我想，要么听了一两次我的课后就放弃了，要么期末因答不出这样的试题而不及格，如论述两对做梦者：斯蒂芬·D—布卢姆、渥伦斯基—安娜的双梦主题。我的考试题目没有一个会迎合那种时髦的阐释或批评观，而那正是一个教师希望加以鼓励的。我所有的试题只为一个目标：不惜任何代价去发现学生是否完全吸收和消化了我课上讲的那些小说。

我现在明白您即使不认同凡的“忧心忡忡”，您也难免会这样的。您像他一样夜不能寐吗？

我在《说吧，记忆》中叙述了我童年时期的失眠症。它现在仍然一夜又一夜地困扰着我。药物确实有效，但我害怕服药。我讨厌药品。我惯常的幻觉能力已经有过之而无不及了，感谢冥王哈迪斯。客观地说，我从未见过比我狂乱的大脑更清晰、更孤独、更平衡的了。

紧接着上述引文，凡警告说要提防“刺客的双关语”。您显然是一个杰出的、乐此不疲的双关语好手，这似乎尤其合适，如果您为《时代》杂志简要地讨论一下双关语，因为天晓得，《时代》杂志成了一个特别笨拙但坚定的刺客的目标。

在一首论述诗歌的诗里，魏尔伦警告诗人慎用la pointe assassine[1]，即在诗的结尾引入一个警句或道德观点，从而将诗谋杀。让我觉得有趣的是“point”的双关，在禁止的同时形成了意义双关。

您是一个夏洛克·福尔摩斯的爱好者。您什么时候失去了对神秘小说的兴趣？

除了极少数例外，神秘小说是一种拼贴艺术，将多少有些创造性的神秘事件同常见的、平庸的艺术表现混杂在一起。

您为什么不喜欢小说中的对话？

对话如果有戏剧性或喜剧性风格，并与叙述文字艺术性地融合，这是令人愉快的；换句话说，它是特定作品中风格和结构的一个特征。反之，对话就只是自动打字机，通篇是毫无形式感的胡言乱语，一眼望去就像飞碟掠过尘暴区。

① 法语，杀手锏。

《纽约时报》

(1969)

1969年4月，奥尔登·惠特曼寄来这些问题，并在我七十岁生日前夕来蒙特勒做了一次愉快的访谈。访谈刊登在1969年4月19日的《纽约时报》上，只有两三个问答没有登出来，我想大概是留给惠特曼或他的继任者日后作《纽约时报》的专刊用。我记下了我们之间的一些交谈。

您称自己是“一个美国作家，在俄国出生，在英国受教育”。这如何使您成为一个美国作家？

一个美国作家，就眼前的情况来说，意味着这个作家成为美国公民已有四分之一的世纪了。而且，它意味着我的所有作品都是首先在美国出版的。它还意味着美国是唯一让我在精神和情感上有归属感的国家。无论正确与否，我都不是那些完美主义者中的一个，他们借助对美国吹毛求疵而发现自己同本地的无赖及妒忌的外国观察者陷于同一个泥潭。我对这个我所移居的国家的赞赏可以轻易避开它的颠簸和缺陷，比起俄国历史上的罪恶深渊，这些颠簸和缺陷根本算不了什么，更不用说其他更异类的国家了。

在《致我的灵魂》一诗中，您也许形容您自己是“一个外省的自然主义者，一个迷失在天国的怪人”。这似乎可以将您对蝴蝶的兴趣同您生活中的其他方面，如写作联系起来。您觉得您是一个“迷失在天国的怪人”吗？

所谓怪人就是这样一个人，他的心智和感觉会因常人甚至不注意的事物而激动。反之，一般的怪人——这样的怪人哪儿都有——会对邻座夸夸其谈的游客感到沮丧和厌烦。就此而言，我经常感到困惑；但旁人也会因我的在场而感到困惑。我也知道，作为一个善良的怪人应该知道，那个不停地跟我唠叨房贷率上涨的讨厌的老家伙，会摇身一变成为一个跃尾虫或金龟子的大权威。

飞行和逃亡的梦境在您的许多诗歌和小说中出现，这是您自己曾有过的漂泊生活的反映吗？

部分是的。但事实的古怪在于，在我很小的时候，远在俄国革命和内战所导致的极为无聊的迁徙之前，我就饱受噩梦之苦，梦中经常出现流浪、逃亡和废弃的站台。

在您的哈佛大学经历中，您喜欢（和不喜欢）什么呢？又是什么促使您离开坎布里奇呢？

我的哈佛经历包括在奇妙和难忘的比较动物学博物馆从事昆虫学研究的快乐的七年（1941—1948）和1952年春季学期在纪念堂面对约六百个大学生讲授欧洲小说。除此以外，我还在韦尔斯利教了五六年书，随后，从1948年起，我是康奈尔大学的教师，最后成为俄国文学教授和《洛丽塔》的作者，之后（1959年），我决定全身心地投入写作。我很喜欢康奈尔大学。

在美国，您可能因《洛丽塔》而不是其他哪一本小说或诗歌而广为人知。如果有可能的话，您愿意您的哪一本书（诗歌或小说）在美国成为名著？

我并不热衷于追求名声；然而，我认为那些在当今的通俗词典中将“小仙女”（nymphet）定义为“很年轻但性感的女孩”，而没有附加的评论或说明的坏家伙应当受到惩罚。

文学中的性描写是否已经登峰造极？现在这种描写会减弱吗？

我对这个或那个团体活动的社会特性完全不感兴趣。历史上，古代作家的性描写纪录至今未被打破。艺术上，作家写得越脏，他们的作品就越可能成为老生常谈、陈词滥调，就像《米勒的拇指》、《裁缝的痉挛》这类小说。

您怎么看待现代暴力？

我憎恨所有残暴者的暴行，无论是白人或黑人、棕色或红色皮肤。我鄙视红皮肤的无赖及粉红色的傻瓜。

回顾您的生活，真正重要的时刻是哪些？

实际上，每个时刻都重要。昨天收到的来自俄国读者的一封信、去年捕捉到的一只奇妙无比的蝴蝶、1909年学骑自行车。

您如何看待您在还活着的及刚去世的作家中的地位？

我经常想，应该存在一种表示微笑的特殊的印刷符号——如某种凹面标志、一个平躺着的圆括弧，我可以用来回答你的问题。

如果您给自己撰写讣告，您会突出或强调什么以表明您对五十年来文学发展和艺术及美学观的贡献？

就我的情况来说，一部近作（即《爱达》，完成于去年圣诞节）的日落余晖很快就和新计划的朦胧曙光交汇在一起。我的下一本书，带着理想的色彩和色调已经露出晨曦，它似乎要比我之前写的任何东西都好。我要强调的是，期待所特有的兴奋感就其本质而言，不能理解为讣告性的。

近来有哪些书给您带来阅读的快乐？

现在我很少体验到脊柱的刺痛，而这种刺痛是对一首优秀诗作的唯一有效的反应——如理查德·威尔伯[①]的《抱怨》，一首有关他那位奇妙的公爵夫人的诗（凤凰书店1968年版）。

① Richard Wilbur（1921— ），美国诗人。

《星期天时报》
(1969)

1969年6月初,菲利普·奥克斯代表伦敦的《星期天时报》给我寄来一系列问题。那时,我碰巧被别的一些国家的刊物弄得很恼火,他们利用我提供的材料随意编辑。当他6月15日来的时候,我把写好的回答给了他,还附了下面这张便条。

为了准备这次访谈,我一如既往地写出了回答(有时还有附加的问题),请尽可能做到确切无误。

我的回答代表未刊材料,刊登时应该完整无缺,并且版权归我名下。

回答的前后顺序可以按采访者和编辑的意愿重新安排,如可以拆开,插进提问者的评论或一些描述的语言(但后来添加的材料不能认为是我写的)。

未作准备的言论、俏皮话等,可能在交谈过程中出自我的口,但没有我的同意不能刊登。文章发表前须给我看一下,以避免一些细节上的错误,如姓名、日期等。

奥克斯先生的文章发表在1969年6月22日的《星期天时

报》上。

作为一个出色的昆虫学家和小说家，您是否发现您的这两种主要的身份限制或提升了您的世界观？

什么世界？谁的世界？如果我们指的是利物浦、利沃诺或维尔诺[①]的小报读者的一般世界，那我们谈论的是没有意义的一般性。相反，如果一个艺术家创造了他自己的世界，就像我所做的，那怎么能说他影响了对自己的创造物的理解呢？一旦我们对"作家"、"世界"、"小说"诸如此类的术语加以定义，我们就会滑入唯我主义的深渊和普遍观念的溶液中。说到蝴蝶——我的鳞翅目分类学论文主要发表在40年代，只是引起美国蝴蝶学界几个专家的兴趣。就其本身而言，一个昆虫采集家的激情并非是一种特别与众不同的疾病，然而，它处在一个小说家的世界之外，我能以事实来证明这一点：每当我在小说中提及蝴蝶时，无论我写得多么尽心多么辛苦，仍然会显得苍白和虚假，不能真正表达我想要表达的——而我要表达的只能在我的鳞翅目昆虫学论文中用特殊的科学术语加以表达。在分类标签的大头针上和科学期刊的朴素描述中栩栩如生的蝴蝶，会难堪地死于艺术的生花妙笔。然而——不能对你的问题完全避而不答——我得承认，在某种意义上，蝴蝶卫星撞击了我的小说星球。这种情况常发生在提及某些地名的时候。如果我听到或读到"阿普葛留姆，恩加丁"[②]，我内在的观察者通常会迫使我想象一家小旅馆的观景台，旅馆坐落在两千英尺的高处，一条小路通向远处的铁路小站，割草机在工作；但我首先看到的和吸引我的是有着黄色条纹的眼蝶，它收拢翅膀，停在花朵上，而那些花朵很快就会被人用

① 利物浦、利沃诺或维尔诺分别为英国、意大利和波兰城市。
② 阿普葛留姆（Alp Grum）和恩加丁（Engadine）是瑞士的两个地名。

长柄大镰刀残酷地割去。

您最近在报刊上读到的最有趣的事情是什么？

是关于E. 庞德先生的，这个老家伙对他在纽约克林顿地区的母校作了一次“感伤的访问”，受到了出席毕业典礼的观众——显然是一群笨蛋和疯子——的热烈欢迎。

您看了依据您的小说《黑暗中的笑声》改编的电影了吗？

我看了。尼科尔·威廉森当然是个出色的演员，有些镜头拍得非常棒。那个一边呛水一边咯咯笑的女孩滑水的场景尤其成功。但我对那些性场面的平庸感到吃惊。对此我想多说几句。陈词滥调和寻常套路繁殖起来很快。它们轻易出现在丛林的原始的欢乐中，一如在我们文明化的时髦情景中发生的情况一样。最近的几部影片，包括《黑暗中的笑声》，色情性的角逐已经成了一种俗套，虽然采用这一表现手段不过几年时间。我原本会为托尼·理查森也追随那种时尚而感到遗憾，要不是我因而有机会形成和明确了以下的重要观念：近几个世纪以来，戏剧表演已趋于完美和风格化，如表现人物的吃饭、酒醉、找眼镜、求婚等。但舞台上对性行为的模仿却并不成功，因为没有传统可以借鉴。瑞典人和我们必须从零开始，至今我从银幕上看到的是——男子斑污的肩膀、虚假的性高潮喊叫、几条腿缠在一起——所有这些都那么原始、平庸、俗套，因而令人作呕。这些微不足道的性行为缺乏艺术和风格，与我们的舞台和银幕上对所有其他人类行为的模仿的高水平相比形成多么巨大的反差。这是一个值得深思的话题，导演应该加以注意。

当您写小说时，您显然意识到了历史和时代，虽然您的小说人物的生活状态反映了常见的困境。作为一个作家，您是否感到任何特定的时代会产生您感兴趣的特殊问题呢？

我们是否要界定所谓的“历史”？如果“历史”意味着“事件的书面记载”（那就是历史女神克莱奥的含义所在），那么就让我们来诘问：实际上是谁——什么样的抄写员，什么样的文书——把它们写下来？他们是否胜任这样的工作？我倾向于猜想，大部分的“历史”（即人类的历史——非岩石的天然证词）是被平庸的作家和有偏见的观察者篡改过的。我们知道，警察国家（如苏联）实际上删节和抹掉了旧书中属于过去的事件，因为它们与当前的虚假状态不一致。然而，甚至最有才华和最尽职的历史学家也可能出错。换言之，我不相信存在着脱离了历史学家的“历史”。如果我要选择一个人来保存记录，我想（至少我乐意），选择我自己会更安全。但没有什么记录或我自己的想法可以产生出你所说的特殊“问题”。

您曾说过，就艺术而言，您对《洛丽塔》的欣赏超过了您其他的所有作品。您的小说新作《爱达》取代了您对《洛丽塔》的喜爱之情了吗？

说不上真正取代。确实，《爱达》给我造成的麻烦超出了我的其他小说，也许这种重叠的忧虑正是爱的极致。顺便说一下，说到我的第一个小仙女，让我借此机会来纠正一位不知姓名的家伙几个月前在伦敦一家周刊上产生的一个奇怪的误解。“洛丽塔”不应按英语或俄语习惯发音（那个匿名者认为应该这样发音），而发拉丁颤音“l”和轻俏的齿音“t”。

作为一个作家，您感到孤独吗？

20、30年代我结识的大部分作家是俄国侨民。我和美国小说家并没有真正的接触。在英国，我曾经和格雷厄姆·格林[①]共进午餐。我和乔伊斯吃过饭，和罗伯—格里耶喝过茶。孤独意味着自由和发现。沙漠孤岛可能比一座城市更激动人心，但我的孤单，总的来说没有什么意义。这是特殊环境——遇难的旧船、不测的风浪——的结果，而与性情无关。私下里，我是一个心地善良的人，热情、开朗、坦率、直言不讳、拒绝伪艺术。我不在乎自己的创作被批评或遭冷落，因而，想到那些与文学无关的人会因我发现D. H. 劳伦斯的作品很糟糕或认为H. G. 威尔斯是一个比康拉德更伟大的艺术家而心烦意乱就忍俊不禁。

您怎样看待所谓的“学生革命”？

惹是生非的人从来就不是革命者，他们多半是反动分子。正是在年轻人中间，我们可以发现为数众多的循规蹈矩的人和平庸的人，如成群结队、蓄着胡子的嬉皮士。美国大学里的示威者很少关心教育，如同砸坏英国地铁车站的足球迷们不关心足球一样。这些愚蠢的流氓属于一个家族——他们中间有头脑的人不多。

您的写作方式是什么？

没什么特别的。三十年前，我习惯在床上写作，墨水瓶就在床边，或者在白天或夜晚的任何时间里，我在头脑里进行构思。当麻雀醒来，我却进入梦乡。现在我上午站在小讲台前用铅笔在卡片上写作，但每当阴沉的日子，我在乡间长时间散步，蝴蝶也不来干扰时，我仍然在脑海里构思很多东西。下面是一个失意的鳞翅目昆虫学家的小诗：

① Graham Greene（1904—1991），英国作家。

在岩石上——
久久地攀登；
来对了地方，
却错了时辰。

您写日记或保存档案材料吗？

我是一个记忆力很差但热衷于记忆的人；我可以非常清晰地回想起景色、姿势、语调，以及无数的具体的细节，但记不住姓名和数字。

BBC–2台
（1969）

1969年9月8日，詹姆斯·莫斯曼为BBC–2台采访我，在他提的五十八个问题中，四十个问题我根据在蒙特勒写好的卡片作了回答并录音。当年10月23日，《听众》全文发表了这次采访。收在这儿的文章来自我最后的录音稿。

您说过您探索时间的牢笼，却发现没有出口。您仍然在探索吗？这不可避免是一种孤独的旅行吗？

我不善言辞，我希望我们的听众不介意我使用笔记。

我在《说吧，记忆》第一章中描述的那种对时间牢笼的探索只是一种风格上的设置，意在引入我的主题。

记忆经常表现为生活的碎片，多多少少能被回忆起来。您觉得任何主题能从一个生活片断贯穿到另一个生活片断吗？

在漫长的人生中，每个人都会总结出事物间的一些相互联系。当我经历人生沧桑时，我也要再一次回想过去，寻找答案。

人与人之间最牢固的联系就是他们共同囚禁于时间吗？

不能一概而论。共同囚禁于时间的感觉因人而异，有些人可能根本感觉不到。空泛的议论充满了漏洞和陷阱。我知道，对老年人来说，“时间”只意味着“时钟”。

我们与动物的区别是什么？

意识到意识的存在。换句话说，如果我不仅知道我是谁，还知道我知道我是谁，这样我便属于人类。其余则是思想的光荣、诗歌和对宇宙的想象。就此而言，类人猿与人的区别远大于单细胞变形虫与类人猿的区别。类人猿的记忆与人类记忆的差别就是&这一符号与大英博物馆图书馆的差别。

以您自己作为一个儿童的意识觉醒来判断，您是否认为，运用语言、句法、相关观念的能力是我们学习成人的结果，犹如我们是编程的计算机，或者我们开始运用一种独特的、我们自己内在的能力——称之为想象力？

比起最聪明的计算机，世上最蠢笨的人也是一个最全面的天才。我们怎样学习想象和表达是一个谜，难以表述和破解的谜。

在对您自己的过去进行的敏锐审视中，您能发现形成您艺术风格的因素吗？

能的——除非我通过唤醒它们的方式，回顾性地将它们再次塑型。在隐喻的游戏中，有许多的互动。

当您回顾时间的一个片刻，包括它的形状、声音、色彩和所有者，这整个的画面有助于战胜时间，或提供通向神秘的线索？或这便是它能贡献的快乐？

让我引用《爱达》中的一段文字："从生理学的角度来说，时间的意识是一种持续变化的意识。……另一方面，从哲学的角度来说，时间只是形成过程中的记忆。在每一个个体的生命中，从摇篮到临终病榻，意识的基础逐渐成型和不断强化，这也就是强者的时间。"这是凡的话。凡·维恩是小说中一个有魅力的反面角色。我并不确定是否完全同意他的关于时间结构的观点。我觉得不能完全同意。

不可避免的细节的扭曲会使您为之不安吗？

不会。回忆中意象的扭曲不仅可能因节外生枝而增加美感，而且会给过去不同的时间片断提供信息方面的联系。

您说过您内在的"我"有时会反抗一个小说家，为什么？（注：我想起您因把自己的过去的一些经历给予小说人物而懊恼。）

一个人如果把宠物留在邻居那里，并再也不会回去带走宠物，他会因此而怨恨自己。

您把对过去的一些回忆给了小说人物，这会减轻过去的负担吗？

人对过去的记忆会因披露而淡化。这就像那些色彩斑斓的蝴蝶和飞蛾被无知的外行挂在充满阳光的客厅的墙上，以便陈列观赏，几年后，它们就逐渐褪色，成为一种可怜的单调的色彩。鳞翅目昆虫的宝蓝色不易褪色，但即便如此，聪明的收藏家也会将标本放在干燥而光线暗淡的柜子里。

您曾经写您自己犹如"从我遥远的、孤寂的、荒无人烟的时代的山脉"向外眺望。为什么是荒无人烟？

因为一座荒岛比一座沙滩上有着脚印的岛屿更值得期待。何况，“荒无人烟”在这儿有直接的意义，因为我的许多老伙伴已经离我而去了。

您身上的贵族气息是否使您鄙视小说家？或者只是英国贵族对文人反感？

普希金既是诗人，也是俄国贵族，他常常让上流社会感到震惊，因为他声称写诗是出于个人乐趣，而发表则是为了金钱。我也如此，但我从不让什么人感到震惊，也许除了我以前的一个出版商，他常无视我的严正要求，说我是一个极好的作家，无须预支太多的稿酬。

回顾和颂扬往日时光的能力是您的一个特质吗？

我不认为是我的一个特质。我可以举出英国、俄国和法国许多作家的例子，他们至少和我做得一样好。有趣的是，我注意到，每当提到我使用的三种语言时，我就用这样的排列次序，因为这一排列有着最好的节奏感，无论是扬抑抑格，还是抑抑扬格。这是韵律方面的一个小经验。

您有过幻觉的经历吗，如幻听或幻视？如果有的话，那这些幻觉有启发性吗？

当我在长时间的写作和阅读后进入梦乡时，我经常享受（如果这个词用得恰当的话）瘾君子的那种感觉——持续的、异常明亮的、不断变化的画面。每个晚上出现的画面未必雷同，但在同一个夜晚，画面是同一个系列的。在某一个夜晚，画面可能是万花筒般的不断组合和变形的彩绘玻璃的图案；而另一个夜晚，则是有着一只可怕的不断睁大的蓝眼睛的外星人或超人的面孔；而最奇特的一组画面（我清楚地见到）是一个死去多年的朋友，朝我转过身来，在我眼前与另一个熟人的身影慢慢融为一体。至于幻听，我在《说吧，记忆》中描述过，当睡在床上时，常常会有断断续续的电话交谈声在耳中响起。关于那些费解的现象的报道可以在由精神病学家收集的个案中读到，但还没有令人信服的解释。至于弗洛伊德，免谈！

您最好的回忆似乎与美好的日子相关，高大的常青树、阳光照耀在巨石上，一个和谐的世界，人类生活到永远。您利用过去以便对不怎么和谐的生活进行抗争吗？

我的回忆所涉及的那个时段，即1903年到1940年间，我的生活总保持着一种和谐和常青的状态。我对童年俄国的激情已代之以新的兴奋，代之以寻找新蝴蝶的山中探险，代之以和谐的家庭生活，代之以小说创作的巨大快乐。

写小说是快乐还是苦差事？

当我构思一部作品时，苦乐参半；当我同写作工具及写作内容较量时则是令人痛苦的恼怒——铅笔要削尖、卡片得重写、膀胱要排光、字常会拼错需要时时检查。随后，读秘书准备好的打字稿、纠正我和秘书犯下的大大小小的错误、誊清改过的稿子、纠正弄错的页码、记住需要删节或添加的东西。校对时再重复这一过程。打开光洁漂亮的厚厚样书——发现了一处愚蠢的勘漏，正是我的失察造成的。差不多一个月后，我习惯了书的最后阶段，习惯了给它在精神上断奶。我现在怀着一种奇妙的温柔注视着它，如同一个男子看着的不是他的儿子，而是他儿子的年轻妻子。

您说您对批评家不感兴趣，然而，您却因爱德蒙·威尔逊对您的评论而大为恼火，并给予猛烈的回击。看来您还是很在乎的。

我从不因自己的艺术作品受到批评而反驳，不怀好意的批评之箭伤不了我，更不用说击中要害，我的盾牌即是那些沮丧的弓箭手所称的我的“自信”。但当我的学问受到质疑，我就不能置之不理，我的老朋友爱德蒙·威尔逊因而撞到枪口上了。我也会因素昧平生的人以虚假而低俗的臆想侵犯我的隐私而感到恼怒，如厄普代克先生在一篇算得上聪明的文章中荒谬地暗示：我的一个小说人物，粗鲁又风骚的爱达“在某些方面，像是纳博科夫的妻子”。顺便说一下，我也收集剪报，作资料用，也供消遣。

您视自己为一个特立独行的作家纳博科夫，还是一个娱乐者、一个苦工、一个天才？

“天才”这个词用得太随意了，是不是？至少在英语中是这样，而它的俄语对应词“geniy”则是一个发音低沉、充满敬畏之意的用词，只适用于很少一些作家，如莎士比亚、弥尔顿、普希金、托尔斯泰。对那些深受人们喜爱的作家，如屠格涅夫、契诃夫，俄国人用另一个词“talánt”，即“有才华的”，而不是“天才”。这是语义差异的一个显著的例子——同一个词，在一种语言中要比在另一种语言中更有分量。虽然我的俄语和英语实际上是同时学的，但当我看到“天才”被用于任何一个重要的说故事的人，如莫泊桑或毛姆时，还是感到吃惊和困惑。俄国人用词很讲究，因而在我看来，“天才”是指一种独特的、耀眼的天赋，即詹姆斯·乔伊斯所拥有的那种天才，而不是亨利·詹姆斯的才华。我恐怕答非所问了，请问下一个问题是什么？

政治观念能解决个人生活中的任何重大问题吗？

我总是对这种解决方式的干净利索感到惊奇：激烈的斯大林主

义者转变为无辜的社会主义者、社会主义者在保守主义那儿找到了休憩的港湾，诸如此类。我猜想这必定像宗教皈依，对此我所知甚少。我只能以一个无神论者的惶恐不安去解释上帝的流行。

您为什么说您不喜欢"严肃作家"？难道您是指"坏"艺术家吗？

这么说吧。我的意愿是要避免把我的艺术才华浪费在庄重概念和严肃观点的图解上，我也不喜欢这些概念和观点在别人的作品中泛滥成灾。我小说中能被追溯的思想属于我小说的人物，也许还是故意留有瑕疵的。在我的回忆录中，可引用的思想仅仅用来传递心灵的图景、暗示和幻象。它们就像脱离了热带海洋的鲮鳙鱼那样失去了光泽或生命。

伟大的作家都有着强烈的政治和社会方面的思想或倾向性。托尔斯泰就是这样一个作家。他作品中这些思想的存在会使您轻视他吗？

我谈论的是书而不是作者。我认为《安娜·卡列尼娜》是19世纪文学中无与伦比的杰作，其次就是他的《伊凡·伊里奇之死》。我讨厌《复活》和《克莱采奏鸣曲》。托尔斯泰想要成为一个推销员，他的作品就不具备可读性。《战争与和平》虽然有点冗长，但这是一部有趣的历史小说，是为无知无识的所谓"一般读者"，尤其是为年轻人写的。我对这部小说的艺术结构并不满意。它的繁琐的信息、说教性的插曲、虚假的巧合、摇身一变成为历史时刻见证人的那位冷漠的安德烈亲王、作者经常不加甄别地使用各种脚注，这些都不能使我得到阅读的乐趣。

您为什么不喜欢那些热衷于灵魂探索及在作品中进行自我启示的作家？毕竟，您在艺术的外衣下不也是这么做的吗？

如果你是指陀思妥耶夫斯基最糟糕的小说，那我确实很不喜欢《卡拉马佐夫兄弟》，特别不喜欢废话连篇的《罪与罚》。我不反对灵魂探索和自我启示，但在那些小说中，灵魂、罪恶、感情用事、新闻笔法，并不能为冗长而混乱的探索提供正当理由。

是否因俄国革命，您意外地，也是永久地离开了俄国，所以您对童年特别怀念和依恋？

是的。但关键因素并不是俄国革命。它可以是任何东西：一场地震、一种疾病、因个体的灾难而导致的某个人的离去。重要的是突然的变故。

您试图返回俄国吗，即使只是去看看？

没什么可看的。我对新建的廉租公寓和古老的教堂都不感兴趣。那儿的旅馆很糟糕。我讨厌苏联的剧院。意大利的任何宫殿都胜于粉刷一新的沙皇皇宫。内地村庄的小屋依然破旧，可怜的农民同样可怜兮兮地鞭打着他的可怜的马儿。至于我钟爱的北方景色及魂牵梦萦的童年时光——哦，我可不愿意玷污了珍藏在我内心的美好形象。

您如何解释您与当下俄国的疏远？

我憎恨和鄙视独裁。

您称那儿发生的革命为“老一套”，为什么？

因为它沿袭了流血、欺骗、压迫这样的历史模式，因为它出卖了民主理想，还因为所有它许诺给苏联公民的只是：物质品、二手的庸俗价值观、西式食品和用具的仿制品，当然，还有作为特供的鱼子酱。

您为什么住旅馆？

便于收发邮件、免去私人财产的麻烦、确保我的嗜好——喜好自由。

您渴望拥有一块俄罗斯土地吗？在那儿，家族或同胞世代延续，这样一小块土地抵得上整个的美国。

我没有这样的渴望。

怀旧弱化还是增强您的情感？

都不是。它只是众多温情中的一种。

您乐于成为一个美国公民吗？

很乐于。

您看美国人登月的报道了吗？您有什么印象？

哦，说“印象”并不确切！我想象（或在自我投射的想象屏幕上），在人类的发现史上，踏上月球的土地给人以前所未有的最奇妙和浪漫的体验。我租了一台电视，观看他们神奇冒险的每个动作。尽管穿着笨重的宇航服，面对着月球引力，但两位宇航员的步姿多么优美，如同优雅的小步舞曲。同样，当一面旗帜展开，这时刻也有着非同寻常的意义。我感到困惑和痛苦的是：英国的周刊竟无视这一冒险让人感到的巨大兴奋；无视触摸那些珍稀砾石、在夜空看到我们大理石般的地球所带来的奇特的感官愉悦和惊奇。毕竟，英国人应该懂得这种奇妙的体验，他们曾是最伟大、最纯粹的探险者。为何牵扯上金钱浪费、强权政治诸如此类不相干的事？

如果您能绝对统治任何一个现代工业国家，您将废除什么？

我将废除卡车和收音机，我将禁止摩托车魔鬼般的引擎，我将取消公共场所的轻音乐。我将禁止在旅馆浴室安装坐浴盆，这样就有更多的空间安装大浴缸。我将禁止农民使用杀虫剂，只允许他们一年修剪一次草坪，在8月末当所有的飞虫都安全化蛹的时候。

您喜欢读报吗？

是的，尤其喜欢读周日版。

您曾提到您父亲的书房教会您欣赏真正的诗歌，活着的诗人中有真正的诗歌吗？

我过去酷爱诗歌，英、俄、法语的诗都读。1940年前后，我不再沉溺于当代诗歌，激情也开始消退。我对当下的诗歌所知甚少，对新音乐也一无所知。

是否有太多的人在写小说？

我每年都读很多新出版的小说。出于某种奇特的理由，作者和出版商不断送给我的小说，大多是那种伪流浪汉小说，人物千篇一律，而且脏话连篇。

在小说《爱达》中，我想，您对诗人奥登[①]作了戏仿。您为什么如此轻视他？

在《爱达》中我没有对奥登先生进行戏仿。我对他的诗歌并不是很熟悉。然而，我知道他的一些译诗——严厉批评过他掉以轻心

① W. H. Auden (1907—1973)，诗人，出生于英国，后成为美国公民。

所犯的错误。罗伯特·洛威尔[①]自然是个更糟糕的诗人。

《爱达》中有大量的文字游戏、双关语、戏仿——在您的文学训练过程中，您承认受到来自詹姆斯·乔伊斯的影响吗？您钦佩他吗？

我在读《尤利西斯》之前就开始文字游戏了。我喜欢那本书，但我更欣赏的是文体的清晰和准确。真正的双关语在《芬尼根的守灵夜》中——而这是一部失败之作，乏味至极。

关于卡夫卡和果戈理的作品，您有什么看法？我觉得您的早期创作受到了他们的影响。

每个俄国作家对果戈理、普希金、莎士比亚都应心怀感激。而有些俄国作家，如普希金和果戈理，则通过法语翻译受到了拜伦和斯特恩的影响。我不懂德语，在30年代前不能读卡夫卡，《新法兰西评论》刊登了他的《变形记》，而那时，我的一些所谓“卡夫卡式”短篇小说已经发表。唉，我不是一个能为追溯影响提供有趣材料的人。

有人说，托尔斯泰说过，生活就是一堆“臭大粪”，人有义务慢慢把它吃掉。您同意吗？

我从没听过这个说法。那个老家伙有时相当讨厌，不是吗？我自己的生活则是涂着乡村黄油和阿尔卑斯山蜂蜜的新鲜面包。

人所能做出的最坏的事情是什么？（我想起您对残酷的抨击。）

---

① Robert Lowell (1917—1977)，美国诗人。

发臭、欺骗、酷刑。

那最好的事情呢？
善良、自尊、无畏。

《时 尚》
(1969)

1969年6月26日，纽约《时尚》杂志的助理编辑艾伦·塔尔梅给我寄来一些问题，下面是我的回答。这次访谈发表在《时尚》圣诞节专号上。

在您的小说中，魔术、花招及其他种种诡计扮演着很重要的角色。您运用它们是为了娱乐还是另有目的？

另一个V. N.[①]运用骗局更是出神入化。科学认为动物的模仿、自我保护模式及形态有某种目的，其实，他们的物种优化超出了单单生存的原初目的。在艺术中，一种个人风格就其本质而言，就像海市蜃楼一样没有实际效用，然而又是自然生成的。你提及的“花招”，并不能胜过昆虫的伎俩。一个机智幽默的人也许会说它使我不至于成为弱智者，而一个心怀感激的观众会乐于因戴着面具的表演者优雅地融入大自然的背景而喝彩。

在您的自传《说吧，记忆》中，您形容围绕着这个世界的一系列

① V. N. 是纳博科夫姓名（Vladimir Nabokov）的缩写，但这儿是指“自然界”（Visible Nature）。

同时发生、无足轻重的事件“形成了一个瞬间的、透明的事件有机体”，而诗人（坐在纽约伊萨卡的草坪躺椅上）则是这一有机体的核心。这情景是如何在您的想象先于思维的信念中呈现的？

这些偶然事件的同步性，以及它们如同“主要感知者”[①]所形容的发生的事实，也许是符合“现实”的，如果他有某种光学仪器来复制那些事件的话，但在你引述的那一情景中，这位坐在草坪躺椅上的中心人物没有任何一种录像设备，所以，他必须依靠纯粹想象的力量。我越来越倾向于将所有事件的客观存在视为不纯粹想象的一种形式——即我所谓的“现实”。无论人脑怎样理解事物，都需要创造性想象的协助，这个过程就好比水顺着玻璃滑落，清晰而流畅。

1969年是您初次发表作品的五十周年，您的处女作与您最近一部作品《爱达》有什么共同点？您的创作意图和技巧有什么变化？保持不变的又是什么？

我的处女作是一部爱情诗集，发表在五十三年前，而不是五十年前。在我的祖国还能找到几本。这部诗集韵律不错，但完全缺乏独创性。十年后，即1926年，我的第一部在国外出版的俄语小说，[②]用一种更能被读者接受的热情，描写了那段童年罗曼史，无疑，借助怀旧，表现出某种创意和超然。最后，临近中年，我在《说吧，记忆》的一个章节中，以相当准确的英语涉及了同样的主题，并如实地加以描写。至于我小说中这一主题的不时闪现，只有我能判断这部或那部小说中貌似“真实”自我的细节是否像最著名的乐园情景中亚当的肋骨一样正宗。作家传记的可贵之处不在于是他的冒险史，而在于是他的风格形成的故事。只有这样，才能恰当地评价我的第一部小

① 即诗人。

② 即《玛申卡》（*Mashenka*），英译《玛丽》（麦格鲁-希尔出版公司，纽约，1970）。——原注

说中的女主人公与我最近小说中的爱达的关系，如果有这种关系的话。两座祖先的花园也许有着基因上的相似，但真正的艺术与基因无关，甚至与物种无关，而只是与物种的变异个体有关。小说蛋糕中的葡萄干来自最初的小葡萄。我在这儿用了一堆格言，以便让你有关爱达的问题得到回答。

据报道，您说您更像是生活在未来，而不是生活在现在或过去——尽管您偏爱回忆。您能说一下这是为什么吗？

我记不得这话到底是怎么说的了，但大意是：在职业性写作中，我向前看，而不是往后看，犹如我试图去预见作品的写作进展，试图通过水晶玻璃墨水瓶去预感作品的誊清稿，在作品还没付印前就试图阅读校样，通过预想进入写作进程的某个想象阶段，它的每一行文字属于当下时刻，而相应的只是不断上升的过去的地平线。但用另一个更情感性的隐喻来说，我承认，我保存着我这一行的工具、记忆、体验、耀眼的事物，它们始终围绕着我、罩着我、与我在一起，就像一个技师的工装裤的口袋里插满了各种器具。

有人经常很表面地把您和一些国际性作家，如贝克特、博尔赫斯联系在一起，您觉得您和他们或其他当代作家之间有密切的关系吗？

哦，我很了解那些评论家：心智迟钝，行文草率。他们应该将贝克特、梅特林克、博尔赫斯与法朗士[①]联系起来。这么做会更有意义，而不是对一个陌生人说三道四。

① Anatole France (1844—1924)，法国作家。

在您一生中，您见证了许多非同寻常的变故，但您保持了一种“美学距离”。您认为这是天性使然还是一种需要培养的品质？

我的淡漠是一种假象，源于我从未属于任何一个文学的、政治的或社会的小团体。我是一只孤独的羊羔。然而，我得说明，我以自己的方式消除这种“美学距离”，如同我的小说《斩首之邀》和《庶出的标志》，我对俄国和德国的极权主义进行了断然谴责。

果戈理会认为您最合适为他作传。您会选择谁做您的传记作家呢，您为什么会作这样的选择？

这种所谓的合适是另一种假象。我讨厌果戈理的道德说教，我对他没有能力描写少女感到沮丧，我也反感他的宗教迷恋。文字上的创造力并不是作家间的一种真正的纽带，它只是一只花环。他对我的小说多半会感到惊骇，也会责备我二十五年前写下的、天真而有些肤浅的小传不无恶意。因为做过长期准备和深入研究，车尔尼雪夫斯基传（见我的小说《天赋》）就更成功，我发现他的作品有些滑稽，但他的命运比果戈理的命运更让我感动。车尔尼雪夫斯基对此有什么想法是另一个问题——但至少，文献所提供的朴素的真实支持我的看法。我对我的传记作家的要求只是——朴素的事实，而不是象征的寻找，不是哗众取宠，不是某些主义的废话，不是弗洛伊德的破玩意儿。

您的昆虫学证据表明格里高尔·萨姆沙是一只金龟子，而不是蟑螂。您在康奈尔大学文学课上所用的地图和图表广为人知。对现行的文学批评您还能提出什么清新的矫正方法？

在我的教学生涯中，我努力给文学系学生提供有关细节以及细节之间联系的确切信息，以产生感性的火花。没有感性的火花，一部作品就没有了生命。就此而言，空泛的观念毫无意义。一个傻瓜也能明白托尔斯泰有关通奸的态度，但要欣赏托尔斯泰的艺术，好的读者就需要想象，如一百年前莫斯科—彼得堡卧铺车厢的格局。在这方面，图表就很有帮助。取代那些一成不变而又无聊的荷马式章节标题，教师应该准备都柏林地图，以清晰地展示布卢姆和斯蒂芬错综复杂的游逛路线。如果对《曼斯菲尔德庄园》[1]中的落叶松林迷宫没有视觉上的感知，那这部小说就会失去它的立体般画面的美感；除非在学生的脑海中准确地重建杰基尔博士[2]住宅的大门，否则无法完美地欣赏史蒂文森的故事。

人们随意谈论“语言的死亡”和“书籍的没落”。您怎么看待文学的前途？

我对未来的书籍并不很在意。我所关注的是在我的作品的再版本中，尤其是平装本，一些印刷错误能够得到订正。

一个作家接受采访合适吗？

为什么不能接受采访？当然，从严格意义上说，一个诗人、一个小说家，不是公众人物，不是异邦国君，不是国际情人，不是人们乐于结交的明星。我很理解人们想要知道我的写作，但不鼓励人们对我本人产生兴趣。作为人类一员，我并不具有特别的魅力。我的习性很简单，我的趣味很一般。我并不愿意拿我喜爱的食品（熏肉、鸡蛋和啤酒）来换拼写错误的菜单。我会惹怒我的一些好友，因为我列举我讨厌的事物来取乐——夜总会、游艇、马戏、色情演出、在许多地方见到的留着格瓦拉发式的裸体男子的深情的眼睛。这也许很奇

① 简·奥斯丁的一部小说。
② Dr. Jekyll，英国作家史蒂文森小说《化身博士》中的人物。

怪：像我这样一个谦逊、低调的人会反对自我介绍这种普遍的做法。无疑，有些文学采访很可怕：智者和小丑之间无聊的对话，或更糟糕，那种法国式的开头："让娜·杜邦，您是谁？"或报道一些让人难以忍受的粗话。我不相信谈论我自己就有助于推销作品。我真正喜欢的更好的公开谈话是提供这样的机会，在公众面前建立可信的作家形象，而不是暴露负面的品行。

《小 说》
(1970)

在1970年8月的最后一个星期，阿尔弗雷德·阿佩尔再次采访了我。访谈的成果刊于《小说》1971年春季号，由布朗大学出版。

自从《洛丽塔》在美国出版十二年以来，您已经出版了二十二部作品——新写的美国小说、英语出版的俄国旧作、俄语版《洛丽塔》——这给人以这样的印象，如有人说的——我想是厄普代克——您的创作呈现两端增长。既然您的第一部小说（《玛申卡》，1926）已经问世，那也许是可行的：您的更早期的作品也可以遵循这样的模式，译成英语出版。

是的，我即将出版的《诗歌与棋题》会奉献我青年时期的几首诗作，包括《雨水流淌》，这首诗是1917年5月在我们的乡村别墅的花园中构思写下的，那是我们一家在那儿住过的最后一个春天。这部"新作"由5个部分组成：三十六首俄语诗，包括原文和译文；十四首我直接用英语写的诗，那是1940年我到达美国之后写的，全部发表在《纽约客》上；十八道棋题，除了两题，其余都是最近几年构思的（1940年至1960年间的棋谱不知放哪儿了，而更早时候未曾出版的草稿又不值得刊印）。这些俄语诗只是我年轻时大量涂鸦之作的百分之一。

那些涂鸦之作能区分出不同的时期或发展阶段吗？

能够被称作欧洲时期的诗歌创作似乎呈现出几个不同的阶段：充满激情但诗作平庸的最初阶段（没有编入《诗歌与棋题》）；对十月革命极不信任的阶段；20年代这个阶段，意在保持怀旧性的回忆和发展拜占庭式意象（有些读者误以为是一种对“宗教”的兴趣，而文学风格化之外的宗教，我从来不认为有什么意义）；另一个持续了十年左右的阶段，我实践写短诗的原则，包含一个情节，讲述一个故事（借此表达我对侨民诗歌“巴黎学派”的单调无聊的不满）；最后一个阶段，30年代后期，尤其是随后的几个十年，从自我禁锢中突然解放出来，这一结果既源于诗作数量减少，也源自后来才被发现的稳健风格。为这本集子选诗容易，而译诗则难得多。

为什么要把棋题和诗歌编在一起？

因为棋题是象棋之诗。一切有价值的艺术所需要的品质，编写棋题的人同样需要：独特性、创造力、和谐、简洁、复杂，以及极佳的骗局。

您的大部分俄语作品（1920—1940）都署名“西林（Sirin）”。为什么使用这个笔名？

在现代俄语中，西林是雪鸮的一个常用的名字，雪鸮是冻原鼠的克星，也指漂亮的鹰鸮，但在古老的俄国神话中，这是一种彩色的鸟，有着女性的脸面和胸脯，无疑类似古希腊神话中的女仙“赛壬”，一个灵魂的运输者和水手的戏弄者。20年代，当我设法取个笔名而确定用那只大鸟的名字时，我仍然没有摆脱拜占庭式意象的魅惑，这一意象非常吸引勃洛克时期的俄国年轻诗人。凑巧的是，大约在1910年，出现了一本题为“西林”的文学选集，对所谓“象征主义”运动表示敬意。我记得1952年，我在哈佛大学的霍顿图书馆浏览时发现，图书馆目录将我与勃洛克、别雷和勃留索夫并列，作为20世纪第一个十年活跃的诗人，这使我忍俊不禁。

关于在德国的俄国侨民生活的一种似真似幻的意象就是一部自导自演的电影，可以说像《玛申卡》中的加宁及您的短篇小说《助理制片人》中那些人物的所作所为，他们“唯一的希望和工作是他们的过去——那是一群完全不真实的人”，您写道：他们“受雇来代表‘真实的’的观众。不同幻景的结合令一个敏感者产生如下印象：他住在一座‘镜子大厅’中，或者说他是一个镜子的囚徒，他甚至不知道谁是镜中人，谁是自己”。西林的状态也是这样吗？

是的，我就像加宁，《玛申卡》(1970年英译本更名为《玛丽》)中的情景是一种“真实生活”的原来模样。我记不得那些电影的名字了。

您在柏林和电影界人士交往多吗？《黑暗中的笑声》表明有一种亲近关系。

30年代中期，一个名叫弗里茨·科特纳的德国电影演员，是那个时代最著名、最有才华的艺术家，他想把《暗箱》(英译为《黑暗中的笑声》)拍成电影。我去伦敦见他，但没有结果，然而，几年后，要在巴黎拍另一部电影，这次同样走入死胡同。

我记得另一次想拍《黑暗中的笑声》的努力同样没有结果，大约1960年，制片人请了罗杰·瓦迪姆——芭铎出演玛戈？——当然，直到1969年，这部小说才最终被搬上银幕，由托尼·理查森导演、爱德华·邦德编剧、尼科尔·威廉森和安娜·卡列尼娜（有趣的名字）出演，背景从柏林改为理查森自己的家乡伦敦。我想您看过这部电影。

我看过。那个名字确实有趣。小说中写到一部电影，女主人公在其中扮演了一个小角色，我希望读者考虑一下我的预言能力，因为我1931年在电影中给女主角取的名字（多里安娜·卡列尼娜）预示了电影女演员的名字（安娜·卡列尼娜），她四十年后在电影《黑暗中的笑声》中扮演玛戈。我在蒙特勒的一次私人放映中看过这部电影。

还有别的作品想搬上银幕吗？

还有《王，后，杰克》和《爱达》，虽然哪一部都还没有拍成。《爱达》很难被拍成电影：问题在于幻想的成分，又不能表现得过火。《庶出的标志》在西德电视上播出，根据《斩首之邀》改编的歌剧在丹麦电视台演出，我的一出戏剧《事件》（1938）出现在芬兰电视上。

20年代和30年代早期德国有几部好电影。您住在柏林，对那个时期的电影有什么印象吗？您和一些导演，如弗里茨·朗、约瑟夫·冯·斯坦伯格有交往，今天您觉得这种关系有意义吗？前者会是《绝望》（1934）的理想导演，后者导过《蓝天使》，也适合导《黑暗中的笑声》和《王，后，杰克》（1928）。但愿F. W. 茂瑙（死于1931年）能导《防守》（1930），埃米尔·詹宁斯演卢仁！

斯坦伯格和朗的大名对我并没有什么意义。在欧洲，我十天半月才去一次影院，我唯一喜欢的电影，至今仍然喜欢，是劳拉和哈代那类喜剧片。我特别喜欢美国喜剧片——巴斯特·基顿、哈罗德·劳埃德，还有卓别林——我钟爱的卓别林影片是《淘金记》（1925）、

《马戏团》(1928)、《大独裁者》(1940)——尤其是那个降落伞发明者跳出窗户，最后在混乱中下降的场面，我们唯有在独裁者的面部表情中看到。然而，今天的《小男人》的吸引力就逊色多了。马克思兄弟的电影很棒。说到歌剧，《歌剧院之夜》(1935)是天才之作……(纳博科夫随即表现起剧情来，尤其乐于表演美甲师的到来)。那部电影我一定看过多遍！劳拉和哈代始终很有趣。甚至在他们最平庸的片子中，也有微妙的、艺术的感动。劳拉是如此笨拙，又是如此善良。有一部电影表现他们在牛津(《牛津傻瓜》，1940)，有一个场景，他们两位坐在花园长凳上，那是在一个迷宫式花园里，随后发生的一切跟迷宫吻合。一个闲逛的无赖将手放在长凳的后面，劳拉白痴般地拍着手，误将陌生人的手当做自己的手，因为他自己的手还在那儿，这情形就更复杂了。他必须选择。一只手的选择。

您看那部电影有多少年了？

三十或四十年了。(纳博科夫再次回想起影片细节，那是《县医院》[1932]的开场，斯坦带来水煮鸡蛋作为礼物，来减轻住院的奥利的痛苦，但他自己小心地涂上盐，吃起来。)最近，在法国电视一台，我看到一出劳拉和哈代的短剧，配音演员品位不佳，使两位人物带着英语口音说起流利的法语来。但我甚至想不起来，最好的劳拉和哈代影片是否是有声影片。总之，我认为我所喜欢的默片戴着有声电影的面具，反之，有声电影在我的记忆中是默不作声的。

您只欣赏美国电影吗？

不。德莱叶的《圣女贞德》(1928)很优秀，我也喜欢雷内·克莱尔导的法国电影——《巴黎屋檐下》(1929)、《百万法郎》(1931)、《自由属于我们》(1931)——一个新世界，电影新潮流。

一个杰出但谦逊的批评家、学者曾把《斩首之邀》(1935—1936)描述为马克思兄弟导的扎米亚京的《我们》。这么说是否合适;《斩首之邀》在许多方面类似于我们谈论的这些喜剧片?[①]

我并不将视觉艺术与我在索引卡片上的书写作比较,当我想到我的小说,我总是先看到索引卡片。电影的语言部分是这样一种大杂烩,开始是剧本文字,但其实它没有自己的风格。另一方面,一部默片的观众就有机会将他自己内在的语言宝藏附加到无声电影上。

虽然斯坦利·库布里克最终会放弃部分章节或进行修改,但您还是为《洛丽塔》写了电影剧本初稿,为什么?

我想给这部电影以某种形式,以免受到后来的侵犯和歪曲。就《洛丽塔》来说,我加进相当一部分场景,而这些场景是我在小说里放弃,但仍然保存在我的笔记中的。你提到注释本《洛丽塔》中的一个场景——亨伯特来到拉姆斯代尔,那是麦克库住宅一片烧焦的废墟。我的完整的《洛丽塔》电影剧本,恢复了所有被删节和修改的部分,不久将由麦格鲁－希尔公司出版。我希望它在音乐版之前问世。

---

① 纳博科夫的小说有着丰富的喜剧因素、全景式的视觉噱头,就像基顿、克莱尔、劳拉和哈代,以及马克思兄弟的电影。《微暗的火》中的赞巴拉王国令人想起《鸭汤》中的游乐园,以及它的可笑的官员、穿制服的卫兵、镜子墙,也像《歌剧院之夜》的一组镜头,葛罗邱实行管理,其他人把自己打扮成三个同样留胡子的俄国飞行员。《微暗的火》中的金波特,如同国王查理,谨慎地"用着假名,化着浓妆,留着假发和假胡须"(他的真实的、在美国留的大胡子,为他赢得了"大海狸"的绰号),或者想象他逃离赞巴拉,得到了许多追随者的帮助,他们玩弄转移力的伎俩,戴着和国王一样的红帽子和毛衣,挤在当地的监狱里,这监狱"太小而关不了那么多国王"(像是《歌剧院之夜》中拥挤的小屋的影子)。影子派是一个弑君组织,它的种种活动和杀手,令人想起麦克·塞纳特的电影《启斯东警察》。影子派可笑、笨拙,但它致命的杀手格拉杜斯像是一个杂耍演员、喷气时代的"死亡天使",想象他"总是飞过天空,一只手拎着黑色旅行袋、另一只手拿着松散叠起的雨伞,高高地掠过大海和平原"。在《防守》中,卢仁的自杀手段,仍然是由一部电影启发他的:躺在桌子上,显示出"一个脸色苍白的男子,五官没有了生气,戴着大大的美国式眼镜,双手攀在一座摩天大楼的边缘——就要坠落深渊"——这是哈罗德·劳埃德的《最后安全》中的著名场景。我相信您会喜欢这条注释,以解释金波特在很不同的情况下作过的一个评论。——原注

音乐版？

你看上去并不赞成。这事由此行的高手来做：艾伦·杰伊·勒纳负责改编和歌词部分，约翰·巴瑞负责音乐，鲍瑞斯·亚里森做背景的工作。

我注意到，您没有将W. C. 菲尔兹列入您所认同的人之中。

出于某种原因，他的电影没有在欧洲放映，我在美国也没有看过他的片子。

哦，相比之下，菲尔兹的喜剧片更具有美国特色，我猜想，也更少在国外上映。从电影说到剧照，我注意到照片在书中，如《洛丽塔》和《斩首之邀》中没有得到正面的评价。（不是指双关语，没有双关！）现在您会在机械的进程和艺术的灵感之间作传统的区别吗？

我不会作这种区别。机械的用笔可能在一幅可笑的画中存在，而艺术灵感则可以在一个摄影者对景物的选择和观看方式中找到。

您曾经告诉我，您天生是个风景画家。哪些艺术家对您最有意义？

哦，有许多。在我年轻的时候，我最欣赏俄国和法国画家。还有英国艺术家，如透纳。在《爱达》中提及的画家或绘画多半因最近的迷恋所致。

阅读和重读您小说的过程是一种感知的游戏，一种与小说家幻象的对峙。在好几部作品（如《微暗的火》、《爱达》）中，您提到了幻象绘画。您能就幻象画派固有的愉悦说点什么吗？

一幅优秀的幻象画至少表明画家没有欺骗。那些推销花体字来忽悠庸人的江湖骗子并无才华或技巧来画一根钉子，更不用说画钉子的影子了。

您对立体主义的拼贴怎么看？那也是一种幻象艺术。

我可不这么认为，它没有任何的诗意，而一切艺术都应具有诗意，无论它是文字还是音乐作品。

《普宁》中的艺术教师认为毕加索是一流的，尽管有他的商业怪癖。《微暗的火》中的金波特也喜欢毕加索，为装饰他租住的房子，选用了“一幅可爱的毕加索早期画作：尘世男孩牵着雨云马”，您的金波特式的询问者记得在您的书桌上放着一幅毕加索作品《烛台、水壶和搪瓷锅》的复制品（金波特作为国王当政时在墙上也挂着这幅作品）。您欣赏毕加索哪些方面呢？

构图、高超的技巧和素淡的颜色。然而，从《格尔尼卡》开始，我对他的作品就不怎么感兴趣了。我不喜欢毕加索晚期的草率之作。我也讨厌晚期的马蒂斯①。我非常欣赏的一位当代艺术家是巴尔蒂斯②，虽然不仅因为他画了那些洛丽塔式的尤物。

您的《艺术中的蝴蝶》一书进展如何？

我仍然按我自己的节奏在撰写一本插图的《艺术中的蝴蝶》，从古代埃及到文艺复兴。这纯粹是一种科学的爱好。在追溯和辨认古代画家描绘的蝴蝶的过程中，我找到了一种昆虫学上的快感。单单那些可辨认的图画就很吸引我。一些可能解决的问题是：某些品种在古代和现代一样普通吗？在一个五百年之久的蝶翅的样本中能识别出进化的细微变化吗？我得出的一个简单的结论是：无论老马

① Henri Matisse（1869—1954），法国画家。
② Balthus（1908—2001），法国画家。

蒂斯的笔触多么精巧，都不能与19世纪一些科学图书的插图作家媲美。老马蒂斯不知道不同的品种，翅脉的排列也是不同的，他也不会费心去了解它的结构。这就像画一只手，对它的骨骼一无所知，或确实没想到有什么可了解的。某些印象主义画作经不起细看。只有目光短浅的人才会原谅出于无知的含糊不清。在高级艺术和纯粹的科学中，细节就是一切。

画蝴蝶的艺术家是哪些呢？也许他们没有您赋予这种昆虫的象征多吧？

在老一辈画蝴蝶的大师（显然由他们的学徒在附近的花园里用网，或更确切地说用网兜捉蝴蝶）中，有波希[①]、布鲁格尔[②]、丢勒[③]、波尔波拉[④]、西格斯[⑤]，等等。昆虫绘画或者是静物画（花卉或水果）构图的一部分，或者属于传统宗教画中一个更生动的细节，如丢勒、詹蒂莱的画。至于有些画中，蝴蝶有象征意义（如心灵），这则在我的兴趣之外。

1968年，您告诉我您希望去欧洲旅游，到不同的博物馆做些研究。您去了吗？

去了，这就是我们在意大利待了很久的原因，之后，我们要去巴黎的卢浮宫，再去荷兰的一些博物馆。我们去了意大利的一些小城，也去了佛罗伦萨、威尼斯、罗马、米兰、那不勒斯和庞贝古城，在那儿我们发现一种画得很难看的蝴蝶，又长又细，像一只飞蝼蛄。存在着

① Hieronymus Bosch（1450—1516），荷兰画家。
② Jan Brueghel（1568—1625），比利时画家。
③ Albrecht Dürer（1471—1528），德国画家。
④ Paolo Porpora（1617—1673），意大利画家。
⑤ Paniel Seghers（1590—1661），比利时画家。

某些障碍：静物画今天并不流行，它们就像是替补物，被挂在暗处或高处。这样就需要一架梯子、一束强光和一副放大镜！如果一幅画上有蝴蝶，我的目标是确认作者（经常是“佚名”或“某流派”），然后找一个工作效率高的人拍成照片。既然我在一般的陈列馆中找不到这些画作，我就去找馆长，因为有些画会堆在库里。这很费时间：我在罗马的梵蒂冈博物馆游走，但仅找到一只蝴蝶，一只斑马凤蝶，在詹蒂莱一幅传统的《圣母与圣婴》中栩栩如生，就像是昨天才画的。这样的画作会有助于了解进化所需的时间，但一千年也难以显示出它的演化趋势。这几乎是一种无止境的追寻，但如果我能设法收集到至少一百幅这样的画作，我会出版那些特别的绘画，包括蝴蝶，以及按原样放大的蝴蝶部分。有趣的是，红纹丽蛱蝶画最流行，我已经收集到二十幅了。

那种特殊的蝴蝶也在您自己的作品中出现。《微暗的火》中，一只红纹丽蛱蝶落在快被杀死的约翰·谢德的手臂上。《王，后，杰克》中，就在您作为无所不在的作者隐退——可以说，杀死人物——之后，这只蝴蝶出现了。在《说吧，记忆》最后一章，您回忆起曾在巴黎的公园，就在战前，看见一只红纹丽蛱蝶被一个小女孩用绳子拴着。您为什么如此喜爱瓦内萨·阿塔兰塔[1]？

它色彩绚丽，我年轻时非常喜欢。它成群结队从非洲飞往俄国北部，在那儿，它被称作“死亡之蝶”，因为1881年它异常地成群出现，那年沙皇亚历山大二世被刺杀，它的两只后翼上的标记似乎像是“1881”。红纹丽蛱蝶的长途飞行能力比得上其他许多迁徙类蝴蝶。

① Vanessa atalanta，是红纹丽蛱蝶的别名。

您欣赏的画家大多是现实主义的，但并不能因此称您是一个“现实主义者”。这岂不很奇怪吗？或者问题出在命名不当？

问题出在分门别类。

您的青年时期恰好是俄国绘画的实验性的十年。您跟随时尚的变化吗？您怎么看待这些艺术家，如马列维奇[①]、康定斯基[②]，或者选择一个更有代表性的艺术家，夏加尔[③]？

我更倾向于与我童年时期吻合的实验性十年的艺术家——索莫夫[④]、贝努瓦[⑤]（你知道，他是彼得·乌斯蒂诺夫的叔叔）、弗鲁贝尔[⑥]、杜布辛斯基[⑦]等。马列维奇和康定斯基对我没有意义，我也总觉得夏加尔的作品粗陋和怪诞，无法接受。

总这么认为吗？

相对来说，他的早期作品，如《绿色犹太人》和《散步》还不错，但他现在给寺院画的壁画、彩窗，给巴黎歌剧院画的顶棚很粗糙，让人难以忍受。

对切利乔夫[⑧]怎么看？他的《捉迷藏》部分地描述了对您作品的阅读体验。

我对切利乔夫所知甚少。

---

① Malevich（1878—1935），俄国抽象派画家。

② Kandinsky（1866—1944），俄国著名画家。

③ Chagall（1887—1985），俄裔法国艺术家。

④ Somov（1869—1939），俄国艺术家。

⑤ Benois（1870—1960），俄国画家。

⑥ Vrubel（1856—1910），俄国象征派运动时期著名画家。

⑦ 杜布辛斯基1912年至1913年曾是少年纳博科夫的绘画教师，见《说吧，记忆》第92—94页、第236页。——原注

⑧ Tchelitchew（1898—1957），俄国艺术家。

后者让人想起俄国芭蕾，您跟那个圈子熟吗？不仅熟悉画家，也熟悉舞蹈演员和音乐家？

我父母跟他们很熟，也创作音乐。我们家是年轻的夏里亚平[①]第一次演唱的地方，半个世纪以前，我在伦敦曾经和巴甫洛娃[②]跳过狐步舞。

在近来发表在《纽约时报》周日版（1970年5月3日）的一篇文章中，希尔顿·克雷默[③]写道："至少有两位仍活着的艺术家——乔治·巴兰钦[④]和弗拉基米尔·纳博科夫——被广泛认为是他们那个时代最伟大的艺术家，尽管他们的生活环境、语言和对艺术的看法改变了，但他们的艺术成就可以追溯到这样一种美学理想，这一理想哺育了佳吉列夫[⑤]及90年代在圣彼得堡簇拥在他周围的一批艺术家。"我想，这就是玛丽·麦卡锡[⑥]称《微暗的火》为一颗"法贝热[⑦]宝石"的意思吧。这样的类比合适吗？

我对芭蕾舞没有太大的兴趣。我在《说吧，记忆》一书（第5章第111页）中谈及"法贝热宝石"。[⑧]另外，应是Balanshin，不是Balanchine（注意其他的音译错误），我不理解，为什么把我与之相提并论的很多人的名字开头是"B"？

---

① Chaliapin（1873—1938），俄国歌唱家。

② Pavlova（1882—1931），俄国芭蕾舞演员。

③ Hilton Kramer（1928—2012），美国艺术批评家。

④ George Balanchine（1904—1983），俄裔美国舞蹈艺术家。

⑤ Diaghilev（1872—1929），俄国艺术批评家和芭蕾舞倡导者。

⑥ Mary McCarthy（1912—1989），美国文学批评家。

⑦ Fabergé（1846—1920），俄国宫廷珠宝艺术家，其制作的复活节彩蛋享有盛誉。

⑧ 作者在这章回想起一个早晨，他和家庭女教师——一位法国小姐去圣彼得堡，"我们驶过法贝热珠宝店的橱窗，它那怪异的矿石、摆放在大理石上的镶有宝石的三套车，诸如此类，这些物品深得皇室的喜爱，但在我们看来，却是怪诞和俗气的标志"。——原注

这些都让人想起另一位直率的侨民斯特拉文斯基。您和他有联系吗？

我对斯特拉文斯基不甚了解，也看不出他作品中有什么真正直率的东西。

30年代，您在巴黎文学圈还认识什么人，除了乔伊斯和《尺度》编辑部的成员？

我和诗人苏佩维埃尔[1]关系很好。我想到的就是他和让·普汗（《新法兰西评论》的编辑）。

您在巴黎认识塞缪尔·贝克特吗？

不认识。贝克特是很不错的中篇小说的作者，是梅特林克传统的糟糕剧作家。他的小说三部曲是我喜欢的作品，尤其是《马洛伊》。这部小说中有一处场景很特别：主人公拖着身子，拄着拐棍，艰难地通过一片丛林，前面是一片草地，他费力地往前走，穿着三件外套，里面塞着报纸。还有那些鹅卵石，他不停地把鹅卵石从一个口袋放到另一个口袋。一切都这么灰暗、这么尴尬，你会觉得他老是膀胱不适，如同老人有时在梦中的情景。这种悲惨的境况，无疑与卡夫卡笔下身心交瘁的男子有某种相似。这种疲惫正是贝克特作品的引人入胜之处。

贝克特同样用两种语言写作，也很在意他的法文著作的英译。您用哪种语言阅读他的作品？

我既读他的法语作品，也读他的英语作品。贝克特的法语是一

---

① Jules Supervielle（1884—1960），法国诗人。

种教师的法语、一种小心维护的法语，而读他的英语作品，你会感到他的词语联想的丰沛和文体的活力。

我有一个“论点”：《绝望》(1939)的法文翻译对所谓“新小说”产生了很大影响。在给萨洛特[①]夫人的《一个陌生人的画像》所作的序中，萨特把您归入“反小说”作家之中。这倒是一个更为智慧的评价——您不这么认为吗？——因为在此八年前，当他评论《绝望》时，他说作为一个漂泊的移民作家，您没有自己的主题。此时此刻您也许会问：“你的问题是什么呢？”纳博科夫是法国新小说的先驱吗？

法国新小说实际上并不存在，除了在分隔的鸽笼里扬起一阵灰尘和绒毛之外。

但您如何看待萨特的评论？

无可奉告。我不受任何一种观点的影响，我只是不知道“反小说”到底是什么？每一部原创小说都是“反什么”的，因为它不同于之前的文类或样式。

我知道您欣赏罗伯-格里耶。您对松散的“新小说”流派中的其他一些成员有什么看法，如克洛德·西蒙、米歇尔·布托尔？还有雷蒙·格诺[②]，一个优秀作家，他不属于这一流派，但多方面地参与其中？

格诺的《风格练习》是一部生动有趣的杰作，实际上也是法国

① Nathalie Sarraute (1903—1976)，法国作家。
② Raymond Queneau (1903—1976)，法国作家。

文学中的最好的作品之一。[1] 我也很喜欢他的《扎姬》，我记得他在《新兰西评论》发表过几篇很出色的散文。我们有一次在聚会上相遇，并谈到了另一个著名的小女孩。我并不关注布托尔。但罗伯－格里耶与众不同。人们不能，也不应该把他们归为一类。顺便说一下，当我们拜访罗伯－格里耶时，他的娇小的妻子，一个年轻的演员，出于对我的好意，给自己穿上小女孩的衣服，扮成洛丽塔，当我们第二天在餐馆出席出版商的午宴时，她仍然小女孩打扮。在给每个人（除了她）倒上红酒后，侍者问："小姐，您要可乐吗？"这很有趣，照片上的罗伯－格里耶看上去非常严肃，此时开怀大笑。

有些人称新小说"严肃地讲一个侦探故事"（再次看到了《绝望》法文版的影响）。不论是否有戏仿的成分，您"严肃"地对待侦探故事，因为您多次将这一文类的特性进行变形。您能说一下为什么您经常回到这一文类吗？

我童年时就痴迷夏洛克·福尔摩斯，布朗神父的故事也许能提供一些缠绕的线索。

您曾说过，罗伯–格里耶的创作转型属于心理学层面——"最好意义上的心理学"。您是一个心理小说家吗？

我想，一切有价值的小说家都是心理学意义上的小说家。说到新小说的先驱者，那是弗朗茨·海伦斯[2]，一个很重要的比利时作家。你认识他吗？

---

① 纳博科夫的溢美之词不无幽默，因为格诺的《风格练习》是反故事的，即使不是反小说：一个男子挤在一辆公车上，后来，他的一个朋友建议他在大衣上增加一粒扣子，这样的"故事"以不同的方式重复讲了九十九遍，而没有什么"生动有趣"的，如詹姆斯·邦德的故事那样。——原注

② Franz Hellens (1881—1972)，比利时小说家。

我不认识。什么时候他的创作达到高峰？他的创作属于哪个时期？

后波德莱尔时期。①

您能说得更具体些吗？

海伦斯高个子、清瘦、文静，是个非常持重的人，30年代中期，我在比利时见过他多次，那时我正在演讲大厅面对大批侨民听众念我的讲稿。我尤其喜欢《共同拥有的女人》(1929)这部小说，在他写的众多小说中，还有三四部也很出色。我尝试在美国找人出版他的作品，但没有结果。海伦斯会得到好评，他在比利时深得读者喜爱，他在巴黎的朋友也设法提升和扩大他的声誉。人们对他的阅读少于糟糕的加缪先生，甚至少于更糟糕的萨特先生，这是一个耻辱。

您对海伦斯和格诺的看法是很有趣的，部分的原因是新闻记者总是强调您对其他作家的批评性意见，他们觉得您那样做“更精彩”。

是的，这就是“人云亦云”。在生活中，我刚好是一个善良、正直、直率的人，不能容忍伪劣艺术。我最欣赏的作家是威尔斯，尤其是他的传奇作品：《时间机器》、《隐身人》、《盲人国》、《星际战争》，还有那部月球狂想曲《月球上最早的人类》。

---

① 纳博科夫自然是在取笑学术界的癖好，将个体的艺术家或作家简单地、武断地归入某个“时期”、“流派”、“主义”(他说“只有一个流派，那就是天才派”)，但是，他的回答又实有所指。波德莱尔在比利时度过了他生命中的最后几年，海伦斯生于1881年，在波德莱尔死后十四年才出生。海伦斯确实代表“后波德莱尔时期”。海伦斯全集包括八部小说、十四部诗集。1931年的诗集有一幅莫迪利亚尼为他所画的肖像。他的《诗歌全集》出版于1959年，他的最新作品《物体》出版于1966年。《新版拉鲁斯》(1969)有他的一个简短条目。纳博科夫很多年未见到海伦斯了。1959年，他送给纳博科夫一本他的小说《上帝的眼睛》，热情地写上“给《洛丽塔》的作者”。——原注

最后一个问题，先生，生活的意义是什么？（在采访者的打字稿上，这个问题下面，是一幅托尔斯泰头像的模糊复制品。）

答案见第000页（我刚收到的《诗歌与棋题》编辑打字稿上的注解就是这么说的），换言之：让我们等着书稿校样。

《纽约时报》
(1971)

和奥尔登·惠特曼的第二次见面是在1971年4月中旬，访谈刊于4月23日的《纽约时报》(有印刷等错误)。

先生，再过几天，您就要七十二岁了，超过《圣经》上所说的“人生七十”。如果说这是成就的话，那这一成就给您留下什么印象？

在人的预期寿命几乎达不到它的一半长度的年代里，“人生七十”听起来无疑让人生出敬意。即便这样，彼得堡的儿科医生也从没有想到我会取得你所提到的这种成就：幸运的承受力、看似矛盾的超脱的毅力、好工作和好酒、对稀有的昆虫或有韵味短语的纯正的迷恋。另一件也许能提供帮助的事实是，我有点迷信：数字、梦境、巧合会极大地影响我——虽然并不是荒诞的恐惧，而是神话般的科学谜团，难于陈述，更说不上解决。

那您的生活是否达到了您年轻时的期望？

迄今为止，我的生活远远超出我童年和青年时期的雄心。在我们这个世纪的第一个十年，在和我的家人去西欧的旅行途中，我躺在床上胡思乱想，想象成为一个流放者会怎么样，在国外度假胜地的桉树下，思念遥远、凄凉、不可征服的俄国（这一称号将会被证明是合适的）。列宁和他的警察将这一臆想变成了现实。十二岁时，我梦想去喀喇昆仑山脉寻找蝴蝶。二十五年后，在我勇敢的父亲的陪伴下（见我的小说《天赋》），我手拿网兜，成功地去中亚山区探险。十五岁时，我想象自己七十岁时是一个世界著名作家，一头白发，波浪起伏。今天我实际上成了一个秃头。

如果生日愿望与马有关，您希望有什么样的马？

只想有珀伽索斯。[1]

我听说您正在写一部新的小说。有书名了吗？您能简单介绍一下这部新作吗？

我正在写的这部小说名为《透明》[2]，但作品概要是一个模糊的影子。我们在蒙特勒的旅馆的门面正在重新粉刷，我跑到葡萄牙的最南端，想要找一个安静的地方（得适应冲浪和海风）可以写作。我在凌乱的卡片上写（我的已经存在的文本会作无形的引导），我不断地填补和删节，写作过程中削笔刀用得比铅笔还多；但我在之前的几次采访中已经说过这些——有一个词的拼写我每一次都要查词典；我旅行时随身带着1970年版《韦伯斯特大词典》。顺便说一下，词典定义“Quassia”时认为它来自“Quassi”，这是一个18世纪的苏里南黑奴，他发现了一种治疗白人孩子肠虫的方法。另一方面，这部词典中并没有我自创或化用的新词——既没有“iridule”（《微暗的火》中的珍珠母云朵），也没有“racemosa”（一种稠李），更没有与音律有关的术语，如“scud”、“tilt”（见我对《叶甫盖尼·奥涅金》的

① Pegasus，希腊神话中有双翼的飞马，也象征诗人的灵感和诗才。

② *Transparent Things*，中译《透明》，上海译文出版社2008年版。

评论）。

对《爱达》有各种不同的批评，在您看来，哪些批评特别有见地？为什么？

除了一些无可救药的雇用文人（他们连头几章都读不了）之外，对我这本最具都市色彩和诗意的小说，美国的书评家有独到的见解。至于英国报刊，少数有眼光的批评家的评述也很中肯；一些糟糕的批评家则有失水准，而往常作为我的精神向导的菲利普·汤因比[①]先生似乎对《爱达》大为苦恼，甚至超过了《微暗的火》带给他的苦恼。我记不清那些批评的细节，眼下连绵的山脉也隔开了我的文件，但一般说来，我妻子和我已经很久不把剪报塞进易忘的盒子里去了，而是由能干的秘书贴在一个大册子里，这样，我比以前更了解当下的各种流言蜚语。为直接回答你的问题，我想说，我得益于一个严肃批评家的是足够的洞察力，能理解我的用词和比喻，我的目的不是哗众取宠或故弄玄虚，而是以最大的诚实和澄明，表达我的所感所想。

您的小说《玛丽》在美国获得了成功，您怎么会想到将一部多年前的小说出英文版？

在我写于四十八年前的第一部俄语小说的英译本序言中，我指出存在于作者1915年的初恋和小说人物加宁恋情之间的相似性，加宁在风格化的《玛申卡》中回忆起这段恋情。也许在始于40年代（那正是介于《玛申卡》和《玛丽》的中心点）的自传中我已经回顾过那段年轻时的罗曼史，因再度复活而产生的陌生感不禁丧失了它的某些动人之处。然而，我感到了另一种激动，虽然满怀感激，但更

① Philip Toynbee（1916—1981），英国作家。

抽象，当我告诉自己，天命不仅从衰败和遗忘中保存了一种脆弱的发现，而且还让我活得长久，以监管去除了裹布的木乃伊。

如果您正在为《洛丽塔》写一部音乐喜剧的“书”，这部作品的喜剧性何在？

喜剧性是我自己来做这件事。

《纽约时报书评》
(1972)

1971年6月10日，在来蒙特勒见我之前三个星期，以色列·申克尔寄给我这些问题。我的书面回答准确无误地发表在1972年1月9日的《纽约时报书评》上。他们的介绍要是去掉多余的修饰性点缀(如关于活着的作家的闲话)，就完美了。

您如何面对生活的磨难？

每天上午洗澡和早餐前刮脸，以便随时远走高飞。

您追求何种文学美德？如何追求？

寻求最佳用词，使用每一本可能找到的词典，借助联想和节奏，尽可能确切地表达想要表达的。

您日后可能要承担责任的文学罪过是什么？您如何为自己辩护？

在我的书中宽恕太多的政治蠢人和文学骗子。选择抨击的目标时过于挑剔。

您在世界文学界有何种位置？

这儿的视野就很好。

“自我”的存在会给您带来什么问题？

这是一个语言学问题：这一事实源于模仿性演变的行为。“自我”一词在俄语里意为“他的”、“他”。

这些日子您心驰神往的地方是哪儿？

草坪。俄国北方一块有着英雄珍眼蝶的草坪，南加州一块有格林内尔蓝蝶的草坪。诸如此类。

您如何看待人从泥泞中往上爬？

真正了不起的表现。虽然遗憾的是，麻木的大脑仍沾着一些泥巴。

对死亡我们应抱什么态度？

“让我一个人待着，阴郁的死神说。”（空墓上刻着虚假的文字。）

您赞赏哪种力量？反对哪种力量？

为稳妥起见，我倾向于只接受一种力量：艺术战胜垃圾的力量，神奇战胜野蛮的力量。

什么样的大问题您不感兴趣？您最关切的问题是什么？

问题越大我越不感兴趣。我最关注的问题是色彩的微观层面。

对难以捉摸的真理，我们能够（应该）怎么办？

人能够（及应该）找一个训练有素的校对，确保印刷错误和疏漏不会损害采访的真理，报社想方设法安排一次采访，而作者尤其关注他的话语能准确无误地刊出。

"瑞士广播"
(1972？)

1971年9月8日，保罗·苏夫林前来为"瑞士广播"欧洲和海外栏目做一档电台采访。我不知道什么时候（或是否）我们这些奇怪的交谈会播出。下面是部分谈话内容。

据报道，您说在第一流的小说作品中，冲突不在于人物之间，而在于作者和世界之间。您能解释一下吗？

我说的是"在作者和读者之间"，而不是"世界"，后者是个没有意义的表述，因为创造性的艺术家造就他自己的世界。他和读者发生冲突，因为他是他自己的理想读者，而那些其他的读者常常只是动嘴唇的幽灵和遗忘症患者。另一方面，一个好读者面对一个难啃的作者势必要作出艰辛的努力，而一旦尘埃落定，那些努力就会获得最好的回报。

您所遇到的特别的冲突是什么？

哦，那就是我通常面临的冲突。

在您的许多创作中，您构思了一个在我看来像是《爱丽丝漫游奇境记》般的、非现实的幻想世界，您在真实生活中的抗争和这一世界有什么关系吗？

《爱丽丝漫游奇境记》是由一个自信的作者写的一部独特的作品，它有着自己的奇妙、自己的古怪、自己的诡异。如果读得非常细致，那就会明白，通过滑稽的并置，它在似梦非梦的背后，隐含着一个相当坚实、也充满情感的世界。另外，刘易斯·卡罗尔喜欢小女孩，我不喜欢。

非现实和幻想的混合会让人觉得您将小说神秘化，您的作品充满了不解之谜。有人说您晦涩难解，对此，您怎么回答？

让他们去做星期天报纸上的字谜游戏吧。

您是有意为难人，跟读者玩文字游戏吧？

那会多烦人！

在您的一些作品中，过去有着特别重要的作用，您如何关注现在和未来？

我对时间构成的关注有点像《爱达》第四部分中的时间意象。现在只是过去的顶端，而未来并不存在。

能用多种语言写作，您感到有什么不足吗？

没有能力跟上永远变化的俚语。

优势是什么呢？

有能力表达细微的差异，我可以从我正在使用的语言即刻转向法语或俄语。

批评家乔治·斯坦纳将您和贝克特、博尔赫斯联系起来，称为当代小说的三个天才作家，您怎么想？

那个剧作家和那个散文家如今受到狂热的吹捧，在你提到的三人组合中，我感到自己就像两个基督之间的一个盗贼，虽然是个相当快乐的盗贼。

“巴伐利亚广播”
（1971—1972）

1971年10月，库尔特·霍夫曼来蒙特勒见我，为“巴伐利亚广播电台”做一档访谈节目。在访谈的许多话题中，我挑选出一些收入本书中。有关我西欧祖先的内容来自一册细心制作、装帧漂亮的“家谱”，那是我的德国出版商海因里希·玛丽亚·莱迪希－罗沃尔特在我七十岁生日时送给我的。

论时间及其构成

我们可以想象各种时间，如“应用时间”——即时间被应用于各种事件，我们借助钟表和日历来测量时间，但那些时间类型不可避免地被我们的诸如空间、空间延续、空间伸展和分隔的概念所影响。当我们说“时间的流逝”时，我们就会想象一条抽象的河流，它从一般的景物中流过。应用时间是时间的可测量的幻象，它对历史学家和物理学家的目的而言是有用的，但它不能吸引我，它也不能吸引《爱达》第四部分中我的人物凡·维恩。

在书中，他和我试图考查时间的本质，而不是它的流逝。凡提到成为“时间（犹如一幅延展的图画）爱好者”的可能，即能够在时间的构成中感到身心愉悦，感受“它的材料和绵延、它的褶子的下滑、它的灰雾般的不可碰触状态、它的冷冷的延缓”。他也意识到，“时间是隐喻文化的流动媒介”。

虽然时间与节奏相似，但它不仅仅是节奏，节奏意味着运动，而时间不移动。凡最伟大的发现是他认识到，时间是两次节奏性跳动之间的昏暗的空白和两次跳动之间的有限的、无底洞似的沉寂，而不是跳动本身，跳动只囚禁时间。在此意义上，人类生活不是一颗跳动的心脏，而是错乱的心跳。

一个人的过去

纯粹的时间、感性的时间、具体的时间、脱离了内容和背景的时间，这就是在我善意引导下，我的小说人物描述的那种时间。过去也是时间的一个部分，是现在的一个部分，但它似乎有点不得要领。过去是意象的不断的积累，但我们的大脑并非不断进行回顾的理想器官，我们所能做的至多是拣出并努力保持那些一闪而过的彩虹般的记忆碎片。保持记忆是一种艺术行为，是现实事件的艺术性选择、艺术性混合、艺术性重组。糟糕的传记作家修饰他的过去，结果成了陌生人拍的一帧蓝底或粉色阴影照片，以抚慰情感上的伤痛。相反，好的传记作家尽可能保留细节的最大真实。他实现意图的方法之一是在他的画布上找到正确的位置，将回忆的色彩正确地涂抹上去。

祖先的过去

因此，组合和并置记忆的细节就是重构一个人的过去的艺术过程中的主要因素。这意味着不仅探索一个人的过去，也探索一个家族的过去，以研究他与家族的亲缘关系、他可能的前景、他生动活泼的现状的模糊踪迹。这当然是老年人玩的游戏。追溯一个人的祖先无异于孩子寻找一个鸟巢或落入草丛的一只皮球。童年的圣诞树被家族的树[①]取代了。

作为发表过几篇鳞翅目昆虫学文章的作者，如《红珠灰蝶属的北美寒温带成员》，我体验到一种激动，因为我发现，我母亲的外祖父尼古拉·科兹洛夫，出生于两个世纪前，是俄国皇家医学院的第一任院长，他写过一篇文章，题为“不正常的颈静脉孔收缩”，而我的“北美寒温带成员”文章提供了一种完美的回应。同样完美的是这样一种联系：美国一种小蝴蝶以我的名字命名，而新赞巴拉的一条河流以我曾外祖父的名字命名，他参与了19世纪初对北极的探险。我很晚才听说这些事情。在我家里，谈论一个人的祖先是会让人皱眉头的；禁令来自我的父亲，他特别讨厌自命不凡。当我想象我在回忆录中能用到那些材料时，我相当遗憾这样的交谈没有发生。但这只是说，六十年前，一千二百英里之外，我的家里没有谈到祖先。

家　谱

我的父亲弗拉基米尔·纳博科夫是个自由派政治家，第一届俄国国会议员，帝国困难时期的司法部部长。他生于1870年，1919年流亡，三年后在柏林被两个法西斯暴徒刺杀，当时他想要保护他的朋友米留可夫教授。

纳博科夫家族的地产位于圣彼得堡地区，与鲁卡维什尼科夫家族的地产毗邻。我母亲海伦（1876—1939）是乡绅和慈善家鲁卡维

---

① Family Tree，即家谱。

什尼科夫的女儿。

我的祖父德米特里·纳博科夫（1827—1904）在两位沙皇治下当了八年（1878—1885）的司法大臣。

我祖母的父系祖先，冯·科夫家族可追溯到14世纪，而在其母系方面，冯·蒂森豪森也有着古老的家世，其祖先之一是利弗兰的恩格尔布雷希特·冯·蒂森豪森，曾在一千二百年前后参加过第三、第四次十字军东征。我的另一位直系祖先是肯·格兰地·戴拉·斯加拉，维罗纳王子，曾庇护过流放中的但丁，他的纹章（两条大狗持着一架梯子）为薄伽丘的《十日谈》增加了光彩。戴拉·斯加拉的孙女贝阿特丽斯1370年嫁给了威廉·康特·欧庭，他是西里西亚公爵，胖子波尔科第三的孙子。他们的女儿嫁给了冯·瓦尔德保，之后，有了三位瓦尔德保、一位克特里兹、两位波伦泽、十位奥斯登－萨根。威谦·卡尔·冯·科夫和艾伦诺·冯·德尔·奥斯登－萨根生了我祖母的祖父尼古拉，他在1812年6月12日的战斗中丧生。他的妻子，我祖母的祖母安托瓦内特·格劳恩，是作曲家卡尔·海因里希·格劳恩（1701—1759）的孙女。

柏　林

我的第一部俄语小说是1924年在柏林写的，这就是《玛丽》，俄语版为《玛申卡》。我的作品中第一部有译本的是《玛申卡》的德译本，名为*Sie kommt-kommt Sie?*，1928年由乌尔斯坦因公司出版。我后来的七部小说也都写于柏林，它们多少都以柏林作为背景。正是德国为我所有八部写于柏林的小说作出了贡献。当我1921年从英国移居德国时，我才略懂德语，那是1910年冬天我刚到柏林时学的，我和我的哥哥及一位俄国家庭教师一起去柏林，让一个美国牙医给我们治牙。在剑桥大学读书的几年里，我通过阅读俄国文学（那是我的主课）来巩固我的俄语，另外就是大量地写俄语诗。搬到柏林时，我很担心因学讲流利的德语而疏远了我那宝贵的俄语。语言保护的工作并不太难，因为我生活在一个封闭的俄国侨民的圈子里，只能读到俄语的报纸、期刊和书籍。我唯一同本地语言的接触就是同一个又一个房东的交谈，以及日常必需的购物。我现在后悔没学好德语，这是一种文化角度的后悔。在文化层面上，我所做的只是在年轻时为一个俄国女低音歌手译过海涅的诗歌，那位女低音歌手觉得音乐性的重元音与她饱满的嗓音吻合，所以我就将德语Ich grolle nicht（我不低声说）译成Net, zloby net，而没有采用不适宜歌唱的老译法：Ya ne serzhus。后来，我读了歌德和卡夫卡的作品，也读荷马和贺拉斯。当然，从很小的时候起，我就借助词典，读了许多德文的写蝴蝶的书。

美　国

我在美国的情况有所不同，在那儿我写了所有的英文小说。从幼儿阶段起，我说英语就和说俄语一样容易。在欧洲时，30年代除了翻译我的两本俄语作品，我还写了一部英语小说。语言虽然也许算不上情绪饱满，但转换却是经过推敲的。而作为艰辛经历的回报，我在美国创作的几首俄语诗歌，比在欧洲期间写的诗歌要好得多。

蝴　蝶

我在鳞翅目昆虫学方面所做的实际工作只是在40年代的七八年的时间内，主要在哈佛大学做的，那时，我是比较动物学博物馆昆虫学专业的研究员。这包括一些管理方面的事情，但我的主要工作是依据雄性的生殖结构，对某种蓝色小蝴蝶进行分类。这些研究需要经常使用显微镜，而且每天六小时从事这项研究，我的视力受到了永久性伤害；但另一方面，在哈佛大学博物馆工作的几年仍然是成年后我生活中最快乐、最令人兴奋的岁月。夏天，我妻子和我常去落基山捉蝴蝶。在最近的十五年里，我在北美和欧洲收集蝴蝶，但没有发表任何有关蝴蝶的学术论文，因为写新的小说和翻译旧作花去了我太多的时间：比起日夜撕扯我的文学的鹰爪，一只雄性蝴蝶的小爪算不了什么。我在蒙特勒拥有的关于蝴蝶的图书实际上还没有我童年时期这方面的书多。

我是《新大陆》上许多关于蝴蝶品种和分支说明文字的作者和修订者。在这个领域，作者的名字以罗马字体附在他给这种蝴蝶取的名字（斜体）后面。几种蝴蝶和一种蛾子以我的名字命名，在此情况下，我的名字包括在对那种蝴蝶的说明文字之内，成了“纳博科维”（nabokovi），接着便是说明文字的作者的姓名。在南美，也有一种蝴蝶名为“纳博科维娅”（nabokovia）。我所有在美国的收藏品给了纽约、波士顿和伊萨卡的博物馆。我最近十年主要在瑞士和意大利收藏的蝴蝶还没有做成标本。它们仍然用纸包着，放在小号釉面信封内，这些信封存放在锡盒子里。最终，它们会被摊放在湿毛巾上，随后用大头针钉住，再把翅膀张开来，放在背景板上吹干，最后加上标签，摆在陈列柜的玻璃抽屉内，我希望它们被美丽的洛桑昆虫学博物馆收藏。

家　庭

我总是什么书都读，现在也像我小时候一样，想到夜晚灯光照在床头的书堆上，这情景就是期待中的享受和整个白天的指路明灯。另外的乐趣便是在电视上看足球比赛、偶尔喝一杯红酒或来一罐啤酒、在草地上晒太阳、构思棋题。在家庭生活平静如水的漫长岁月——几乎有半个世纪了——中，偶尔也会有环境带来的困扰及对生活状态的厌倦。我的大部分作品献给了我的妻子，她的形象经常以某种神秘的手段被复制，像是我作品的内在镜像。

我们于1925年4月在柏林结婚，那时，我正在创作我的第一部俄语小说。我们生活贫困，她的父亲被毁了，我孀居的母亲靠微薄的养老金维持生活，我妻子和我租住在西柏林的一套阴暗的房子里，那儿还住着一些德国军人的家属。我教网球和英语。九年后的1934年，在一个新时代的黎明，我们唯一的儿子诞生了。30年代后期，我们移居法国。我的作品开始被翻译，我在巴黎和其他地方的朗读拥有许多听众，但我的欧洲时期临近尾声：1940年5月，我们前往美国。

名　声

苏联政客对冲着他们鼓掌的观众鼓掌时有一种相当滑稽而迂腐的模样。如果我对你的恭维回应说，我拥有任何作者所曾有过的最伟大的读者，希望我不至于背上轻浮自负的指责。我视自己为在俄国受哺育、在英国受教育、受西欧文化洗礼的美国作家；我意识到这种混杂性，但即使最透明的李子布丁也难于对它自己的成分分类，尤其是微暗的火仍然在它的周围闪烁。美国的费尔德、阿佩尔、普罗弗和其他许多人，德国的齐默，还有维维安·达克布鲁姆[①]（剑桥 的一株羞涩的紫罗兰），他们的博学给了我灵感，让我受益匪浅。关于我的

① Vivian Darkbloom，由纳博科夫（Vladimir Nabokov）姓名字母打乱排序组合而成，在《洛丽塔》和《爱达》中都曾出现。

勇敢的俄国读者，我有许多话要说，但除了一种责任感阻止我去说，还有许多情感因素，而说到情感，我仍然无法用任何一种理性方式来处理。

瑞　士

细致的邮政服务。没有烦人的示威游行，没有居心不良的罢工。阿尔卑斯山的蝴蝶。美妙的落日——恰好在我的窗户的西边，湖水波光闪闪，宛若夕阳的碎片！在迷人的景色中，落日像是隐喻，给人一份惊喜。

一切都是虚幻

此话是一种诡辩，因为，如果此话为真，它本身就是“虚幻”，如果此话不真，那么说“一切”就错了。你认为这像是我的格言。我奇怪，我的小说中是否真的有如此多的厄运和“挫折”？亨伯特受挫，那是显而易见的；我的另外一些坏蛋也受挫；我小说中的警察国家遭到了可怕的挫败；但我喜欢的人物，那些出色的人物——在《天赋》、《斩首之邀》、《爱达》、《荣耀》等作品中——最终是胜利者。实际上，我相信，有朝一日会重新鉴定并宣告：我并非一只轻浮的火鸟，而是一位固执的道德家，抨击罪恶，谴责愚蠢，嘲笑庸俗和残忍——崇尚温柔、才华和自尊。

刊名不详

这次访谈是1972年以通信的方式为纽约一家报纸做的，但该报却拒绝发表。本书中采访者的问题有所删节或经过了一些处理。

批评家对《透明》的主题似乎难于描述。

它的主题只是探究无常命运的纠结。在书评中，有些细心的读者对作品表达了很美妙的看法，然而，他们，当然还有一般的批评人士，都没有看出小说结构上的节点。我能解释一下那个朴素而优雅的点吗？

当然可以。

让我从小说第一页上引一段文字，这段文字会让智者困惑并将蠢人引入歧途："当我们关注一个物质对象时……注意这一行为可能将我们不自觉地引向这一对象的历史中去。"本书提供了许多这样的例子，说明陷入当下的"张力"中。一支铅笔有它自己的历史。在后面一章中，一间破旧的房间也有它的过去，注意的焦点不在珀森和妓女身上，幽灵一般的观察者将注意力移向上一个世纪中叶，看见一个俄国旅行者，一个未成年的陀思妥耶夫斯基，占用了位于瑞士赌场和意大利之间的那个房间。

另一位批评家说——

我正要说到这个问题。我这本小书的评论家犯了随意的毛病，认为看穿事物是小说家的专长。其实，这种泛泛而论不仅是一种无聊的俗见，也特别不真实。同神秘的观察者或《透明》中那些观察者不同，小说家像所有普通人那样，更满足于当下的具体事物，而不是过去的沉淀物。

谁是那个观察者？谁是小说第十四行的那些斜体的“我们”？天哪，那第一行中的“我”是谁呢？

答案很简单，我的朋友，几乎不好意思说出来。但接着说吧。小说中一个次要、但出奇地活跃的人物是R先生，他是德裔美国作家。他的英语写作能力强于他的口语。在交谈中，他有一个讨厌的习惯，时不时会加上一句德国移民的口头禅“你知道”，更让人苦恼的是，他会错用、混用或乱用最低俗的美国套话。一个明显的例子是小说最后一章的最后一行，他插入性的善意的告诫：“孩子，你知道，放松一点。”

有些评论家在R先生身上看到了N先生的影子或戏仿。

没错。我猜想，他们轻而易举就得出了这样的看法，因为，两个作家都入籍成了美国公民，两个都恰好住在或曾住在瑞士。当《透明》的故事开始时，R先生已经死去，他最后一封信“归档”存放在他的出版商那里（见第21章）。那位幸存的作家不仅是比R先生优秀得多的艺术家，而且后者在他的《多种喻义》中，实际上向讪笑的亚当·冯·利布里科夫喷出嫉妒的毒液（见第19章），亚当·冯·利布里科夫这一改变字母顺序的名字任何一个孩子都能看出其中的奥秘。[1]在我的小说的

① Adam von Librikov，是纳博科夫姓名（Vladimir Nabokov）的改写。

开头，休·珀森受到了一个幽灵或几个幽灵的欢迎——他去世的父亲，或许还有他去世的妻子；更可能，还有已故克罗尼先生，阿斯科特酒店前经理，或更有可能还有R先生的鬼魂。这些描写使本书可能成为一部惊悚小说：谁的鬼魂会不断侵入情节之中？但有一件事情是相当透明和确定的。因为在这一解释中已经暗示，尽管仍然有些怪诞，但正是R先生的幽灵在小说的最后迎候去世不久的休。

我懂了。利布里科夫伯爵，您现在在忙什么？又一部小说？回忆录？嘲笑蠢人？

两卷短篇小说和一本散文集就要完稿了，一部精彩的小说新作也已动笔。至于嘲笑蠢人，我从不做这种事。我所有的作品不是给"蠢人"写的，不是给那些认为我喜欢长长的拉丁字的傻瓜写的，不是给在我的小说中寻找性或宗教寓言的学术界疯子写的。我的作品是为亚当·冯·利布里科夫，为我的家庭，为知识界的一些朋友，为普天下所有像我这样的人写的，无论他们身处美国图书馆的小单间，还是在俄国的噩梦深处。

《时 尚》
(1972)

1973年2月3日，西蒙娜·莫里尼来蒙特勒采访我。我们的谈话登在1972年4月15日纽约的《时尚》杂志上。有三段文字借用了《说吧，记忆》（纽约普特南出版社1966年版），但作了修改。

这个世界已经并一直为您敞开。以您的普鲁斯特式的地点感，蒙特勒为什么如此吸引您？

我的地点感是纳博科夫式而不是普鲁斯特式的。说到蒙特勒，有许多吸引人的地方——人友善、靠山近、邮件通畅、总部就在一家舒适的旅馆中。我们住在皇宫旅店的旧建筑里，房子还保持着原来的面貌，那儿的一切在一百五十年前就已存在（你从1840年前后的旧印刷品中，仍然可以看到最早的小酒店和我们的窗户）。我们的住房由几个小间构成，有两个半浴室，因为两个套间不久前合在一起了。一套住房分别是：厨房、客厅、我妻子的卧室、我的卧室、原先的一间小厨房堆满了我的文稿、儿子的房间（现在成了书房）。房子里到处堆放着书籍、文件夹和各种材料。可以称为书房的倒是后面一间储藏室，里面摆放着我的著作，阁楼上额外地放了一些架子，天窗常飞来鸽子和阿尔卑斯山红嘴山鸦。我作这样详细的描述，是要驳斥最近在纽约一家杂志上发表的访谈中的歪曲——长篇文字中有许多令人尴尬的错误引用、不正确的语气、不真实的对话，说我对一个好朋友的学问不屑一顾，称其为“迂腐”，还莫名其妙地取笑一个有男子气的作家的悲剧命运。

有传言说您考虑永远离开蒙特勒，是真的吗？

哦，传言说现在住在蒙特勒的人迟早会永远离开这儿。

《洛丽塔》是一本特殊的美国旅行指南。是什么让您对美国汽车旅馆如此着迷？

这种着迷纯粹是功利性的。我妻子过去在好几个假期常开车（普利茅斯、奥兹莫比尔、别克、专款别克、英帕拉——按汽车品牌序列）带我外出，每个假期会开车几千英里，就是为了捉蝴蝶——这些蝴蝶现在由三家博物馆收藏（纽约市自然史博物馆、哈佛大学比较动物学博物馆、康奈尔大学康斯托克大礼堂博物馆）。我们通常在一家汽车旅馆住上一两天，但有时，如果捉蝴蝶的环境理想，我们就会在一个地方待上几个星期。一家汽车旅馆的主要存在理由是：出门就能走进一片开满了花的果树林，或通向一道山坡。我们在去汽车旅馆的路上也常常下车捉蝴蝶。所有这些，我会在下一部回忆录《继续说吧，记忆》中进行描述，这本书将会涉及许多有趣的事情（除了蝴蝶知识）——在康奈尔和哈佛大学的趣闻逸事、和出版商的较劲、与埃德蒙·威尔逊的友谊，等等。

您曾在怀俄明和科罗拉多寻找蝴蝶，在您看来，这些地方有什么特色？

我妻子和我不仅在怀俄明和科罗拉多收集蝴蝶，还在美国的大部分州及加拿大捉蝴蝶。把1940年至1960年间到过的地方罗列出来会写满好几张纸。每只蝴蝶被熟练地掐住胸部而死，随之被放入一只小号的釉面信封内，大约三十只信封正好放进一只随身带的创可贴盒子里，随身带的还有网兜，这是我到野外所带的唯一装备。捉住的蝴蝶在它们被摊开和定位之前，如果存放得当，能够在这种信封中保存好几年。除了在记事本上随手作些记录，还会在每只信封上写下确切的时间和地点。虽然我收集的蝴蝶现在在美国博物馆内，但我保留着几百份标签和笔记。这儿只是随意举出的一些例子：

在从85号公路去特里峰的路上，靠近里德，6500—7000英尺，位于南达科他的黑山山脉，1958年7月20日。

汤保伊路，位于社会隧道和金银矿之间，约10500英尺，靠近特鲁莱德，圣米格尔县，西科罗拉多，1951年7月3日。

靠近卡内尔，位于奥尔巴尼和斯克内克塔迪之间，纽约，1950年6月2日。

靠近科隆比纳旅馆，埃斯特帕克，东科罗拉多，约9000英尺，1947年6月5日。

苏打山脉，俄勒冈，约5500英尺，1953年8月2日。

在波特尔，去鲁斯特勒公园的路上，5500至8000英尺之间，奇里卡瓦山脉，亚利桑那，1953年4月30日。

弗尼，埃尔科以东3英里，不列颠哥伦比亚，1958年7月10日。

花岗岩关口，大角山脉，8950英尺，东怀俄明，1958年7月17日。

靠近克劳利湖，毕晓普，加利福尼亚，约7000英尺，1953年6月3日。

靠近盖特林堡，田纳西，1959年4月21日。

等等。

现在您去哪儿捉蝴蝶？

去瑞士瓦莱、泰辛、格里松的好几个地方，去意大利山里，去地中海岛屿，去法国南部山区等。我主要收集欧洲和北美高纬度地区的蝴蝶，从来没有去过热带地区。

山区小火车把我们带往高山草地，它穿过阳光和树荫，沿着岩石表面，或针叶林行驶。旅途兴致盎然，目的地让人神往，小火车最后又把人们带回一日游的起点。虽然我更喜欢缆车，尤其是缆椅。坐在那种神奇的椅子上，从山谷沿着林木线，在早晨的阳光中向上滑行，如同进入迷人的仙境。俯视自己投下的阴影——鬼怪似的手中握着鬼怪似的捕蝶网——缆椅徐徐上升，脚下是开着鲜花的山坡，身边飞舞着小环蝶和豹纹蝶。有朝一日，捕蝶者背上缚着小型火箭，翩然直上山巅，那更是恍如梦幻的情景了。

过去您捉蝴蝶时通常怎样旅行呢？在外露宿？

作为一个十七岁的青年，在俄国革命前夕，我曾认真筹划（我成了一份财产的独立继承人）去中亚作一次鳞翅目昆虫学研究性质的探险，那自然会包括很多次野外露营。更早些，我八九岁的时候，除了靠近圣彼得堡我们田庄的田野和树林，很少去更远的地方游逛。十二岁时，想要去六英里或距离更远的一个地点，我会骑自行车去，将网兜绑在车的横杠上，但树林中有许多路并不适合骑车，当然可以骑马去，但因为我们的俄罗斯虻很凶猛，片刻也不能将马拴在树林中而离开，有一次，我那匹性子很烈的栗色马为了躲避它们，几乎爬到了拴它的那棵树上。有的虻个头大，水绸似的眼睛、肥硕的躯体，而灰色的小虻甚至有更锐利的针状嘴巴，但动作缓慢得多：它们叮在我的坐骑的脖子上，有时一巴掌拍下去能拍死好几只，这让我为马感到一阵解困的快感（而一个昆虫学家未必会为此感谢）。不管怎么说，相对于其他方式，捉蝴蝶我还是喜欢徒步旅行（当然，除了坐在缆椅上，悠闲地滑行在毯子般的植被和未经探险的山岭上，或盘旋在一片繁花似锦的雨林上方），因为当你行走，尤其是在你已经有了很好研究的地区时，从你按旅行路线出发的时候起，就会感到一种不可名状的愉悦。你这儿走走，那边看看，这儿有块林中空地，那边是一道河谷，土壤和植物的不同组合——好像顺便拜访你熟识的一种蝴蝶的栖息地，以看看它是否出现，如果出现，又是如何出现在那儿的。

您理想中的出色的大旅馆是什么样的？

要绝对安静，隔墙没有收音机的声音、电梯没有噪音、楼上没有脚步声、楼下没有打鼾声、小巷里没有贡多拉船夫的喧哗声、走廊上没有酒鬼的胡闹声。我还记得一幕可怕的小场景（这家旅馆位于有五座塔楼的宫殿内，导游手册上的标志是一只红色鸣鸟，意为豪华和清静）：我听到房间门外一阵喧闹声，正要伸头斥责——但一看到过道上发生的事立马住了口。一个旅行中的官员模样的美国人，抓着酒瓶子，身体摇晃，他的儿子，一个约莫十二岁的男孩想要制止他，不停地说："爸爸，求你了，去睡觉吧！"这使我想起契诃夫小说中相似的情景。

您认为过去的六十年旅行方式有什么变化？您喜欢卧铺车厢吗？

我喜欢的。在本世纪初期，涅瓦大街的一家旅行社展示了一种3英尺长的橡褐色国际卧铺车厢的模型。模型做得细腻逼真，比我那个锡制发条火车好多了。可惜它不卖。人们可以看到车厢内蓝色的坐垫、分隔间墙壁的印花皮革、抛光面板、镶嵌镜子、郁金香形台灯，及其他细巧的玩意。窗户有大有小，有单层，有双层，有些还配了磨砂玻璃。有些包间还设有铺位。

这就是当年显赫一时的北方快车（一战后当它优雅的棕色换成新贵的蓝色就不可同日而语了），它只有国际包厢，一周两次往返于圣彼得堡和巴黎。这是到巴黎的直达车，旅客不必在俄德边境从一列列车换乘到另一列相似的车上，在边境，60.5英寸的铁轨要换成56.5英寸的欧洲标准铁轨，煤代替了桦树原木。

在记忆中，我能想起来的至少有五次这样的巴黎之行，最终的目的地是里维埃拉或比亚里茨。单说1909年，我们一起旅行的有十一个人和一条达克斯猎犬。戴着手套和旅行帽，我父亲在包间内坐着看书，他和我们的家庭教师合住。我弟弟和我合住，和他们隔着一个洗手间。我母亲和女仆娜塔莎合用我们隔壁的一个包间。再过去是我的两个妹妹、她们的英语教师拉文顿小姐（后来成为沙皇孩子的家庭教师）和一个俄国保姆。最后一个便是我父亲的仆从奥西普（十年后，迂腐的布尔什维克要枪毙他，因为他占用了我们家的自行车而没有上缴国家），他和一个陌生人（费劳迪，一个著名的法国演员）做伴。

那神气活现的蒸汽、雷声般的汽笛，还有那火焰，以及铁路的浪漫传奇都一去不复返了。大众化的“红色列车”只是一种马力增强了的电车。至于欧洲的卧铺列车，现在也简陋并俗气了。我通常坐的列车“单间”很狭小，墙角的一张小桌隐藏着简单的卫生设施（这情景就像可笑的美国“卧车小房间”，为了取一些用品，得直起身、肩膀顶着床，像从坟墓中复活的拉撒路[①]）。还有，对怀念过去的人来说，那些国际卧铺列车（从洛桑直达罗马、从西西里直达皮埃蒙特）虽然风光不再但魅力犹存。确实，提到餐车似乎无话可说，三明治和红酒是沿途的小贩供应的，华而不实的早餐是疲劳过度、衣衫不整的

① Lazarus，《圣经》中的人物，病死，后被耶稣从坟墓中复活。

工作人员，在紧挨着臭烘烘的厕所的肮脏小房间里准备的，然而，半夜停车时那神秘的叹息或清晨一睁眼看见的山岭和大海，仍然会把我带回到童年的兴奋和惊奇中去。

您怎么看待坐豪华飞机旅行？

我认为他们的公关部门在宣传前后座位的宽敞时，应该停止用这样的图片：调皮的孩子坐立不安地位于泰然自若的母亲和严肃端庄地阅读的陌生人之间。另外，那些大家伙是技术的杰作。我从没有坐飞机跨越大西洋，但我乐于坐一下瑞士航空公司和法航的飞机。他们会提供上乘的烈性饮料，低空的景色也让人怦然心动。

您怎么看待行李？您认为行李的风格也与往日不同？

我认为好的行李总是要让人赏心悦目，现在到处都有好看的行李。风格当然有变化。现在不再带那种笨重的大衣箱了，那是一部好看但荒唐的电影《威尼斯之死》的一个样本，这部电影是根据曼那部平庸但也还可信的小说改编的。我仍然珍藏着我母亲的一件非常雅致的行李。它到处旅行的使命已经完成了，但它仍然文静地在时间中行走，因为我用它来保存家里的旧信件以及一些特别的文件，如我的出生证明。我比这只旧式旅行包还要年轻几岁，它50厘米长、36厘米宽、16厘米高，是一种比较结实的猪皮旅行包，上面有银质的“H. N.”字样。这只包是1897年为母亲去佛罗伦萨新婚旅行买的。1917年，它把一些珠宝从圣彼得堡带到克里米亚，又带到了伦敦。1930年前后，在典当行，它失去了值钱的水晶和银制器皿，空空的包里只有人造革背带了。但在跟随我一起旅行的三十年间，它的损失很大程度上得到了弥补，我们从布拉格到巴黎，从圣纳泽尔到纽约，在美国四十六个州，照过了二百多个汽车旅馆和出租房的房间里的镜子。在我们的俄国遗产中，最坚强的幸存者被证明是一只旅行包，这一事实既合乎逻辑，又具有象征意义。

您认为什么是“完美的旅行”？

去没有去过的任何地方——尤其是去在我之前没有鳞翅目昆虫学家去过的地方。在欧洲，仍然存在未有人探险过的山峰，我每天仍然能行走二十公里。普通的散步者也许觉得漫步会带来一阵快乐（晴朗的早晨、村子还在睡觉、街道的一侧已经被阳光照耀、回家的路上要买份英文报纸、我想这儿是弯道、是的，到卡塔拉塔的人行道），但我右手中金属网杆的凉意将这种快乐放大为几乎难以承受的喜乐。

刊名不详

本访谈是由一个随和的匿名者做的，保存在一份不完整的记录本上，日期为1972年10月。

有两部俄国作品想请您评论一下。第一部是《日瓦戈医生》，我觉得您不想谈论这本书。

差不多十五年前，当苏联虚伪地谴责帕斯捷尔纳克的小说（意在提高国外销量，其结果是他们最终可以中饱私囊并支付国外的宣传费用），当这位受纠缠和困惑的作家被美国媒体宣传为一个偶像人物时，当他的《日瓦戈医生》和我的"拉拉治"[①]竞争畅销书榜首时，我有机会回答纽约《记者报》的罗伯特·宾厄姆提出的对这部小说作一个书评的要求。

您拒绝了？

拒绝了。有一天，我在文件中发现了那份回答的草稿，日期注明是1958年11月8日，在纽约伊萨卡（康奈尔大学）的戈尔德温·史密

① Lalage，其意不详，但应指《洛丽塔》。《洛丽塔》在美国由普特南出版社于1958年出版，立即成为畅销书，1959年成为《纽约时报》畅销书第一名，最终被帕斯捷尔纳克的《日瓦戈医生》挤出。

斯大厅。我告诉宾厄姆有多种理由使我不便发表我的看法。明显的理由是担心伤害那位作者。虽然作为一个批评家我没有什么影响，但我能想象一批作家仿效我“古怪的”直言不讳，从长期看，会导致该书销量下降，这样，也就会让布尔什维克的希望受挫，从而使他们的人质比以往更易受到伤害。还有其他理由——但我自然没有提及一个考虑，这就是可能会改变我的主意，最终去写那种破坏性的书评——不难想到它会被有些蠢人归结为争强好胜。

您告诉罗伯特·宾厄姆您对《日瓦戈医生》的看法了吗？

我告诉他的仍然是我今天的想法。任何一个有才智的俄国人看了就明白，这本书是拥护布尔什维克的，就历史而言是不真实的。因为它忽略了1917年春季的自由派革命，而使那位圣人般的医生七个月后欣喜若狂地接受了布尔什维克的“政变”——所有这些是与党的路线保持一致的。撇开政治不说，我把这部小说视为失败之作：笨拙、琐碎、夸张，再就是老套的情景、大腹便便的律师、令人难以置信的姑娘和千篇一律的巧合。

然而，您对作为抒情诗人的帕斯捷尔纳克有很高的评价？

是的，我赞赏他因诗歌的力量而获得诺贝尔奖。然而，在《日瓦戈医生》中，他的散文比他的诗歌逊色得多。在写景或比喻中，你或许可以辨认出他的诗才的回音，但那些偶尔的闪光不足以把他的小说从过去五十年来苏联文学典型的狭隘和平庸中拯救出来。而正是和苏联传统的联系使这部小说受到激进读者的欢迎。我深切地同情帕斯捷尔纳克在警察国家的处境，然而，无论是《日瓦戈医生》风格的庸俗，还是在基督教招牌下寻找庇护的思想都不能把这种同情转化为一个作家同行的热情。

但这本书似乎已经成为一部经典,您如何解释它获得的声誉?

我所知道的是,在今天的俄国读者中——我是说读者,他们代表了那个国家优秀的地下知识界,他们设法得到和传播不同政见作者的作品——《日瓦戈医生》并非普遍和无条件地受到称赞,或至少没有像它曾在美国读者中得到的那样。当这部小说在美国出版,美国的左翼理想主义者乐于从中发现这样一个证明:即使在苏联统治下,"一部杰作"也能产生。对他们来说,这是列宁主义的胜利。他们对这样的事实感到宽慰,不管怎样,这部小说的作者仍然站在善良的老布尔什维克一边,书中毫无一个真正流亡者对野蛮国家的不能遏止的蔑视。

现在让我们转向——

(记录本上的文字在此中断)

致编辑的信

《花花公子》*
（1961）

致《花花公子》编辑：

莫里斯·吉罗迪亚有趣的回忆（《奥林匹斯山上的色情学家》，《花花公子》4月号）存在一些错误。我和吉罗迪亚先生的通信，以及和我的文学经纪人有关吉罗迪亚先生的通信，不久将发表在一篇叙述《洛丽塔》苦难的文章的附录中，这些通信将会说明什么导致了我们之间关系的“恶化”，还会揭示我们中哪一个“如此看重小仙女现象的经济利益”而“无视其他的现实”。这儿，我只讨论吉罗迪亚先生的一个谬见。我希望驳斥吉罗迪亚先生奇怪的指责：我意识到他出席了1959年10月伽利玛[①]的鸡尾酒会。既然我从来没有跟他见过面，也就不会熟悉他的脸，不可能在他“慢慢走向”我的时候“认出”他来。我根本就心不在焉（像亨伯特·亨伯特以他那种不自然的方式指出的），无法在众多的来宾中辨认什么人，尤其是在那种乱哄哄的场合。有些不太出名的神话人物和历史人物，可以通过他们的特征和标志认出来，要是吉罗迪亚先生在猜谜游戏中出现，端着放着一个作家头颅的盘子，我也许就能认出他来。但他来的时候没端盘

* 发表于1961年7月。
① Gallimard，法国著名出版社。

子，我为我的走神抱歉，但我必须申明：我没有同吉罗迪亚先生谈论他兄弟的翻译，或其他什么事情，而且我还是全然不知同奥林匹斯山上的色情学家交换过礼貌的微笑。顺便说一下，在对我们之间并不存在的交谈的描述中，吉罗迪亚先生将我的肢体动作比作一只海豚。天哪，我的动作像一只海豚！——这么做只能得出一个结论：吉罗迪亚先生说起那些温和的鲸目动物时，带着一条软骨鱼的可怕胃口。

法国尼斯

《伦敦时报》*

(1962)

致《伦敦时报》编辑:

我发现我的名字列在爱丁堡国际艺术节的程序册中,与其他作家一起受邀参加艺术节的作家会议。在这份名单中,我发现几个我尊敬的作家,但另有一些作家——如伊利亚·爱伦堡[1]、伯特兰·罗素[2],还有萨特——我可不愿意和他们一起参加任何艺术节或什么会议。不用说,我对会议主题“作家的问题和小说的未来”一点也不感兴趣。

要是在我的名字出现在艺术节程序册之前就收到会议邀请函,我宁可以一种比写这封信更私密的方式通知艺术节委员会。

---

* 发表于1962年5月30日。

① Ilya Ehrenburg (1891—1967),俄国作家。

② Bertrand Russell (1872—1970),英国哲学家。

《交 锋》*
(1966)

致《交锋》编辑：

我很高兴福塞尔先生不反对我韵律方面的注解，只要它们仍然附在一部冗长和枯燥的书后。有趣的是，他反对它们以小巧便捷、独立成册的形式出版。就我来说，我不同意他的假设：我对英国诗人借用和重写法国伪古典风格的反感是“基于18世纪四音步诗歌创作”。在把蒲伯[1]的五音步诗和斯特恩的散文扯进来之前，他应该仔细看一下我在《叶甫盖尼·奥涅金》评注中是如何谈论蒲伯和斯特恩的。我不知道“科尔沃男爵”和弗班克（教授？）是谁，也不知道“营地”（校园？）[2]对四音步诗的神韵产生了什么影响；但我能肯定，对四音步诗韵律作严肃研究时的随机抽样与福塞尔先生戏称的“英国新教责任感的言外之意”没有什么联系。一段文字中意义是否含混往往是偶然的，只有庸人才会声称这种偶然性是“不可讨论”的。如果福塞尔先生因我不得不发明一些术语来表达新的或不熟悉

* 发表于1966年4月。

① Alexander Pope（1688—1744），英国诗人。

② “营地”原文为camp，其词义之一为“营地”，但也有“夸张、做作、滑稽可笑”之意，1964年，美国著名作家、批评家桑塔格发表《关于Camp的札记》，将其作为一种新感受力或新文化趣味，此后，此词流行开来，现多音译为“坎普”。

的概念而感到困惑，那只能说明他不理解我的解释和例证。我初步研究的目的是要描述（不是“阐述”）诗歌结构的某些方面。我怀疑我的观点可能在他一往情深地耕耘的园地中激怒了这位保守的专家，但对福塞尔先生眼下让我感到愉悦的这种学术媚俗，我倒几乎没有准备。

《星期天时报》*

(1967)

致《星期天时报》编辑：

我强烈反对《红色信件伪造者》(1966年12月18日)中关于我父亲的言论，根据你们的四个研究者的说法，他被一个君主主义分子枪杀，因为"他被怀疑太'左'倾了"。在我看来，这种胡言乱语很讨厌，理由如下：这很像源于苏联歪曲事实的虚假材料；暗示俄国侨民首领是歹徒；谋杀的理由不成立。

我父亲在革命前就是合法的民主党派的领导人之一，他发在侨民报刊《方向报》(*RUL*)——柏林唯一有影响的俄文日报——上的文章就其意义来说，只是西欧自由主义传统的继续，而至少从1904年起，这一思想已是他生命的一部分。

虽然在柏林和巴黎的俄国君主主义者中可以发现一批体面的老人，但他们没有素朴的心灵和有影响力的人格。固执的反动分子、黑色百人团、开明独裁的信徒、声称克伦斯基的真名是基施鲍姆的可疑的新闻记者、崭露头角的纳粹、神气活现的法西斯、反犹暴力分子，还有密探，他们仍混迹于俄国侨民社会，但他们无论如何都不是自由知

* 发表于1967年1月。

识分子的代表，而后者才是侨民文化的基础和精华，苏联历史学家有意贬低这一事实，所以不奇怪，正是自由主义的文化核心，而不是极右派的粗暴和意义含混的行动，构成了真正的反对阵营（今天仍然存在），也正是像我父亲那样的人物，对警察国家最早提出了指控并宣布最终的判决。

1922年3月28日，两个可恶的暴徒攻击正在柏林作公开演讲的P. N. 米留可夫，他们计划谋杀他而不是我父亲，但我父亲用身体挡住了射向老朋友的子弹。他打倒了其中一个杀手，但被另一个击中要害。

当这么多的东欧国家的历史成了一个笑话时，我写信是希望对一个重要细节的澄清能有助于下一个研究者。

《交 锋》*

（1967）

致《交锋》编辑：

我欢迎弗洛伊德的《伍德罗·威尔逊》，不仅因为它滑稽有趣，有趣极了，而且它还必定是那个维也纳庸医棺材上的最后一根生锈的钉子。

* 发表于1967年2月。

《新政治家》*
(1967)

致《新政治家》编辑：

普利切特先生（10月27日《新政治家》）说，他想让马加尔沙克先生告诉他，普希金用何种语言阅读拜伦和其他英语作家的作品。我不了解马加尔沙克先生的著述，但我知道，既然无论是他还是其他什么人，不翻翻我的书就无法回答普利切特先生，那么一种恶性循环就形成了，再加上普利切特先生额外提供的一种含糊其辞的小线圈，暗指我发表在《交锋》（1966年2月）上的那篇“有趣的”文章。然而，如果你的书评家费心将文章的有趣与我的指点结合起来，那他就能找到答案，因为我在文中相当清晰地解释了，普希金时代的大多数俄国人，包括普希金本人，都通过法语来读英国作家的作品。

出于有趣的巧合，贵刊同期还有一篇文章也值得说说。德斯蒙德·麦克纳马拉在他论一部新西兰小说的文章中认为，应该按我对“小仙女”的定义，创造一个男性同类人物。① 欢迎他来找我的“性感少女”，我第一次提及“性感少女”是在1955年（《洛丽塔》第5章）。时间过得真快啊！用情多么不专啊！

---

* 发表于1967年11月17日。

① 有趣的是，相对于纳博科夫笔下的“小洛丽”（性感少女），现在坊间流行一词“小正太”（可爱男生）。

《君 子》
(1969)

因《君子》杂志所需，威廉·哈农问我：当宇航员第一次登上月球时，我希望他说些什么？ 1969年3月13日，我将回答发给了威廉·哈农。

此回答发表于《君子》1969年7月号：

“我想在他喉咙里塞块东西以免他说俏皮话。”

《纽约时报》
（1969）

《纽约时报》的托马斯·汉密尔顿问我：登月对我意味着什么？1969年7月3日，我将回答发给了他。1969年某月发表，但第七个词有致命的错误。

“踏上月球的土地脚踩月球的砾石感受登月的恐慌和神奇与地球分离的忧伤这些给了一个探险者前所未有的最浪漫的体验。”

《时 代》*
(1971)

致《时代》编辑：

我对那篇谈论音乐版《洛丽塔》的文章的标题（《不义之财》，1970年12月21日）很不满意，对你们就我恰巧关注的那部电影所作的道德说教（“……真的让一个十二岁女孩来扮演这样一个角色，将是邪恶和不道德的……”）也难以接受。在库布里克这部既非邪恶、也并非不道德的电影中出演主角的莱昂小姐是个受到呵护的年轻女士，我猜想她那时在百老汇的继任者也会跟她一样大。十四岁而非十二岁，1970年而非1958年。另外，你提到的十五万美元这个数目也不准确。

---

* 发表于1971年1月18日。

《纽约时报书评》*
(1971)

致《纽约时报书评》编辑约翰·伦纳德:

我寻求你的专栏的庇护以帮助我查证下述事情的真实性:

一位好心的记者复印并寄给我第154至162页的材料,内容是埃德蒙·威尔逊在他的近作《北部地区》[①]中有关我的一些描述。因为其中许多说法涉嫌诽谤,所以我必须有所澄清以免误导值得信任的读者。

首先,所谓在纽约我们第一次见面之前的四十年间我的生活充满了"悲惨、恐怖和障碍",这多半是他扭曲的幻想所致。他不了解我的过去。他甚至懒得去读一下我的《说吧,记忆》,这是一部记录和回忆我出生以来快乐生活的书。他的拿手好戏是,从他认为是我生活实录的小说中收集"真实生活"的印象,再放回到我的小说中去,并以此打量我的人物——这就像某个莎士比亚研究专家,从剧本中推断出莎士比亚的母亲,随后再从这些他借以构想这位女士的文本中发现指涉她的材料。然而,我所惊奇的还不是威尔逊的泰然自

* 发表于1971年11月7日。

① 《北部地区:纽约北方杂忆》(*Upstate: Records and Recollections of North New York*),第386页,法勒、施特劳斯和吉鲁出版社。——原注

若，而是这样一个事实，他在日记（那时他在伊萨卡的我们家做客）中，把他自己描绘成一个培育如此低劣的情感和思想的人，要是这些情感和思想表达出来，我就早早把他打发走了。

我觉得，在《北部地区》的这些文字中，有一些无聊的说法值得指出来。他坚信，我坚持俄国和英国诗歌之间存在基本的相似，是“（我）父亲遗产的一部分……是以英国为榜样建立俄国立宪政体的拥护者”，这话说得太愚蠢不值得反驳。他对俄国诗歌韵律一知半解的描述只能表明他仍然无法阅读我这方面的著作，更不用说读懂了。同样有违事实的是——也是他典型的庸俗想象——他印象中，我们在伊萨卡的家庭聚会上，我妻子对我“全神贯注”，而“不注意别的人”。

那种特别讨厌的粗俗和天真的混杂反映在他的这一想法中：我必定遭受了“极大的羞辱”，因为作为一个自由派贵族的儿子，我无法“被严格的非自由派贵族接受”——何地？何时？天哪！——到底无法被谁接受？我的伯父伯母？还是一个俗人臆想中的俄国权贵们？

我意识到，我从前的朋友健康欠佳，却挣扎于激情的摆布和个人的荣耀之间。确实，那些“旧日记”（其中，活着的人只是日记主人的会表演的狮子狗）的出版应该服从规则或法律，即应该征求因猜测、无知和臆想而受伤害的人的某种形式的同意。我希望，伪造也能符合现行规定。

《纽约时报书评》*

(1972)

致《纽约时报书评》编辑约翰·伦纳德：

来自记者的令人困惑的质询迫使我稍迟对假冒信件(《纽约时报书评》,1972年1月16日)的无聊的戏仿作出回应,这些信件来自“第戎·弗雷德斯”和“马克·汉堡”,从行文风格和胡言乱语来判断,我以为这是一两个轻浮的大学生伪造的。我想,先生,如果你在下一期杂志指出威尔逊和我都没有写这些信,那你就帮了他的忙,也帮了事实真相的忙。

再加一句,我在这些信件中只看出一个妙处,即暗示威尔逊先生提到我的一个特点,常用“幸灾乐祸(Schadenfreude)”一词,其实,它的意思是“憎恨弗洛伊德”——但这是报应,不是才智。

* 发表于1972年3月5日。

文　　选

论霍达谢维奇
（1939）

这位诗人，这个我们时代最伟大的俄罗斯诗人，（丘特切夫谱系中）普希金的文学后裔，只要文学的记忆活着，他就仍然是俄国诗歌的骄傲。他的才华如此引人注目是因为它成熟于我们的文学处于僵化的年月。布尔什维克时代把诗人截然分成官方认可的乐观主义者和低人一等的悲观主义者、国内精神饱满的人和流亡忧郁症患者。这种归类会导向一个有趣的悖论：在俄国内部，当权者会依据外部情况行事，而俄国之外的事，则会依据内部情况考虑。政府的意志暗中要求作家满腔热情地关注一顶降落伞、一台农用拖拉机、一个红军战士，或者极地探险队员（也就是说关注这个世界的外部事物）。当这种意志诉诸一个人的内心世界时，自然比流亡者的行为规则要强大得多。人的内心世界，弱者几乎意识不到，强者不屑一顾。在19世纪，这种内心意识引发了描写圣彼得堡纪念柱的怀旧诗歌，而30年代后期，又演变为诗意的宗教关怀，尽管并不总是深邃，但总是真情流露。艺术，真正的艺术，其客体就挨着艺术的源泉（在高贵和荒凉的地方——当然不在人满为患、情感泛滥的山谷）。真正的艺术在我们手中已蜕化为理疗式的抒情诗了。虽然人们理解，人绝望时会情不自禁当众宣泄，但诗歌与此无关，而教会或塞纳河的拥抱会更有效。无论何种方式的当众宣泄，从艺术上讲，它总是微不足道的，就因为它是当着公众的。然而，如果在俄国，人们觉得很难想象一个诗人会拒绝束缚（如不愿翻译一个高加索打油诗人的短诗），鲁莽地将缪斯的自由置于他自己的自由之上，那人们可以期待在俄国侨民中很容易发现勇敢的孤独者，他们不希望去统一并将他们的诗学观汇入一种精神的共产主义阵营中。

在俄国，甚至天才也无法得到拯救，而一个流放者，单凭才华就能获得拯救。无论霍达谢维奇的晚年生活多么困难，无论一个侨民平淡乏味的处境多么让他痛苦，也无论他的凡人同类对他的死多么无动于衷，霍达谢维奇无疑将被俄国永远铭记。确实，他自己也乐于承认，经历了勃洛克所预言的“寒冷和黑暗”的日子[①]，他占据了一个特殊的位置：他人所难以达到的高度——幸福的孤独。

我这儿无意用突然转向的香炉[②]来伤害旁观者。移民一代中有些诗人仍然在前进的道路上，或许可能达到艺术的顶峰——要是他们不在小酒馆里虚度时光，全然体会不到在法国人心中那似乎恒久不变、难以一窥全貌的巴黎之妙处。霍达谢维奇似乎意识到他在流亡期间创作的诗歌具有不同性质的影响，因而，他对自己诗歌的命运感到一种责任感，这一命运令他烦恼而不是悲伤。廉价诗歌的忧郁情调作为他的诗集《欧洲之夜》的戏仿而不是回应更能打动他，诗中的痛苦、愤怒、天使等——总之，一切都是真诚的、独特的，与乌云般笼罩在许多诗人作品中的情调相当不同，而那些诗人多半是他的弟子。

---

① 在我们的时代来临前夕，勃洛克写下了这样的诗句：但愿你知道，哦，你这个孩子/即将来临的寒冷和黑暗的日子。——原注

② 这个隐喻出自巴拉滕斯基（Baratynski，1800—1844）的一首诗，该诗指责批评家借莱蒙托夫（Lermontov，1814—1841）之死大唱赞歌，以此来贬低活着的诗人。顺便说一下，在帕夫连科夫主编的《百科全书》（圣彼得堡，1913）中，巴拉滕斯基条目的小注有一个奇妙的错误：“《全集》，1984。”——原注

谈论他诗歌的“娴熟”（即“技巧”）是没有意义的，把他的诗歌与一般诗歌联系起来甚至是亵渎，也不能在一种非常特定的意义上谈论他的诗歌。因为“娴熟”的概念本身带着引号，因而成了一种附属品、一个逻辑上要求补偿的影子，这很容易把我们带向一种看待诗歌的特殊、动情的态度，结果是诗歌荡然无存，留下的只是满纸泪痕。这种状况之所以应该受到指责，不是因为甚至大多数“纯粹的哭泣”也需要有充分的关于韵律、语言、表达平衡的知识；这种状况之所以也是荒诞的，不是因为打油诗人沉湎于羞羞答答的欺骗（如同送葬者因生命的短暂而抱怨人的生命），与不知检点的诗扯在一起，面对人类的苦难，艺术坠入虚无；不是因为这些原因：大脑所意识到的这一事物和它的时尚之间的分裂之所以应该受到指责和之所以是荒诞的，是因为它损害了这一事物（无论你称其为“艺术”、“诗歌”，还是“美”）的本质，因为它实际上是与它的神秘、不可或缺的各种所有物联系在一起的。换句话说，完美的诗歌（在俄国文学中至少可以找到三百个例子）能够被读者从各种角度进行考查，以寻找它的思想，或只寻找它的情感、画面、声音（可以想出多种方面，从“手段”到“想象”），但所有这些不过相当于对整体的随意选择，它们中哪一个方面都不值得我们如此关注（也自然引不起我们任何的兴奋，除了可能间接地让我们回想起另外某种“整体”，如某人的声音、某个房间、某个晚上），如果这首诗并不拥有华美的独立，则“娴熟的技巧”听起来就像是它的反义词“动人的诚意”，有侮辱的味道。

我的这些话并不新鲜；然而，当说起霍达谢维奇，这话就得一再重复。存在一些相当不确定的诗歌（其模糊性自有一种魅力，就像可爱的近视眼一样），诗人的努力只能粗略地估计，对更生动的诗歌，也只是有选择地说明他的“娴熟”。比起那些艺术上模糊不清的诗，霍达谢维奇的诗歌，作为一种打磨过度的形式——我有意采用这样一个倒胃口的说法——可能打动温和的读者。但问题是，他的诗歌——或者任何真正的诗歌——并不求助于任何“形式”的定义。

我觉得自己非常怪异，在这篇文章中，在由霍达谢维奇之死引起的遐想中，我似乎暗中不承认他的天才，似乎在同质疑文学迷恋和重要性的幽灵进行论争。获得名声和认可——所有这类事情是一种相当不可靠的现象，唯有死亡才是真实的远景。我能够设想，可能有不少人，当他们兴致勃勃地阅读霍达谢维奇每周为*Vozrozhdenie*①写的书评文章（应该承认，他的书评，尽管写得机智和诱人，但达不到他诗歌的水平，因为它们多少缺乏让人感到震颤和神奇的东西），他们并不知道书评作者也是一个诗人。如果有人起初觉得霍达谢维奇死后的声誉不可理解，我不会感到意外。另外，他后来没有发表诗歌，读者是健忘的，而我们的文学批评家热衷于热门话题，无暇让公众注意重要的事情。即便如此，现在一切都结束了：这份留给后人的金子在可见的未来闪闪发光，而这位采金工人已经离去。也许，从他所去的地方，一种微弱的声音抵达了优秀诗人的耳畔，以彼岸的清新呼吸穿透我们的存在，它所赋予艺术的神奇比任何别的东西更能说明艺术的本质。

哦，如此走了！然而，生活的另一层面微微地移动了，另一种习惯——（他人）存在的（自己的）习惯——被打破了。如果人们开始私下回忆人类形象的短暂和脆弱，如同窗台上容易融化的冰雹，来鼓励失落感，那就没有什么安慰了。让我们转向诗歌吧。

（这篇文章署名“弗·西林”，这是我20、30年代在柏林和巴黎用的笔名。此文登在巴黎侨民文学杂志《现代纪事》[*Sovremennyya zapiski*]第59期，英文是我严格按照俄文译过来的。）

① 二战前巴黎的一份侨民日报。——原注

萨特的尝试

（1949）

（《恶心》，萨特著，亚历山大译，新方向出版社，1949年）

萨特的名字，我知道，是与时髦的咖啡馆哲学的招牌联系在一起的，既然人们发现，每个所谓“存在主义者”都有不少的“吸附者”（如果我可以自创一个文雅用词的话），那萨特第一部小说《恶心》（1938年出版于巴黎）的英译本也应该获得某种成功。

难以想象（除非在一出闹剧里）一个牙医会持续不断地拔错牙齿。然而，出版商和翻译家似乎做了那类事情而没有得到惩罚。因篇幅有限，我只能以亚历山大先生的一些愚蠢的错误为例。

1. 那个女人“用积蓄给自己买了一个年轻的丈夫”被译成了“把她自己和她的积蓄”奉献给了那个年轻人。（第20页）

2. “他看上去邋遢和恶毒”一句中的用词似乎难住了亚历山大先生，他干脆将句子的后半部分省略，让别人来填补，但没有人这么做，英译本（第43页）就缩减成“他看上去”。

3. 文中提到“这个可怜的Ghéhenno”（法国作家），译文中扭曲成了“基督……Gehenna这个可怜的人”。

4. 主人公噩梦中的“阳具树林”被误解成某种桦树林。

从文学的角度来看，《恶心》是否值得翻译则是另一个问题。它属于那种人们十分期待，但实际上写得很松散的作品，这类作品通过许多二流作家——如巴比塞[①]、塞利纳[②]等流行起来。作品中隐约呈现出陀思妥耶夫斯基最糟糕的东西，更深处则是老欧仁·苏[③]的影子，俄国的情节剧式作品受后者的影响很大。这部作品被认为是一个名叫洛根丁的人的日记（诸如"星期六上午"、"下午十一点"这类玩意），他经过一些似乎不太真实的旅行之后，在诺曼底的一个小城住下来，以完成他的一项历史研究。

洛根丁来往于咖啡馆和公共图书馆之间，其间他遇到一个健谈的同性恋者，他沉思、写日记，最后与前妻进行了一次冗长乏味的交谈，她现在跟一个周游世界的人待在一起。留声机放着一首美国歌曲"不久你就会想我，亲爱的"，作者赋予这首歌以重要意义。洛根丁想要他的生活如同这首歌，从"存在的没顶之灾"中"救出那个（写这首歌的）犹太人和那个（唱这首歌的）黑人女子"。

在洞察力的一阵模糊的闪烁中（第235页），他想象歌曲作者是一个胡子刮净的纽约布鲁克林人，有着"乌黑的眉毛"和"戴着戒指的手"，在摩天大厦的二十一层楼上写下这首曲子。室内温度很高。然而，汤姆（可能是个朋友）就要过来，带着他的小酒瓶（乡土色彩），他们要去开怀痛饮（在亚历山大先生华丽的译文中成了"威士忌倒满了酒杯"）。我发现，实际上，这是苏菲·塔克[④]唱的一首歌，由加拿大人谢尔顿·布鲁克斯[⑤]创作。

小说的关键似乎是洛根丁获得的启示，他发现，他的"恶心"源自一个荒诞、无序而又非常实在的世界。不幸的是，小说中的这一切

---

① Henri Barbusse（1873—1935），法国作家。
② Louis-Ferdinand Céline（1894—1961），法国作家。
③ Eugène Sue（1804—1857），法国作家。
④ Sophie Tucker（1884—1966），俄裔美国歌手。
⑤ Shelton Brooks（1886—1975），著名的流行音乐和爵士乐作曲家。

只是停留在纯精神的层面上，洛根丁的发现可能有别的性质，如唯我论的，而这对小说的其他部分丝毫没有影响。当作者有目的地将他随意和独断的哲学幻想强加给他创造的人物时，就要有相当的才华方能取得效果。洛根丁认定世界的存在，这不会引起什么争议。但使世界如同一件艺术品那样存在，这工作就不是萨特所能胜任的了。

1949年4月24日《纽约时报书评》发表这篇文章时，遗漏了我列举的亚历山大先生译本中的第四条错误。从纽约的伊萨卡（我在那儿的康奈尔大学任教），我立即给编辑发去一封措辞严厉的电报，指责对文章的随意改动。4月25日，星期一，我作了第三次，也是最后一次论屠格涅夫《父与子》的讲课。星期二晚上，我们在位于塞内加大街（劳埃德·亚历山大也许会加注：卢修斯·安内乌斯）[1]通风良好的别墅里招待客人，我用那封电报的抄件来款待他们。我的同事，一位严肃的年轻学者，一边缺乏幽默地轻声笑着，一边说："是的，当然啦，那就是你应该发的电报，在许多相似的情况下，我们肯定也会这么做的。"我想，我的反击并非不友好，但我妻子后来说，我可以不那么粗鲁。星期三，我开始在因春困而无精打采的班上分析托尔斯泰的《伊凡·伊里奇之死》。星期四，我收到《纽约时报书评》的来信，他们解释说改动文章是出于"篇幅的考虑"。我现在把笔记中被略掉的部分补上去。我不知道编辑是否有先见之明以保存我的打字稿和电报。在这篇文章底下有这样的斜体字："纳博科夫先生是《塞巴斯蒂安·奈特的真实生活》的作者"——该书由新方向出版社出版。

---

① 塞内加是古罗马剧作家，全名为卢修斯·安内乌斯·塞内加（Lucius Annaeus Seneca，4B. C.—65）。

弹奏古钢琴

(1963)

一部即将出版的译著的作者会发现，去批评一部刚出版的同一作品的译本是令人难堪的，但眼下我可能，也应该面对这种尴尬；因为有的事必须去做，某种孤独、嘶哑的声音必须发出，以捍卫无助的已故诗人和轻信的大学生，使他们免于那种无情、不负责任的注释家的伤害。我下面就来谈谈这个注释家的译本。[①]

要把差不多五千行俄国抑扬格四音步诗句，以一种阴阳韵律的僵硬模式，扭曲变形成长短相仿的英国抑扬格四音步诗，是一件可怕的工作。我有选择地将《叶甫盖尼·奥涅金》译成无韵的散文体，因而，我对阿恩特先生锲而不舍的努力深表敬意。一个有同情心的读者，尤其是没有查看原著的读者，可能在阿恩特先生的译本中发现多少有一点打油诗人的味道和似是而非的感觉，但任何一个不太仁慈但更有知识的读者，会明白这部译著真是不堪卒读。

首先让我将两节诗（第6章36节、37节）的直译与阿恩特先生的翻译并列在一起。这是他译本中没有犯明显错误的段落，被动的读者（激进教育家的宠儿）可以勉强接受这样一种翻译。

① 亚历山大·普希金《叶甫盖尼·奥涅金》，奥涅金体新译本，瓦尔特·阿恩特作序，达顿平装本，纽约，1963年。——原注

1. My friends, you're sorry for the poet

My friends, you will lament the poet

2. in the bloom of glad hopes,

Who, flowering *with a happy gift*,

3. not having yet fulfilled them for the world,

Must wilt before he could bestow it

4. scarce out of infant clothes,

Upon the world, *yet scarce adrift*

5. withered! Where is the ardent stir,

From boyhood's shore. Now he will never

6. the noble aspiration,

Seethe with that generous endeavor,

7. of young emotions and young thoughts,

Those *storms* of mind and heart again,

8. exalted, tender, bold?

Audacious, tender or *humane!*

9. Where are love's turbulent desires,

Stilled now are love's unruly urges,

10. the thirst for knowledges and work,

The thirst for knowledge and for *deeds,*

11. the dread of vice and shame,

Contempt for vice and *what it breeds,*

12. and you, fond musings,

And stilled you too, ethereal surges

13. you, token of unearthly life,

Breath of a transcendental clime,

14. you, dreams of sacred poetry!
Dreams from the sacred realm of rhyme.

1. Perhaps, for the world's good
Perchance the world would have saluted
2. or, at least, for glory he was born;
In him a *savior or a sage;*
3. his silenced lyre might have aroused
His ly-eye, now forever muted,
4. a resonant, uninterrupted ringing
Might have resounded down the *age*
5. throughout the ages. There awaited
In ceaseless *thunder*, and have fated
6. the poet, on the stairway of the world
Its bearer to be elevated
7. perhaps, a lofty stair.
To *high rank* on the worldly grade;
8. His martyred shade has carried
Or haply with his martyred shade
9. away with him, perhaps,
Some holy *insight* will they *bury*,
10. a sacred mystery, and for us
A *gem*, perchance, of *wisdom choice*,
11. dead is a life-creating voice,
Now perished with his vital voice.
12. and to his shade beyond the tomb's confines

The hymn of ages will not carry

13. will not rush up the hymn of races,

Deep into his sepulchral den

14. the blessing of the ages.

The benedictions of all men.[①]

我把那些在普希金文本中找不到，或形式不同的用词以斜体表现。至于译本中的疏漏不胜枚举。被动的读者无疑会从阿恩特的36节第2行实际上没有意义的诗句中得到一种错觉。他们几乎注意不到第4—5行中有关下疳的隐喻，被强加的俗丽的韵脚不是普希金的错，也不奇怪，一个注释家无知的鲁莽会体现在他自己的比喻中，他应该知道，修辞是一个诗人才华的主要、至上的本质和亮点，应是最后触碰的东西。在列举的第2节诗中，被动的读者会忽略这样一些隐喻，如"buried insight"、"gem of wisdom"，还有"sepulchral den"(暗示一头死去的狮子而不是死去的诗人)。他们也会相信"high rank"(意指从沙皇那儿领受恩惠的温顺的诗人，如茹科夫斯基，而根本不是普希金想到的"lofty stair")；但也许第5—6行中的"thunder-bearer"会绊住他们的脚。

我再说一下，这些还只是阿恩特先生译本中最轻微的问题。如

① 这两节诗的中译为：(36节)：我的朋友，你们都怜惜诗人/在充满欢乐的希望的少年时光/这希望还没有在人间实现/几乎才刚刚脱下童装/就凋萎了！如今，那热情的激动/那青春时代高尚的志向/那崇高、温柔而又大胆的/感情和思想，又在何方？/还有对爱情的强烈追求/对知识和未来事业的渴望/对于恶习和耻辱的畏惧/以及心中隐秘的梦想/以及非尘世的生活幻影/神圣诗歌的梦境，都荡然无存。(37节)：也许他是为世界的幸福而生/命中注定要获得永久的声誉/也许，他那已经沉寂的竖琴/本能奏出名扬千古的乐曲/铿锵地鸣响，世代不绝/等着这位诗人的也许是/社会地位中最高的等级/但他那多灾多难的阴魂/可能已随着他的逝去/带走了神圣的奥秘，那鼓舞着/我们的声音也从此沉寂/时代的颂歌，万民的赞美/已经不能传送到他那里——/那常年幽居的坟茔的边际。见冯春译《叶甫盖尼·奥涅金》，上海译文出版社，1982年。

果仔细检查，就会发现以下各种误译。

1. 自然物改变了它们的属性或种类："跳蚤"成了"蟑螂"、"白杨"成了"椤树"、"桦树"和"酸橙树"成了"山毛榉"、"松树"多次成了"杉树"，还有"蔓状野樱桃"成了"桤木"（辛苦的编撰者在编撰俄英词典时至少在"cheryomuha"条目下注明"黑桤木"，即"桤木沙棘"，这是错的，但并没错成阿恩特先生那样）。

2. 姓名的篡改：达吉雅娜的丈夫"王子N"成了"王子M"；格里博耶多夫的英雄"查兹基"成了"恰兹基"（可能跟普希金的朋友恰达耶夫混起来了）；达吉雅娜的姑姑"佩拉格娅·尼古拉"成了令人难以忍受的昵称"佩利娅"；另一个姑姑"艾琳公主"成了可笑的"南茜公主"；奥涅金的管家"阿尼西娅"成了"安娜小姐"；达吉雅娜保姆的丈夫"瓦尼亚"成了"拉里"。

3. 年代错误：特里凯的"眼镜"说成"金边夹鼻眼镜"；拉琳夫人带去莫斯科的"罐子果酱"成了"罐头果冻"；介绍一位旅客时说"车站来的新人"。

4. 滑稽的语言断断续续："……我—们的主人公近来安居的地方"；"……我—们不幸的女孩体验到"（译本中有许多的"我—们"）。以"ire"结尾的词也是如此，如"fi-ere"（火焰）、"squi-ere"（乡绅）、"desi-ere"（渴望），等等。"Business"（生意）断断续续读成德国式的三音节（"没有服务、生意或太太"），在另一行，"egoism"（自我主义）慷慨地给予了四音节，读成"egoisum"。

5. 滑稽的用韵：Feeler-Lyudmila、capital-ball、binoculars-stars、char-Africa、family-me、thrillers-pillows、invaders-days does。按方言发音用韵：meadow-shadow、message-passage、tenor-manor、possession-fashion、bury-carry，等等。

6. 蹩脚的套话和不地道的成语："my flesh is parched with thirst"

（“我的肉体极其干渴”）、“the mother streaming with tears”（“母亲泪如泉涌”）、“the tears from Tania’s lashes gush”（“泪水从塔尼娅的睫毛涌出”）、“what ardor at her breast is found”（“她的乳房是多么热情！”）。

7. 低俗的俚语：“the bells in décollté creations”、“moms”、“two-somes”、“highbrow”、“his women”、“I sang of feet I knew before, dear lady-feet”、“dear heart, dear all”（连斯基最后写给奥尔加的哀歌）、“Simon-pure”、“beau geste”、“hard to meet”（实 指“不 善 交际”）、“my uncle, decorous old prune”（实 指“我 叔 叔 坚 持 正 直 的原则”）、保姆告诉达吉雅娜“Aye, don’t holler”、奥尔加“blended of peach and cream”、达 吉 雅 娜 写 信 给 奥 涅 金“my knees were folding” and “you justly dealt with my advances”（达吉雅娜，普希金的达吉雅娜！）。这里还有一点纯粹的好奇心。翻译家很少心意相通，但有时会撞到一起，这种情况发生在第8章38节：普希金表现奥涅金闷闷不乐地坐在壁炉旁，“时而掉下一只拖鞋，时而掉下他的杂志”。埃尔顿1937年简单地译为“……the News drops in the fire or else his shoes”（“……报纸掉进壁炉，或许还有他的鞋子”）。而阿恩特译得几乎一样：“……the News slipped in the fi-ere or his shoes”（“……报纸或者他的鞋子滑到壁炉里”）。

8. 愚蠢的及显而易见的错误：愚蠢的错误其实是无知和自负共同的产物。这儿是阿恩特先生的一些例子。在第6章5节，普希金描写扎列茨基（以前是个浪子，现在是俄国北方未开垦地的一个普通的地主）。几年前，在拿破仑战争期间，扎列茨基被法国人俘虏，在巴黎过了一段愉快的日子——如此愉快，以致到现在，1820年至1821年，他实际上并不在意再次被抓（如果再有一场战争）。“每天早上在维拉（巴黎的一家咖啡餐厅）都要赊账喝上三瓶老酒。”阿恩特先生不得要领，以为维拉是开在俄国（如普斯科夫）的一家餐馆，离扎列茨基的乡村住宅不远，大胆地把普希金的诗句译为“……勇敢地面对囚禁（1821年什么囚禁？），异常兴奋地（兴奋什么？）他早上仍然要在维拉痛饮三瓶”。另一处错误发生在他的译本第2章35节：普希金写三一节在教堂“人们打着哈欠”，但阿恩特译成“……三一节，农民数着念珠”（在俄国，人们一般不这么做），“在晨祷时打盹”（在希腊东正教站着晨祷时这可不容易）。在第3章3节：拉琳太太招待客人的简陋食物（“小碟果酱端了上来，放在一张油腻的小桌子上，还有一壶越橘水”）变成了用硕大的容器装着的丰盛大餐：“……几碗果酱，接着是惯常的装在细颈大瓶（两三加仑？）里的越橘水”。在第3章9节：普希金间接提到圣普乐（朱丽·沃尔玛的情人）[①]，但阿恩特显然没有读过卢梭的小说，把丈夫和情人混起来了：“朱丽爱着的情郎，沃尔玛”。第3章28节：普希金的两位有学问的女士，一位披着黄肩巾，书生气十足像个研修课学生，另一位戴着帽子，一脸严肃像个女院士（指科学院成员），在阿恩特的译本中被一个佛教僧侣（“橘黄色袍子裹住的神职人士”）和一个英国大学教师（“戴着方顶帽的智者”）所替代，这种令人啼笑皆非的错误是一种多发性硬伤。普希金在第5章开篇描写的山岭“软软地披上了一层耀眼的冬被”成了“山峰（在俄国低地！）软软地依偎在闪亮的冬天披巾下”（有一种美国酥胸的意想不到的效果）；“款款地走在柔软的地毯上”（第1章31节）则成了弗洛伊德式的“陶醉地拥抱着丰满的地毯”，还有诗人“心潮汹涌”（第4章31节）成了阴阳人的“（他的）子宫深处的悸动”。这类明显的错误举不胜举，我再说两例。第6章19节：在决斗的前夜，普希金写心神不定的连斯基“坐在钢琴前，但只

① 卢梭小说《新爱洛伊丝》中的主人公。

是重复地弹着和音”，这一忧伤的形象在阿恩特的译文中可怕地变成了“他要弹奏古钢琴，随意地弹着一组和音”。最后一个例子，阿恩特译本第3章40节结尾：普希金描写一只发抖的野兔，因为它看见远处“一个枪手蹲伏在灌木丛中”，而阿恩特换了武器，让野兔听到“从远处突然射来的一支箭落到了草丛中”。这一错误的根源到下一部分再解释。

9. 对俄国知识的一知半解。这是从俄语译成英语的非俄国译者的职业病。任何比“你好吗？我很好”难了那么一丁点的句子，都会成为一个陷阱，而词典不是引摸索者绕开，而是误导他们跌进去；如果他们不求助于词典，则会发生其他的灾难。在上面提到的第3章40节：阿恩特先生显然将strelká（strelok，即“射手”的宾格形式）一词与strelká（strela，即“箭”的缩略形式）混淆起来了。Sed'moy chas不是“七点多”（第149页），而只是“六点多”。Podzhavshi ruki并不指“双手叉腰”（第62页），而是“袖手旁观”。Vishen'e就是“樱桃”（第3章中姑娘在歌中用樱桃扔那个偷听者），不是“樱桃树枝”，而阿恩特用“枝条”来赶走入侵者。Pustynnyy sneg是“荒凉的雪”，不是“沙漠的雪”（第122页）。V puhu是“罩着一层绒毛”，不是“有点暗淡”（第127页）。Obnovit（第2章33节）不是“修复”或“修补”，而是“开创”。Vino（第2章11节）是“白酒”，不是“葡萄酒”。Svod（第4章21节）不是“运送”，而是“规范”。Hory（第7章40节）指公共舞场的上层楼厅，不是“复杂的旋转舞曲”——不论是何种旋转。

10. 模棱两可的英语。“隔壁邻居”（next door）常用来指“隔壁房间”（next room，第122页和133页）。一具骨架不可能“噘嘴”（第122页）。在决斗中，连斯基“闭上左眼，开始瞄准”（第132页），但阿恩特却让他用“眯着的左眼”瞄准，就像一辆拐弯的卡车相应地亮起尾灯。之后不久（第157页），“死神让不幸的年轻诗人和情人倒下，他被朋友的手和武器击中”。还有第6章41节的高大女子（普希金写她在连斯基的坟前停住马）的形象有点滑稽，她“勒住了奔驰的骏马”。

11. 废话。诗体翻译注定会有添加的文字和韵律，但我还没有见过如此频繁、如此大量地使用赘语。典型也是常见的例子（为了糟糕的用韵）是第7章28节：“She says：farewell pacific dales, and you, familiar hill tops”（她说：“别了，宁静的山谷，还有你，熟悉的峻岭”）在阿恩特的译本中成了“（She）whispers：Calm valleys where I sauntered, farewell；lone summits that I haunted ”。同一章，普希金描写达吉雅娜贪婪地读奥涅金的藏书，“a different world is revealed to her”（向她展现了一个不同的世界），而阿恩特译为“an eager passage（！）door on door（！）to worlds she never knew before”。这些译文中添加的废话也是一种下文所说的误译。

12. *Otsebyátina*。这个很实用的词由两个词组成：ot意为“从”，sebya意为“自己”，加上一个贬义的后缀yatina，（ya不适当地利用了这个代词的所有格词尾，与代词形式一致，并产生了加强的重读音bya，俄国人听来觉得有股讨厌的味道）。按它的字面意义，能够译为“来自自己”或“来自自我”。它用来形容自负或绝望的翻译家（或忘记台词的演员）的自作主张。下面是阿恩特译本中Otsebyatina的一些古怪的例子。第8章24节，普希金形容N王子晚宴上的一些宾客：“这里有戴着头巾式女帽和玫瑰、上了年纪的太太，一脸凶相；这里有几位少女，板着面孔。”这就是对那些太太和少女的全部描写，但在阿恩特译文中，画蛇添足地译为“……浓妆的太太，戴着来自巴黎的帽子，现出哈得斯般的怒容；他们中时不时见到一位姑娘，脸上始终没有笑容”。另一个例子在第1章33节，普希金对海浪有个著名的形容：“波涛汹涌、滚滚而来，满怀爱意涌向她的双脚。”这一描写成了："海浪……喧闹着一浪赶过一浪，在她的脚步下打着爱的旋涡。"不知道是什么让人产生这样的想象——那些海浪用三叉戟或小旋涡互相激励，它们的喧闹又在旋涡中平息。

阿恩特先生的译注很少，且多半来自他人，但即使如此，他仍然犯下了好几个错误。《叶甫盖尼·奥涅金》第三版"于普希金去世的那一天问世"的说法是错的，它的出版不晚于旧历1837年1月19日，至少在诗人去世的十天前。他开始写作《叶甫盖尼·奥涅金》不是如阿恩特所注，"在1822年5月28日"（这一错误受到别人影响，但也有他自己的问题），而是1823年5月9日。第7章中拿破仑抱着胳膊的小雕像不是"半身像"（如第191页注解所注），半身像通常是不抱手臂的。第223页上说"……有人建议普罗拉索夫"填补印刷文本中的空白（第8章26节首行），这是废话，因为"普罗拉索夫"从来不存在，只是一个喜剧色彩的名字（意为"钻营者"或"马屁精"），普希金的誊清稿中保留了这个名字，而有些编辑向皇家剧院导演安德烈·萨布罗夫提供的材料有误。

但阿恩特先生最古怪的说法在第5页译序的结尾："现在这个新译本……它的读者首先不是学术和文学专家，而是普通的说英语的学生，以及其他对世界文学名著感兴趣的人，译本采用了简洁和易于阅读的方式。"——这等于宣称："我知道这是一个不够好的译本，然而是一个色彩华美、包装精致的译本，不管怎么说，这个译本就是给学生和这一类读者准备的。"

为公平起见，还需补充：这部"出色"（书的正面写着）和"优秀"（书的反面写着）的新译著已经获得了第三届波林根英语诗歌最佳翻译奖（由耶鲁大学图书馆馆长詹姆斯·塔布于1963年11月19日在康涅狄格州的纽黑文宣布）。评奖委员会包括耶鲁大学的佩伊、勒内·韦勒克和约翰·霍兰德几位教授，还有哈佛大学的鲁本、布劳威尔教授（我依据耶鲁大学新闻办公室主任史蒂夫·凯泽里安的发言拼出了这些人的名字）。代表耶鲁大学行政常设委员会的是副馆长唐纳德·温。人们不禁怀疑，这些教授是否真的读过这部易于阅读的原著——或者他们的桂冠译者的受害者的那部相去甚远的伟大诗篇。

写于蒙特勒，1963年12月23日

（此文发表于1964年4月30日的《纽约时报书评》。阿恩特“译著”的第二版，即修订版稍后（1965？）出版，尽管注解中说“根据弗拉基米尔·纳博科夫的批评，有几处作了修改”，但这一“修订”本仍然和以前一样糟糕。）

对批评家的回答
(1966)

就我的小说而言，我的态度有所不同。很难想象我自己会写信给编辑以回答对我作品的批评，更不用说花一整天时间构思一篇文章，进行解释、反驳和抗议。我等了至少三十年——偶尔，也是愉快地——注意到某种陋习，那是我用“弗·西林”的笔名时遇到的，但那与书目有关。我的文学创作、我的生活圈子及我的独特的岛屿安然无恙，不受恼怒的读者的侵扰。我也从不屈从于狂野的欲望去感谢一个乐善好施的批评家——或者至少对这个或那个作家的同情和理解表示一下心意，在某种特殊的状况下，这似乎总是与才华、独创性一致，这是一种有趣的现象，虽然并非不可解释。

然而，如果批评不是针对想象性作品，而是针对实证性的参考书之类，如我那本《叶甫盖尼·奥涅金》注译本（下文简称EO）[①]，那就另当别论。与我的小说不同，EO有它的伦理层面，有道德和人性因素。它反映编撰者是否诚实，是否具有专业素养。如果有人说我是个糟糕的诗人，我一笑了之，但如果有人说我是个不称职的学者，我就得伸手去翻我那本最厚重的词典了。

---

① EO是《叶甫盖尼·奥涅金》（*Eugene Onegin*）书名的缩略形式，文中指的是纳博科夫的注译本。

我并不认为我已经读了EO出版后的全部书评，我杂乱的书房里肯定存有一些书评，但没有找到；但就我所读到的书评来判断，人们也许可以得出结论：直译这种翻译方法完全是我发明的，以前从来没有听说过；关于这种翻译方法和实践，存在着某种令人反感、甚至危险的东西。安东尼·伯吉斯所谓“艺术性翻译”——用韵考究、译文内涵配置得当，就是说，18%有意义的成分加上32%无意义的成分，再就是50%中性的废话——我想，这种翻译的倡导者和生产者要比他们意识到的更谨慎。表面上，他们受遥不可及的梦想的诱惑，但他们下意识地受自卫心理的驱动。“艺术性翻译”通过对无知、信息不全和知识模糊的隐藏和伪装来保护他们。而相反，不加修饰的直译则把他们脆弱的知识结构暴露给不确定和无法估量的种种危险。

因而这相当自然，抱成团的职业意译者体验到一股阴暗的憎恨和恐惧的强烈情绪，在某种情况下，这是一种真正的恐慌，当遇到这样的可能性：因时尚的转换，或一家具有冒险精神的出版社的影响，这就可能将他头脑中晦涩难懂的玫瑰花丛，或将他面对具体知识的幽灵竖起的有污点的盾牌突然去掉。结果，押了韵的译文录了音，广而告之大行其道，文本准确性的牺牲被当做某种英雄行为受到喝彩，反之，等待着憔悴、丢脸的直译者的只是怀疑和追究，他在绝望中摸索，字斟句酌，力求忠实，并在翻译过程中积累宝贵的信息，而这只是招致华丽伪装的鼓吹者的颤抖或冷笑。

上述评论，虽然有具体的事实依据，但不应狭隘地理解为自吹自擂。我的EO并不是一件圣物。它与原著还有距离，还不够“丑陋”。将来再版，我计划作更多的改动。我想把它完全译成实用的散文体，用一种更艰深的英语、方括号这类令人讨厌的路障、不雅词语的破烂的旗帜，以去除资产阶级诗意和韵律的最后残余。这就是我所期待的。眼下，我所要做的只是公开表明：那种对直译所抱的不分是非、庸俗不堪的态度，我深恶痛绝。

大部分批评家对在翻译行业中为数不少的无意识欺骗无动于衷，这的确令人惊奇。我记得有一次打开别雷英文版的《圣彼得堡》，在一处有关蓝色双座轿车的著名段落中看到了令人惊讶的错误，译者将kuhovyy（意为“蓝色”）误解为“立体”，这样轿车的颜色荡然无存。这种误译仍是一个样板和象征。但谁在乎呢？为什么要操心呢？罗森先生在《星期六评论》（1964年11月28日）的文章结尾时论述《叶甫盖尼·奥涅金》韵文本，表达了一种热切的希望：“只能等待像罗伯特·洛威尔这样有才华的诗人来写出嘹亮动听的英诗了。”但在我看来，这是可怕的，我能在最精致的模仿中，将简单幼稚的错误与文中可怜地嵌入的外在形象区别开来。但这又有什么关系呢？埃德蒙·威尔逊会说，“这就是翻译的一部分”。现在译自俄语的书大量出版，译文中那些难以置信的错误被作为细小的瑕疵忽略不计，只有书呆子才会当回事。

就连穆奇尼克教授（她在最近一期《纽约时报书评》上精巧地剖析了盖伊·丹尼尔斯先生，好像他是一种陌生、可能有缺陷的咖啡机）也没有就她引用的莱蒙托夫诗歌的两个译本——丹尼尔斯的和巴林的——指出吹着刺耳喇叭的是同一个小鬼。这样，我们就有了一个非常好的例子来说明语言习惯的怪癖，出于心理平衡，外国译者甚至不愿意进行合理的解释。莱蒙托夫的诗句“Sosedka est’u nih odna... Kak vspomnish, kak davno rasstalis’！”字面的意思是：“他们有某个邻居……哦，我们已分别了多久！”vspomnish’一词看起来像“记忆”的第二人称单数，但在这儿它如果直译应该是第一人称，因为说话者向他自己发言，然而，两位译者忽视了俄语的习惯用法，径直用了第二人称（虽然实际上，如此译法使句子带上了硬性说教的味道），这本来可以让译者三思的。巴林的译文（穆奇尼克教授称之为“意义和风格的完美再现”）：“我们有个邻居……你记得我和她……”而丹尼尔斯的译文更简陋：“有一位姑娘，当你想起……”我把他们共有的错误用区别于正文的字体表示。问题不在这个译本比那个译本好（坦率地说，两个译本都不足取），而是两者都稀里糊涂地用错了人称，好像所有的意译者都是一个乐队的成员。

尽管人们对直译抱有偏见，我在发现我那相当枯燥、沉闷的工作所引发的强烈情绪时还是不无惊讶。雇用的书评作者匆忙地为正统的苏联传声筒辩护，这些传声筒是我一再谴责，而那些雇用文人从未听说过的。在纽约，有个多少也算是背井离乡的俄国人固执己见，说我的评注只是一些模糊不清的琐事的汇编，而且，他还记得几年前就在高尔基家中听他的高中老师阿塔莫诺夫说起过。

“娘娘腔”一词我用过几次，如今它经常受到指责，因为有几乎成为一个日常用语的危险，就像“性感少女”一样。我的一个最为愤怒和口齿不清的攻击者似乎是别林斯基（生于1811年）的好朋友，也是所有我“迫害”的意译者的好朋友。我想，这种愤怒是可以原谅和高尚的，但要我去回应这种愤怒则没有意义。我也将无视某些闹剧——如《新共和》（1965年4月3日）的一篇小文章，它在开头写道，“检察官纳博科夫重访奥涅金事件犯罪现场”，他感到恼怒，因为编辑多半不学无术。一位书评家在《新杂志》（*Novyy Zhurnal*，第77期）上写道：莫里斯·弗里德伯格先生——恐怕有人会指控我捏造了这个名字——使用了一种极其滑稽和糟糕的俄语（kak izvestno dlya lyubogo studenta，如每个学生都知道的）来介绍这一有趣的看法：文本的忠实是不必要的，因为“（普希金）作品的题材并不很重要”。他还抱怨我对普希金之类的作家，如莫扎列夫斯基、托马舍夫斯基、邦迪、谢戈廖夫及戈夫曼不置一词，他这么说只表明他不仅没有读过我的评注，甚至也没有查过索引；最重要的是，他把我和阿恩特教授搞混了，弗里德伯格先生把阿恩特先生有关他的读者“不是专家，而是学生”这一论断安到我的头上了。还有一个更不走运的绅士（见《洛杉矶时报》），他被我评注的傲慢与偏见所激怒，以致几乎因愤怒而窒息，他给文章起了个耸人听闻的题目“纳博科夫作为翻译家的失败”之后并无下文，并没有论及译文本身。在更严肃的文章中，有一篇长文刊登在1964年6月28日的《纽约时报书评》上，作者是欧内斯特·西蒙斯，他热心地纠正了第1章25节第5行诗句中他认为的一处印刷错误。他认为“Chadaev”应该是“Chaadaev”，但在我对那段文字的注解中，他应该看到“Chadaev”是那名字的三种形式之一，在那一行中也是普希金自己的拼法，作者对这一行没有多加注意。

显然我不可能讨论所有善意的书评。我将只涉及其中一部分，以感谢有益的提议和指正。我要感谢约翰·贝利（《观察家》，1964年11月29日），他使我注意到他所说的——太亲切了——评注中“唯一的差错”：“Auf allen Gipfeln”（有关歌德的诗歌）应改为“Ueber allen Gipfeln”（我至少可以再加一例：第2章35节第8行的注解有明显的错误，应该无情地删去）。安东尼·伯吉斯在《交锋》发文，意外和断然地取消了我对菲茨杰拉德的喜爱，他证明“醒来！黑夜中早晨已然来临……”一句中，“风趣的形而上宣教士”的实际隐喻是错误的。约翰·韦恩（《听众》，1965年4月29日）在一种纯粹的风格方面使我立刻为我的一个“受害者”感到遗憾，收敛笑声：“顺便说一下，在（讨论韵律）这部分，阿瑟·休·克拉夫被形容为一个打油诗人，其效果就像是看一个无辜的旁观者突然被房顶上掉下的雪砸倒……”托马斯·肖（《俄国评论》，1965年4月）认为，我应该在普希金毕业后将他提升到十等文官（“学院文书”），而不是把他搁在官梯的第十四阶上；但我在书中找不到他所说的印错的有关杰尔查文的日期；我也强烈反对他把我尊敬的詹姆斯·乔伊斯，与那些被我“打入冷宫”并加以谴责的作家并列（肖先生显然误解了我的意思，把我对乔伊斯人物的看法运用到他的读者身上了）。最后是《泰晤士文学增刊》（1965年1月28日）上的一位不知姓名的书评作者，他说我在评注中并没有具体讨论普希金的艺术，这话完全正确；他提出了许多诱人的建议，这些建议和其他两位书评作者及一些记者的建议将会收入评注本第5卷，或至少出一卷漂亮的纪念专集。当他说“细看每一行也没有发现译文中有什么粗心犯下的错误”时，这个书评作者也真是太仁慈了。至少有两处：第4章43节第2行，“but”（但）应该删掉；第5章11节第3行，“lawn”（草地）应为“plain”（平原）。

最长、最雄心勃勃、最吹毛求疵，天哪，也最无情的文章是埃德蒙·威尔逊的（《纽约时报书评》，1965年7月15日）[①]，现在我对此作专门的讨论。

许多头脑简单的人认为威尔逊先生是这一研究领域中的一个权威（“他不放过纳博科夫的任何一个错误”，8月26日，一个匆匆表示祝福的人在给《纽约时报书评》的信中写道），无疑，对这种幻觉不应听之任之；另外，我不能肯定，捍卫我的作品免受生硬的攻击和无端指责，这种必要性是否会成为我讨论这篇文章的一个明显的动机，要不是我被这种不同寻常、难以置信、也很有趣的机会所打动，这个机会是威尔逊先生本人意外给予的，在他那篇大作中，他实际上否认了批评的每个方面。文章中的错误和不实陈述连篇累牍，似乎运用了一种反面艺术，这让人疑惑，是否故意写得如此支离破碎，以便反映在镜子中显得合适和连贯。文学史上像这样的文章，我想不起还有别的例子。这是一个善辩者的梦想成真，要是对此不屑一顾，那真是

① 读者应该读一下，这篇文章经过删节、修订并重印，收入埃德蒙·威尔逊的《俄罗斯之窗》，纽约，1972年。——原注

一个可怜的傻瓜。

威尔逊先生在文章开头以示好的口吻指出，他和我是老朋友。他说他同情我，因为“愤怒冷却了温情”，我深有同感。当我二十五年前刚来到美国时，他写信给我，来拜访我，在许多方面对我很好，这并非必然地与他的专业相关。我很感激他，因为他在我很少参与的所谓文学圈里从不评论我的小说及不断地说恭维的话。我们有过多次愉快的交谈，通过许多坦率的信函。他像一个自信的病人，长久而无望地迷恋俄语和俄国文学，我尽力向他解释他在发音、语法和理解上的可怕的错误。直到1957年，我们最后几次见面，那是在纽约北部的伊萨卡，我当时住在那儿，我们两个都意识到，尽管我不断地解释俄语韵律，但他仍不能阅读俄国诗歌，这种情况既有趣又令人沮丧。我们鼓励他大声朗读《叶甫盖尼·奥涅金》，他开始的时候兴致很高，但接二连三地读错，将普希金的抑扬格诗句读成了一种痉挛性的抑抑扬格，还扭着下巴，嗯嗯呃呃，诗的节奏完全打乱，不久便惹得我们两人哈哈大笑。

说到下文，我很遗憾威尔逊先生没有就他的困惑向我咨询，如他过去常做的那样。以下就是一些可怕的错误，而这些错误原本是可以很容易避免的。

威尔逊先生问道：“为什么纳博科夫将netu一词称为net的老式和方言形式。它在口语中很常用，我也发现，在纽约的苏联书店要找某一本书，通常会得到这个答复。”威尔逊先生把意为“没有”、“我们没有这本书”的日常口语netu误解为已经过时的词netu，这个词他从没有听说过，我在第3章3节第12行的注释中作了解释，这个词是net的一种形式，意为“不是这样”（与“是这样”的意思相反）。

威尔逊先生又说，“yo这个词发音更像‘yaw’，而不像‘yonder’中的‘yo’”。威尔逊先生不必教我怎样发这个或那个俄语元音。我的“yo”符合发音标准。他建议发“yaw”的这个音听起来很奇怪，也不正确。我能听见威尔逊先生——他的俄语口音我很清楚——问书店营业员要一本*Myawrtvye Dushi*（《死魂灵》），怪不得他拿不到这本书。

根据威尔逊先生（他解释“all”在俄语中的两个变体）的看法，“vse用于人，而vsyo用于物”。这种说法毫无意义。vse只是ves（阳性）、vsya（阴性）和vsyo（中性）的复数形式。

我认为，形容词zloy是俄语中唯一的单音节形容词，威尔逊先生对此感到不解，他问道：“怎样解释单音节表语形容词呢？”答复很简单：我不是说单音节表语形容词。为什么乱扯呢？像“mudr（聪明）”、“glup（愚蠢）”、“ploh（病得很重）”这一类词根本不是形容词，只是副词性变体，其义不同于相关的形容词。

在讨论pochuya一词的时候，威尔逊先生将它与chuya混为一谈（我在1965年4月23日给《新政治家》的信中讨论了这个词），他说，普希金要是用pochuyav这个词，那我就可以译为“感觉到”。威尔逊先生质问道：“我们的一丝不苟的直译家在哪儿啊？”就在这儿。我的朋友没有意识到，尽管有着不同的词尾，但pochuyav和pochuya是可以互换的，两者都是“过去式动名词”，词义也完全一样。

所有这一切都相当奇怪。每当威尔逊先生开始检查一个俄文短语时，他就会犯某种可笑的错误。他的好为人师的意图被这些错误挫败，也被他文章的奇腔怪调所击碎。泰然自若的浮夸，加之乖戾的无知，要讨论普希金和我的语言——或者讨论任何一种语言，都不会有什么成果，因为如我们会看到的，威尔逊先生对英语的运用同样极不精确和误人子弟。

首先，他说在评论阿恩特教授的译本（《纽约时报书评》，1964年8月30日）时，“纳博科夫特别论及他所认定的阿恩特教授的德语习惯用法和其他的用词不当，唯独没有意识到他自己是多么的脆弱”，这么说是不真实的。我特别讨论了阿恩特的误译。威尔逊先生所谓的我的用词不当让他讨厌，更多出于心理因素，而与阿恩特没什么关系，我的错误与阿恩特或其他意译家的错误性质不同，而威尔逊先生知道这一点。我敢说，他会否认有意把水搅浑，用“小题大作”一词来应对理所当然的质疑，而无视另一种附庸风雅的翻译对普希金杰作的伤害。威尔逊先生断言，在我的译文中，“纳博科夫的唯一特点”（除了天生的“施虐受虐欲望”促使他“折磨读者也折磨他自己”之外，如威尔逊先生笨拙地企图将一枚又粗又锈的大头针戳入我的画像）是我“喜好生僻之词”。他没有想到，我需要表达生僻之事；这是他的损失。然而，他又说，考虑到我业已宣布的意图，要为学生提供帮助，这样的用词是“完全不合适的”，因为更为重要的是，要让学生去查阅俄语而不是英语词汇。我将稍作停留，以考虑威尔逊先生可怜的假设：学生可以通过“查阅”每一个词阅读普希金，或其他俄国诗人的作品（其实，这一简便方法的结果在威尔逊先生自己的错译和误译中昭然若揭），或者说一部可靠和完整的《俄英词典》不仅存在（并不存在），而且对学生来说，它比完整的《韦伯斯特大词典》第二版更容易得到，而我真的主张威尔逊先生去弄一部。即使那神奇的词典真的存在，如果没有我的帮助，要分辨两个同义词的差异仍然是困难的，没有我的指导，难以避免落入那些已不再使用的成语的陷阱。

埃德蒙·威尔逊（我觉得，不够坦率，而多半错误地）视他自己为一个具有常识、质朴的普通读者，拥有六百个基本词汇。无疑，这样一个想象的读者，有时可能对我觉得需要而时不时使用的难以捉摸的词汇感到困惑与不安。但是，这样的天真汉会有几个去碰EO呢？威尔逊先生暗示我不要用词典编纂演变过程中，只出现在一部

“相当全面的词典”中的词汇，这是什么意思？何时一部词典不再是简本，而开始变得“相当全面”，再“极为全面”？是否存在这样一个序列：袖珍本、口袋本、大口袋本、我的三个书架、威尔逊藏书丰富的书房？如果要表达一个观念或一个对象，有一个恰到好处的词——一个他作为教师或博物学家或新词发明者刚好知道的词，在一部标准词典的修订版中也能找到，但并不收在它的初版中（反之亦然），翻译家就应该干脆不作任何参考？这种可能发生的事情多么令人不安！真是噩梦般的不信任！疲惫焦虑的翻译家如何知道在图书馆的架子上恰恰没有威尔逊的相当全面的词典？（顺便提一句，威尔逊先生所谓“词典用词”在我的译文中真的很少，我难以找到什么例子。）

威尔逊先生没有意识到，作家一旦选择让某个旧词复活或焕发青春，这个词就又有了生命，又会哭泣，就会穿着紧身上衣和短裤，在墓地到处走动，让古板的掘墓人烦恼不已，除非那个作家的书不再存在。在好几种情况下，我的EO中，古词的使用不仅与这些过时的俄语词汇吻合，而且复活了普通的俄语单词中意义的细微差别，而这种差别在英语单词中已经丢失了。这样的单词并不见得成为习惯用法。我渴望的是文字的精确性，不是文字的可读性。它们是走过冰川的脚印、攀上陡峭山崖的岩钉。有些只是警示语，意在提示或指示普希金的某个习惯用语此时此刻又出现了。选用另一些古词是因为它们在俄语中隐含的法国色彩，以模仿措辞的一种法国式转向。所有这些词都有着痛苦、埋没和恢复的历史，应该被作为康复治疗者和古老的孤儿来对待，而不是被批评家当做冒名顶替者进行斥责，尽管这个批评家声称他欣赏我的一些作品。我不在乎一个词是“古词”、“方言”还是“俚语”，就此而言，我是一个兼收并蓄的民主派。无论什么词，只要我觉得适合就行。我的方法也许是错的，但这也是一种方法，一个真正的批评家的工作应该是去检查这方法本身，而不是相反，在我的池塘里钓几条奇特的鱼，这些鱼是我特意养着以备不时之需的。

现在让我转向威尔逊先生所谓我的“用词不当”和“脱离常规”，向他解释为什么我用了他不喜欢或不知道的词。

考虑到奥涅金对家庭生活的淡漠，普希金在第4章13节第5行，用了semeystvennoy kartinoy这个短语。现代用法是semeynoy kartinoy，要是普希金这么用，我就会用“family picture”①。但我要表明普希金用了一个不常用的词，所以我也用了一个不常用的单词“familistic”。

为了表明vospomnya一词（普希金用在第1章47节第6—7行，而没有用vspomnya，或vspomniv，或vspominaya）的古义，也为了提示这两行诗的深厚响亮的用词，我得寻找比“回想起当年的情意……”更能让人回味和唤起情绪的表达，不论威尔逊先生是否喜欢，要更好地翻译vospomnya一词，没有比“rememorating”（追忆）更合适的了。②

威尔逊先生也不喜欢“curvate”（弯曲）这个很朴素、也很适当的词，我用它来翻译krivye，因为我觉得“curved”或“crooked”不能完全对应奥涅金常用的弯曲的指甲钳。

同样，并非心血来潮，而是再三考虑才将第4章9节第5行中的privychkom zhizni izbalovan译为“spoiled by a habitude of life”（“为生活习惯所败坏”）。我需要一点法国色彩，它更适合来暗示“生活习惯”那种无限或不定的特性——普希金的诗句有着优雅的含混。

---

① 字面意为“全家福”，诗中指家庭生活图景。

② 出于与本文主题无关的理由，我后来在翻译这两行诗时作了改变，语气没变，但句法不同。（见《玛丽》引语，麦格鲁-希尔出版公司，纽约，1970年）——原注

这儿的“habitude”（习惯）是一个很不错的词。《韦伯斯特大词典》并没有说它是“方言”或“过时”。

另一个完全可以接受的词是“rummer”（大酒杯），我待之如友是因为它和ryumka的亲缘关系，也因为我希望为第5章29节第4行中的ryumki找到一个更普通的葡萄酒杯，而不单是32节第8—9行中的香槟酒杯，它也是ryumki这个词。如果威尔逊先生查阅我的注解，他就会明白，我想了又想才没用29节中的酒杯，不是因为这个词过时了，而是尺寸偏大，我换了在上头道菜前可以一口喝光的伏特加杯。

我不理解为什么威尔逊先生对“dit”（第5章8节第13行）感到困惑，我选这个词来代替“ditty”（小调），同样，下一行中用“kit”代替“kitty”（小猫），我希望这些词能进入或重新进入语言。可能，我这儿需要的诗歌单韵可以让我稍微偏离对字面意义的亦步亦趋。但这并非是不全面的；毕竟，任何人，只要他知道“titty”（乳房）的意思，就能理解“tit”的意思。

在威尔逊先生“用词不当”的名单上，下一个要讨论的是“gloam”。这是一个充满诗意的词，济慈用过它。这个词能完美地翻译第5章47节第8行中的mgla，表示暮色四合，也能表达第3章16节第11行对幽暗的树林的描写。这个词要好于“murk”，后者属于方言，威尔逊用它来翻译mgla，我则在另一行诗句中，用来形容冬日晨曦。

在对同一诗句的翻译中，我的“shippon”（牛棚），每个熟悉英国乡村的人都知道这个词，而威尔逊的“byre”，只有新英格兰的农夫才知道。这两个词对只有袖珍本词典的读者来说是陌生的；而这两个词都收在三厘米厚的企鹅大词典（1965）中。但我更倾向于用“shippon”来译hlev，因为我清晰地看到它的形状很像俄国的牛棚，但当我极力想象“byre”，我只看到佛蒙特州的谷仓。

再来讨论“scrab”：bednyazhku tsaptsarap（第1章14节第8行），tsaptsarap是个“动词性叹词”，假设（根据普希金用于另一首诗的注解）存在一个仿拟动词tsaptsarapat，既诙谐又是拟声，将tsapat（抓取）和tsarapat（抓挠）结合起来。我用不常见的“scrab up”来译普希金的不常见用词，将“grab”（抓取）和“scratch”（抓挠）结合起来。这真是一个奇妙的发现。

我不想分析“in his lunes”这个短语，威尔逊先生自有他的理由将此归入我的“脱离常规”之中。这个词没有出现在他讨论的译文中，但出现在我的普通的描述性散文中，我们另文讨论。

我们现在来看一个主要的指责：“mollitude”。针对普希金的法语色彩的词nega，我需要找到mollesse的英语对应词，以便和它在下列短语中一样常用：il perdit ses jeunes années dans la mollesse et la volupté或son coeur nage dans la mollesse[①]。威尔逊先生说读者从来没见过“mollitude”这个词，这说得不对。勃朗宁的读者就见过。对此，威尔逊先生好奇：我会如何翻译普希金晚年一首挽歌中的chistyh neg——会译成我所说的“pure mollitude”？我恰好在三十年前译过那首小诗，如果威尔逊先生找到我的译文（收在我的一部小说[②]的引言中），他会明白，nega的所有格复数在词义上与它的单数略有不同。

在威尔逊先生的黑名单上，我喜欢的词是“sapajou”（卷尾猴）。他奇怪我为什么将dostoyno staryh obez'yan译为“worthy of old sapajous”，为什么不是“worthy of old monkeys”。确实，obez'yana意为任何一种猴子，但在上下文中，“monkey”（猴）和“ape”（猿）都不很

---

① 法语，他放纵欲望，虚度年华；他精神涣散。

② 《绝望》，普特南森出版公司，纽约，1966年版。——原注

合适。

“sapajou”（严格地说，此词用于新热带地区的两类猴子）在法语口语中有“无赖”、“色狼”、“可笑的家伙”的意思。在第4章7节第1—2行和9—11行中（“我们对女人爱得越少，越能讨得她们的欢心……但这种重要的娱乐，只有我们祖先夸耀的时代的情场老手才适合”），普希金对一段道德说教的文字进行了回应。1822年秋天，他从基希涅夫给他在莫斯科的弟弟写了一封法文信，那是他开始写《叶甫盖尼·奥涅金》前七个月，写第4章前二年。这段文字，普希金的读者都熟悉：“Moins on aime une femme et plus on est sŭr de l’avoir... mais cette jouissance est digne d’un vieux sapajou du dix-huitième siècle。”[①] 我不仅难以拒绝诱惑，将第4章中的obez’yan译回信中的英、法词“sapajou”，而且，我也期待某人对此词发起攻击，以便让我可以用那则精彩的参考资料进行反击。威尔逊先生撞到枪口上了。

“还有实实在在的英语错误”，威尔逊先生接着说，并举了三个例子：“dwelled”（居住），我用的是“dwelt”、第2章39节第14行，以“about me”译obo mne，而没有采用更好的译法“of me”、“load-en”这个词，威尔逊先生“以前从来没有听说过”。但在我的词典中，“dwelled”只是“不常用”，不是“不正确”。“remind about”（提醒）的用法并非不可以（如“这件事明天提醒我”）。至于“load-en”威尔逊先生建议代之以“loadened”，这是他的英语错误，不是我的，因为“loaden”是“load”正确的过去分词以及分词形容词形式。

他为阿恩特的译文作了奇怪的辩护——在威尔逊先生看来，我盯着德语习惯不放——他声称，“在纳博科夫那儿，也不难发现俄语习惯”，并举了个似是而非的例子（“left us”应该代之以“has left

① 法语，其意与文中所引诗句相似。

us”)。确实，在一部长达一千五百页，由一个俄国人翻译一部俄语诗歌的作品中，这样的错误肯定不止一处，然而，威尔逊先生列举的另外两个因俄语习惯造成的错误却是他自己无知的结果：

在译slushat’ shum morskoy（第8章4节第11行）时，我采用了一个古雅、诗意的及物动词用法，译为“to listen the sound of the sea”（“聆听大海的声音”），因为普希金的诗句就有一种风格化的古调。威尔逊先生可能不关注这种译法——我也不是太关注——但他的愚蠢就在于，他设想我陷入俄语习惯中去了，而没有注意到，如他告诉我的，“in English you have to listen to something”[①]。首先，是威尔逊先生自己没有注意到这个事实，俄语中也存在类似的结构prislushivat’syak zvuku，即“to listen closely to the sound”——因而，他想象的独一无二的俄语习惯不成立。其次，如果他读过《唐璜》的某个章节（这部作品完成的同年，普希金开始写他的长诗），或读过某篇《回忆颂》（其时，普希金的长诗即将完成），那我这位有学问的朋友也许会得出结论，拜伦（“Listening debates not very wise or witty”）和丁尼生（“Listening the lordly music”）必定有某种俄国血统，就像普希金和我一样。

在第5章描写的玛祖卡舞中，跳舞的人之一“将达吉雅娜和奥尔加”（podvyol Tat’yanu s Ol’goy）引向奥涅金。这一描写与威尔逊先生提到的成语my s ney（字面义为“我们与她”，但也可以理解为“她和我”）没有什么关系。实际上，为了将两位姑娘塞入第5章44节第3行的头三个韵脚中，普希金让自己犯了一个小小的语法错误。podvyol Tat’yanu i Ol’goy这一结构可能是较好的俄语表达（就像“Tatiana and Olga”可能是较好的英语表达），但它未必合乎韵律。威

① 英语中，“listen”（听）一般是不及物动词，如果作为及物动词使用，要跟介词“to”。

尔逊先生应该小心在意，Tat'yanu s Ol'goy这一不幸的表述另有其回应：它与下一行诗句发生不愉快的冲突，在此行诗句中，组合的形式是必需的：Onegin s Ol'goyu poshyol，"Onegin goes with Olga"（"奥涅金和奥尔加一起走了"）。在我的翻译中，我忠实于普希金的俄语，而不是忠实于威尔逊的英语，所以在这些诗句中，我毫不犹豫地重犯错误和迎接随之而来的冲突。

"对法语的处理也很怪异"，威尔逊先生严肃地说，还提供了三个例子。

他断定，"卢梭女主人公的名字在某一页上叫朱丽，在下一页上叫朱丽娅"。这种吹毛求疵很荒唐，因为在四页与她有关的注解中，提及她（见第3章9节第7行注）的十三次，她都被叫作朱丽，也包括多次在其他地方出现时（见索引）；但也许威尔逊先生将她和奥古斯都或拜伦的女孩混起来了。

第二个"怪异"的例子与monde一词有关，在第1章5节第8行的注解（le monde, le beau monde, le grand monde）中，此词在"社交界"（world-of-fashion）的宽泛意义上使用。在威尔逊先生看来，在诗歌翻译中，此词应该始终与"le"一起出现。这自然是无能的表现（那些主要的提倡者，如威尔逊先生，他们对"le"和"la"的使用没有把握），结果是以"le noisy monde"来代替"the noisy monde"（第8章34节第12行）。18、19世纪英国作家写"the monde"，不写"le monde"。我肯定，如果威尔逊先生查一下《牛津英语大辞典》（我手头没有），他就会从沃尔波尔①、拜伦、萨克雷等人那儿发现许多例子。对他们来说是合适的，对普希金和我亦是如此。

最后，在这份论及法语的"怪异"名单中，还有sauvage一词，根

① Robert Walpole（1717—1797），英国作家。

据威尔逊先生的看法，此词不应该出现在我对第2章25节第5行诗句dika，pecnal'na，molchaliva的译文“sauvage，sad，silent”（“腼腆、哀伤、沉默”）中；但除了英语中找不到确切的对应词，我选这个单词也是提醒读者，普希金不是简单地在“天然”、“不合群”的意义上用dika这个词，而是如译为“sauvage”一样，在法语词义上用这个词。顺便说一下，这个法文词与monde（社交界）和ennui（厌倦）一起，经常出现在那个时代的英国小说中。

“至于古典学问，”威尔逊先生说，“Zoilus should be Zoïlus and Eol, Aeolus.”但在第一个例子中，那个区别记号是多余的（见《韦伯斯特大词典》），“Eol”是诗歌中的缩写形式，英语诗歌中经常出现。而且，威尔逊先生在我的索引中可以找到它的完整形式。我不能阻止我的Zoilus去仿效一个聪明、活泼的学童，但他真的不应告诉我怎样拼写“automaton”的复数，它有两个词尾形式，都是正确的。他又干吗指责我偏爱提奥克里图斯[①]而不是维吉尔，并暗示这两个作家我都没读过？

还有关于“stuss”的怪事。威尔逊先生质问：“纳博科夫说普希金沉迷于stuss，是什么意思？这不是一个英语词，如果他指的是‘胡说八道’的希伯来语，并已进入德语，就应该斜体和大写。但即便如此假设，也没有意义。”这是威尔逊先生的胡说八道，不是我的。“stuss”是一种纸牌游戏的英语名称，我在论普希金赌博嗜好的注解中作过详细的讨论。威尔逊先生真的应该参考我的这些注解和《韦伯斯特大词典》。

接下来是纳博科夫先生的风格。我的风格也许就像威尔逊先生所说：笨拙、平淡，等等。但按他提供的例子来看，并非就是笨拙、

① Theocritus（310B.C.—250B.C.），古希腊诗人。

平淡等。如果将toska lyubvi Tat'yanu gonit（第3章16节第1行）译为“the ache of love chases Tatiana”（而不是如威尔逊先生胡乱引用的“the ache of loss”），我用“chases”而不是威尔逊先生草率提议的“pursues”。我之所以这么译，不仅因为俄语中，“pursues”不是gonit，而是presleduet，而且因为，威尔逊先生没有注意到，这会是一个误导性的重复，“pursue”在前一节诗中已经用过（tebya presleduyut mechty，“day-dreams pursue you”），我的方法是，只有当普希金用了重复，我才近距离地重复一个词语。

保姆对达吉雅娜说nu delo，delo，ne gnevaysya，dusha moya，我译为：“this now makes sense，do not be cross with me，my soul”（“现在明白了，别对我发火，我的心肝”），威尔逊先生的腔调让人想起一些17世纪法国学究讲解高级和低级风格，宣布“make sense”和“my soul”别一起用，好像他知道在俄国保姆那里，什么词语可以在一起，而什么词语不可以在一起！

我已经说过，许多我一再用的词（如ache，pal，mollitude等）是我所称的“提示语”，即用这样一些词语表明相应的俄语词的一再出现。这就是风格！我希望提供正确的信息，而不是“正确风格”的样本。我将第4章18节首行（也是第4章18—22节艺术性最单薄的部分的开头）Ochen' milo postupil…nash priyatel'译为“very nicely did our pal act”（“我们这位伙计干得漂亮”），威尔逊先生觉得“用语粗俗”；但威尔逊先生在我放轻脚步的地方大步踩踏，因为他不明白相应的俄语短语也是陈旧、平淡的。ochen' milo这个文雅的词干脆就没有其他的译法（普希金这儿模仿一个假装笑着的读者），如果我在这儿及别处选择“pal”这个提示语翻译俗语色彩的priyatel'，是因为不存在其他的表达方式。“pal”保留了句中priyatel'一词的轻率无礼，另外也再现了它的首尾字母。举例来说，在一篇严肃的论争文章中，

priyatel' Vil'son就是一个轻浮无礼的短语，很不得体。或者威尔逊先生真的认为有问题的这段文字阿恩特先生译得更好？[①]

与“不良风格”有关的问题，威尔逊先生给出的最后一个例子发生在第7章32节结尾。达吉雅娜要离开她的乡村别墅，为了翻译挽歌般的词语，我必须考虑它们和普希金年轻时写的挽歌用词相像，这首挽歌是为一处可爱的乡村景色而写（“别了，你们忠实的小树林”等），也要同连斯基的最后一首诗的用词相像。这是一个调整和校准的问题。这就是为什么我让达吉雅娜说出一些生硬、陈旧的成语，“别了，安宁的故乡；别了，僻静的（注意相应的成语uedinennyy的发音）家园！我还能见到你吗？”威尔逊说，这些诗句“听起来像是电脑的产品，是它们将俄语译成了英语”。但既然那些电脑由威尔逊掌握的基础俄语输入，由人类学家和激进的语言学家来操作，其结果将是他的喜剧性译本，而不是我的笨拙但直译的文本。

也许，威尔逊先生进行责难的最逗人的部分是把他自己的拙译当做佳译，要我努力仿效。

我将gusey kriklivyh karavan tyanulsya k yugu（第4章41节第11行和第12行开头）译为“the caravan of clamorous geese was tending southward”（“喧闹的雁群列队飞向南方”），但我在评注中说明，kriklivyh字面意义是“screamy”（悲鸣）[②]，成语性质的tyanulsya传达的意义与此非常吻合，按一定方向“行进”的意思也优于从袖珍词典得到的“stretching”（延伸）之义。威尔逊先生认为，在他的译本中，描写冬天来临的第4章（我在评注中引了一部分，其中的错误好心地用斜体标出），“字面上几乎正确无误，而诗意上要比纳

---

① 译文：My reader, can you help bestowing praise on Eugene for the fine part he played with stricken Tanya？（我的读者，你能忍住不称赞叶甫盖尼对可怜的塔尼娅做的好事吗？）

② 在新版中我对译文作了修订，将“clamorous”改为绝对确切的“cronking”（虚弱的）。——原注

博科夫生动得多。”“几乎”简直就是非常宽容，因为“loud-tongued geese”真是太抒情了，“stretching”无法表达与语境有关的tyanulsya一词的要旨。

更好笑的情景是威尔逊先生极力向我示范如何正确地翻译ego loshadka, sneg pochuya, pletyotsya rys'yu kak nibud'（第5章2节第3—4行），我的直译是“his naggy, having sensed the snow, shambles at something like a trot”（“他的小马嗅着雪，踏着碎步”）。威尔逊译成“his poor（？）horse sniffing（？）the snow, attempting（？）a trot, plods（？）through it（？）”，这段译文除了胡乱翻译，就是马大哈英文的典型。然而，如果我们拒绝不公正的诱惑，不去想象威尔逊的马沉重地走着我的碎步，而让它沉重地走在威尔逊的雪地上，我们也只能得到一幅糟糕的画面：一匹不幸的驮兽费力地走在雪地上，但实际上，普希金赞美的是解脱，不是忍辱负重。那个农夫并非“欢欣”，或“觉得喜庆”，如意译家们所译（他们不知道普希金在此处和别处用了torzhestvovat'），而是“庆祝”（冬天的来临），因为雪橇下的雪有助于马的行进，漫长的秋天没有雪，大车在泥泞中艰难跋涉，因而一场冬雪大受欢迎。

虽然威尔逊先生发现我的评注做得过多，但他还是忍不住建议增加三条。在伪学术的炫耀下，他暗示我“似乎认为”（我没有，也从不认为）法国人将“goddams”（诅咒的）一词用于英语（我甚至都没有讨论这个问题）始于18世纪。他希望我说这可以追溯到15世纪。我为什么要这么说？因为他查阅过？

他还希望我提及它与“pensive vampire”（忧郁的吸血鬼）的联系（第3章12节第8行），波里道利[①]中篇小说（1819）中的这个吸

① John Polidori，拜伦的私人医生，业余作家。

血鬼是普希金1834年的一首诗中间接提到的吸血鬼之一，而这首诗则受到梅里美的著名仿作[①]的启发。但那个吸血鬼是个更粗糙的vurdalak，一个卑下的盗墓食尸鬼，和第3章（1824）中那个浪漫的典故没有什么关系；另外，它出现在十年后（普希金完成《叶甫盖尼·奥涅金》三年后）——我对那个阶段之外的吸血鬼不感兴趣。

然而，威尔逊先生自愿提供的最精细的建议与形容词krasnyy有关，“意为既艳丽又漂亮”。这没有受“俄国古老风俗”的影响吗？“这种风俗在哈克路特[②]的《航海记》中有过描述，农妇在她们脸上画上大红斑，以此为美。”这是一种可笑的注解，多少让人想起弗洛伊德解释一个病人对少妇的热情，那个可怜的家伙童年手淫时，习惯从厕所的窗户欣赏圣女峰。

威尔逊先生那些涉及我对韵律的注解的文字，我不想多说什么。这简直不值得多费笔墨。他跳过我的“冗长乏味的附录”，也不理解他设法搜集的东西。从我们先前的谈话和通信中，我很清楚，就像奥涅金，他把握不了诗歌的要旨——无论是俄语诗歌还是英语诗歌。正因为如此，他克制自己不“批评”我这方面的文章。他用铅笔头一戳，就重新制造了我好不容易澄清了的混乱，小题大作地将“第二口音”和“扬扬格”放到不属于它们的地方。他不愿意吸收我的用词，固执地无视我讨论的异同，确实，我不相信他读了那些东西。

在威尔逊先生看来，我“最失败的是解释方面”。要是他更认真地读了我的评注，那么他就会明白，我不相信任何一种“解释”，所以他的或我的“解释”既不会失败，也不会成功。换言之，我不相信威尔逊先生捍卫的那种老套、幼稚和变味的温情脉脉的批评方法。这种批评方法将人物从作者的想象世界抽出，再移入批评家的一般来

① 可能指法国作家梅里美（Prosper Mérimée，1803—1870）写吸血鬼的小说《拉·古兹拉》。
② Richard Hakluyt（1553—1616），英国作家。

说不怎么可信的想象世界中，而批评家开始考查这些已被挪动的人物，好像他们是“真实的人”。在我的评注中，我举例说明这种批评并开了一下善意的玩笑（然而，绕开了任何对威尔逊先生在《三重思想家》中那些非同寻常的谬误的暗示）。

我也联系这部长诗的结构，说明了普希金的形象塑造的实际效果。在他对主人公的处理中，存在着某种不协调，在第6章的开头尤其明显，也可以说尤其有吸引力。在第6章28节第7行的一个注解中，我强调了在决斗前及决斗过程中奥涅金行为的怪异、梦幻般的特征。这纯粹是一个结构上的问题，不是个人的解释。我的观点是有客观依据、不可辩驳的。我在普希金的世界里，我与普希金在一起。我并不关注奥涅金优雅还是粗鲁、活泼还是懒散、友善还是刻薄（“你真是好心肠！”他的日记里引述一个女子的话说；威尔逊先生说他“*zloy*，不友好”）；我只关注普希金出于情节考虑的全局观，在普希金看来，奥涅金是个典型的上流社会男士，一个有经验的决斗者，不太会找一个仆人做副手，或者在这种单调乏味的事件中开枪杀人，只要确认对手已经开枪，并不还手，虚荣心已经得到很大满足了。

然而，冲突的实际原因是相当可信的：发现他自己置身于一场庸俗的盛宴（第5章31节），完全不像连斯基向他许诺的那样是一场非正式的聚会（第4章44节），奥涅金有理由对这位不诚实或没头脑的年轻朋友生气，就像连斯基大声喊他出去，以便跟奥尔加调情，这么做也有他的道理。奥涅金接受了挑战，而如果连斯基挑选一位不那么迂腐的副手，他可能会微笑着予以拒绝的。普希金强调这一事实，“奥涅金真诚地喜欢这个年轻人”，但自尊心有时比友谊更强大。就是这么回事。人们应该坚持这一点，而别“深思熟虑”搞出什么花样，其实也不是什么新花样了；因为威尔逊先生打扰我、教导我如何理解奥涅金的，无非是老一套、一本正经的废话：奥涅金讨厌和嫉妒连斯基的理想主义、忠贞的爱情、热情洋溢的德国浪漫主义之类，而“他自己却如此苍白和空虚”。实际上，这很容易争辩：奥涅金，而不是连斯基，才是真正的理想主义者，他不喜欢连斯基是因为他想到，将来连斯基必定要成为一个肥胖、丑陋的乡绅，于是他慢慢地举起了手枪……但渐渐变得冷血的连斯基也举起了手枪，天知道谁会一命呜呼，要不是作者明智地遵循古老的法则，放过那个更有趣的人物，小说还要发展下去。如果有人要谋取某种“不正当优势”，如威尔逊先生荒唐的说法（在自愿进行的决斗中，任何原则都不能得到特殊的“优势”），那不是奥涅金，是普希金。

我的“最大的失败”就说到这儿。

现在有待检讨的是威尔逊先生对声誉的关注——普希金作为一个语言学家的声誉和圣伯夫[①] 及其他人作为作家的声誉。

和那些争论这一问题的俄国自以为是的语言学家一样，威尔逊先生也情绪激烈地指责我低估普希金的英语知识，“无视证据”。我提供的证据不是威尔逊的，不是西多罗夫的，甚至也不是普希金父亲的（一个骄傲的老党员，坚持他的儿子常说流利的西班牙语，更不用提英语了）。要是威尔逊先生细心地参考我对第1章38节第9行作的注解，他就会明白，我十分肯定地证明：无论1821年、1833年，还是1836年，普希金连简单的英语句子也不懂。我的论证仍然是无懈可击的，那正是威尔逊先生无视的证据，他只向我提及老掉牙的说法或无聊的掌故，说什么拉耶夫斯基姑娘在克里米亚的树荫下给普希金上英语课。他甚至不知道普希金从皮乔特和茹科夫斯基那儿获得了“拜伦式”故事的风格，也不知道普希金对外国作家的摘抄并无意义。威尔逊先生也可能抄外国作家，其结果我们都清楚。

① Sainte-Beuve（1804—1869），法国文学批评家。

他抱怨我不想承认普希金的语言能力相当好，对此，我只能回答，威尔逊先生和我对这种能力的看法是完全不同的。我自然意识到，我的朋友对这个问题有一种既定的兴趣，但我能向他保证，虽然普希金说一口很棒的18世纪法语，但作为一个绅士，他对其他外语只是略知而已。

最后——威尔逊先生对我“本能地对大名人宣战”感到震惊。哦，这可无济于事；威尔逊先生必须接受我的本能，并等待下一次碰撞。我拒绝被既定观念和学术传统所引导和控制，而他则希望我如此。他有什么权利阻止我发现那些被高估的平庸之辈呢？比如巴尔扎克、陀思妥耶夫斯基、圣伯夫，或所有那些喜爱法兰西式质朴之士的宠儿——司汤达。威尔逊先生真的很喜欢斯达尔夫人的小说吗？他研究过巴尔扎克的荒谬和司汤达的陈词滥调吗？他审视过陀思妥耶夫斯基闹剧般的混乱和虚假的神秘主义吗？他真的尊敬那个大庸人圣伯夫吗？为什么禁止我认为柴可夫斯基可怕的、糟糕的剧本并不能因音乐而得救？其音乐的令人倒胃口的平庸自我还是一个天鹅绒包厢里的鬈发男孩时就一直纠缠着我。如果允许我对普希金、勃朗宁、克雷洛夫①、夏多布里昂、格里鲍耶陀夫②、塞南古③、库赫尔贝克④、济慈、霍达谢维奇——只是列举我在注解中称赞的作家中的一些——表现我的特别的、非常主观的欣赏，那也应该允许我加强并约束我的称赞，向读者指出徒有虚名的人当中我最讨厌的怪人和骗子。

在他对我的信（《纽约书评》，1965年8月26日）的回复中，威尔逊先生说，重读他的文章，他觉得比他期待的“更具破坏力”。他

---

① Ivan Krylov（1769—1844），俄国寓言作家。
② Aleksandr Griboyedov（1795—1829），俄国作家。
③ Senancour（1770—1846），法国作家。
④ Wilhelm Küchelbecker（1797—1846），俄国作家。

的文章，正如我所揭示的，完全是诡辩和谬误，只能破坏他自己的声誉——如此烂文我都不想再看一眼了。

（此文完成于1966年1月20日，同年2月发表于《交锋》，收入《纳博科夫杂文集》，纽约，1968年。）

《洛丽塔》和吉罗迪亚先生
(1967)

在60年代，时常出现署名为吉罗迪亚先生，或他的某个朋友的回顾性的文字，涉及奥林匹亚出版社出版的《洛丽塔》和我们之间的"紧张关系"。那些无聊的回忆总是包含事实上的错误，我也总是要不厌其烦地写信指正，然而，如我欣然察觉到的，我们灵活的传记作家表现出某种撤回的波状运动。一篇特别雄心勃勃的文章，有着特别严重的错误，被他发表了两次——一次发在巴尼·罗塞特的《常青评论》上（37辑，1965年9月），题为"洛丽塔、纳博科夫和我"，另一次收入他自己的文集（《奥林匹亚读者》，格罗夫出版社，纽约，1985年），题为"《洛丽塔》的悲伤和忘恩负义的历史"。因为我审慎地保存了我和吉罗迪亚先生的所有通信，我确信能够导致他那一部分的撤回。

我保存的一份文件，题为"协议备忘录"（签于1955年6月6日，签约双方为纳博科夫先生，康奈尔大学，伊萨卡，纽约和奥林匹亚出版社，内勒路8号，巴黎），其中两项条款可以作为目前状况的一种格言。为方便读者，现采用分节歌形式：

八

如果出版方破产

或不能按条款提供账单和支付版税，
现有协议自动作废，
版权归作者所有。

九

出版方将在每年的6月30日和12月31日
提供销售数量的说明，
分别在这些日期的一个月内按条款
给作者支付版税。

第八款第一行文字如此明白地预言了1964年12月14日发生在吉罗迪亚先生身上的事，那漂亮、动人，几乎是萨福风格的声调抑扬的最后一行（“版权归作者所有”）对理解吉罗迪亚先生所谓“我们之间令人困惑的冲突”十分重要。还需注意的是，在花很大的篇幅描述对我的态度感到失望的同时，他在文章中从不提及一个作家抱怨与出版方关系的显而易见的理由——即这一事实，吉罗迪亚先生一再地，以一种难以置信的固执，不能履行协议第九款。通过强调结果掩盖原因，他解释我们的关系时采取了一种可笑的态度，使这种关系显得是：在十年期间，我始终对一个困惑的施主大发雷霆。

《洛丽塔》完稿于1954年初，那是在纽约的伊萨卡。我最初想在美国出版，但这一努力的结果却是令人伤心和恼火的。那年的8月6日，在新墨西哥的陶斯，我写信给巴黎的埃尔加夫人，告诉她我的烦恼。她在法国安排出版过我的一些俄语和英语书，我现在请求她在欧洲找人出版《洛丽塔》的英语原著。她回信说她可以设法出版。但一个月后，当我回到伊萨卡（我在康奈尔大学教俄国文学），我写信给她说我改主意了。在美国出版这本书有新的希望了。但这一希望又逐渐消失了。第二年春季，我再次和埃尔加夫人联系，写信告诉她（2月16日），如果她还想出版，西尔维亚·比奇“也许会有兴趣”。她没有回信。1955年4月26日，埃尔加夫人收到我的打字稿。1955年4月26日，一个有预见的日子，她说她找到了一个可能出版此书的出版商。5月13日，她说了那个人的姓名。就这样，莫里斯·吉罗迪亚走进了我的生活。

吉罗迪亚先生在文章中再三强调1955年以前我在默默无闻中受煎熬，而他则帮助我摆脱了这种处境。另一方面，我实话实说，在埃尔加夫人提到他名字之前，我压根不知道有他这个人，或他的事业。他作为奥林匹亚出版社创办人被介绍给我，这个出版社“最近出版了《“O”的历史》（我听说这部小说受到行家称赞）”，他还是“橡树丛书”的负责人，“这套书的艺术价值令人赞赏”。他想出版《洛丽塔》不仅因为此书写得好，还因为（如埃尔加夫人1955年5月13日给我的信中所说）“他认为，这将会导致对书中描写的独特之爱的社会态度的改变”。这是一种虽然荒唐可笑，但也算正经的想法，不过，热情洋溢的商人往往唱高调，没人太在意。

1940年后我没去过欧洲，对色情图书也没兴趣，因而对吉罗迪亚先生雇用文人并资助他们写色情小说的事（他在别的场合说过）一无所知。我想过这个令人心痛的问题：要是我在1955年5月意识到他的所作所为，是否会欣然同意让他出版《洛丽塔》？老天啊，我也许还会同意，但决不会如此欣然了。

现在我要指出吉罗迪亚先生文章中许多不可靠的文字，还有一些狡猾的失实之处。出于某些原因（我过于天真大概无法把握），他在文章开头提及我过去的一份简历，他说这是1955年4月，我的经纪人连同《洛丽塔》打字稿一起寄给他的。这简直是荒唐。我的文件表明，只是很久以后，即1957年2月8日，他要求我将“所有生平及著作资料”寄给他，以用于他的小册子《“〈洛丽塔〉事件”》（他出版这本小册子以打破法国对小说的出版禁令）；2月12日，我给他寄去照片、一份著作目录及一份简短的简历。像一个跟在无辜路人后面起哄的小流氓，吉罗迪亚先生现在用简历中的事来取笑，说我的父亲是“一个著名的政治家”，或我在侨民圈子里获得了“相当大的名气”。所有这些都是他自己（添油加醋、四处收集）1957年在小册子中发表的！

另一方面，他现在不再因“编辑”《洛丽塔》引以为豪。1960年4月22日，我不得不写信给《纽约时报书评》（一个我不熟悉的人可笑地恭维吉罗迪亚先生）：“波普金先生在文章中提到《洛丽塔》的第一个出版者吉罗迪亚先生，说我‘应他的要求，对小说作了一些改写’。我希望纠正这种荒唐的说法。根据吉罗迪亚先生缺乏自信的建议所作的唯一改动只涉及英文版中一些细微的法语措辞，如‘bon’、‘c'est moi’、‘mais comment’之类，他认为不妨译为英语，对此，我表示同意。”

我不是到1957年，根据吉罗迪亚先生的说法，当协议对我在美国“即将到来的成功非常重要”的时候才诅咒与奥林匹亚出版社的关系的，而是早在1955年就开始了；那就是说，在我和吉罗迪亚先生签约的第一年就开始了。从一开始，我就与他跟我商业交往中的那种特别的氛围格格不入，这是一种疏忽、推诿、拖延和虚伪的氛围。我在给经纪人的信中，多次抱怨这些怪事，经纪人忠实地把我的抱怨转达给他，但他在叙述我们之间长达十年（1955—1965）的关系时从不作出解释。

吉罗迪亚先生写道：“我几乎没有收到返回的校样（他1955年7月收到的），这时，纳博科夫发来一份电报（8月29日，吉罗迪亚沉默一个月后）说，‘《洛丽塔》什么时候出版？很着急。请回我的信’——这种恳求的电报不知有多少作者向（聪明、冷静、仁慈的）出版商发过。”这一也许机智、逗人但轻率无礼的言论愚弄不了什么人。吉罗迪亚先生这儿暗示一个此前几乎没有发表过作品的年轻作者那种典型的忐忑不安的心情。实际上，我已经五十六岁，自1925年来，我跟——包括现在的——至少十多个出版社签约过，也从未有过斤斤计较和闪烁其词，如吉罗迪亚先生形容他的受害者那样，也许这不是故意的，看起来正是他古怪性格的一部分。事实上，有两个特别的问题让我着急，而且我得不到回答。其中主要的是版权问题：这部小说必须以作者的名字在华盛顿重新注册，为此，我得知道确切的出版日期，以便填在申请表上。1955年10月8日，我终于收到了样书的复印件，但只是在11月28日，经过更多的“恳求”，我才得知《洛丽塔》于1955年9月15日出版。第二个问题涉及钱——这证明是吉罗迪亚先生所谓“《洛丽塔》的悲伤和忘恩负义的历史”的“主题”。我的恩主同意预先支付40万“老”法郎（约1000美元），签约那天（1955年6月6日）付一半，另一半出版后再付。他一个月后才付第一笔钱。我妻子不清楚吉罗迪亚先生何时会付第二笔钱。但对他来说很容易说清楚。我不断写信提醒他第二张支票。我告诉他（10月5日），“我为快乐写作，但出版则为钱。”在我的经纪人的强烈要求下，在既定付款日期三个多月后，他到12月27日才付了第二笔钱。

我对版权的忧虑没有结束。用吉罗迪亚先生喜欢的话来说，因我“并不在意”，他在小说的版权页上注明“1955年版权归纳博科夫”的地方加上了“和奥林匹亚出版社”。1956年1月28日，我从华盛顿版权部门获知，如果小说要在美国再版（五年内就有望出版），这一（未经我同意的）版权归属会引起麻烦。有人建议我从吉罗迪亚先生那儿得到一份“转让或放弃”文书，我马上就要求他寄我这样一份文书。我没有得到回复（就像“不知有多少作者”得不到来自出版社的回复一样)，我就一再给他写信，只是到4月20日（三个月后)，我才收到了那份我要求的文书。要是我没有预见性地维护版权，当“我们的”书在美国出版时，吉罗迪亚先生会是什么角色呢?这一猜想是很有趣的。

到1957年初，我还是没有收到自小说1955年出版后的任何财务说明。根据协议第九款，我可以终止协议，但我决定还是再等等。我一直等到1957年3月28日才收到账单，但寄来的账单并没有按既定条款包括全部的财务说明。

不寄账单的烦人事再次发生。到1957年8月底，我还没有收到7月31日前就应寄出的当年第一季度的任何账单。9月2日，吉罗迪亚先生要求延期两个月，我同意等到9月30日，但什么也没有，我对这种失信的事已经受够了，便建议他（10月5日）将所有的版权归还给我。他立即支付了44220“老”法郎，我也就心软了。

在一段特别恶劣、愚蠢的文字中，我们的传记作家把我对小说在法国受到当地法官和“庸俗读者”(如我1957年3月10日写给他的信中所说）的攻击时拒绝作出辩护与我要求他（一个月后）在宣传我作为“大学教授”时避免提及“康奈尔”这件事相提并论。只有一种非常扭曲的心灵才会把我的要求扭曲为意志薄弱。当我为《洛丽塔》签下我的名字时，我就做好准备承担一个作家必须要承担的责任；但只要种种不健康的流言蜚语包围着我无辜的《洛丽塔》，我当然有理由那么做，以免伤及给我的教学提供极大自由的大学（我的课程从未受到干预)；我也不想让那个好朋友为难，是他把我带到那儿，享受到一种真正的学术自由。

然而，吉罗迪亚先生不断地鼓励我参与他发起的反对法国书报检查的运动。“我们的利益是共同的”，他写道；但其实并不一致。他要我捍卫《洛丽塔》，但我不明白，在他那份二十多本下流图书的名单上，我的书如何得到不同的处理。我甚至不想为《洛丽塔》辩护。他在文章中一再重复他喜欢的观点：没有他，《洛丽塔》也许永远不能出版。如我1957年8月3日给他的信中所说，我（过去和现在）很感谢他出版那本书。但我也必须对他指出，他不是一个理想的出版商，因为他缺乏恰当地发行这本书的条件——这是一本在词汇、结构、目的（或没有目的）等方面与他另一些只是商业出版物的书，如《黛比的浴盆》、《柔软的大腿》，截然不同的书。吉罗迪亚先生夸大了他的力量。要不是格雷厄姆·格林[①]和约恩·戈登[②]恰好在伦敦发生冲突，《洛丽塔》——尤其是令所谓"外行"反感的第二卷——也许就被送入旅游读物或奥林匹亚小绿皮书的公墓了。

1957年，《洛丽塔》事件进入它的美国阶段，对我来说，无论从哪方面看，这是比奥林匹亚阶段更重要的一个阶段。贾森·爱泼斯坦[③]声援在梅尔文·拉斯基主编的《支点评论》（纽约双日出版公司）上以相当篇幅发表的《洛丽塔》部分章节，F. W. 杜皮教授为其写了精彩的文章，使得在美国出版此书的想法能为大家接受。好几家出版社表示有兴趣，但吉罗迪亚先生在我们同美国公司谈判中制造的困难成为我为之烦恼的又一根源。1957年9月14日，一家美国著名出版社的负责人飞抵巴黎同吉罗迪亚先生商谈。后者在文章中这样描述这次商谈："一位出版商自愿出20%的版税得到这本书，但当他们后来在纽约见面时，明显被纳博科夫的态度吓跑了。"这段文字一部分不确切，另一部分不真实：让这位出版商打消念头的不是我，而是他的合伙人。说它不确切，是因为吉罗迪亚先生没有说谁将得到这20%中的大头。"我打算接受这一建议，"吉罗迪亚先生在给我的信

① Graham Greene（1904—1991），英国作家。
② John Gordon（1890—1974），英国报纸编辑和专栏作家。
③ Jason Epstein（1928— ），美国杂志编辑、出版家。

（显然给人以这样的印象，他得到的部分有所不同）中写道，“如果我能拥有12.5%的话。预支部分也按同样的份额。你能接受7.5%的份额吗？我觉得我的提议是合理和公正的。”我的经纪人写信表示，她“对这些要求感到十分气愤”（合同要求他一万册书必须付给我10%的版税，超过一万册则付12%）。

临时版权规定进口到美国的书不能超过一千五百册，吉罗迪亚先生相当反感我盯着他快乐的跨大西洋交易。比如说，我知道他出版的《洛丽塔》卖十二美元，在纽约售价则更高。他让我相信，差价落入了零售商的口袋。1957年11月30日，吉罗迪亚先生用一种柔和的心情写道：“我承认，在我们的交往中，好几次我有过错……”他还说，他不再对美国版“要求更大的份额”，他掩盖了他“另外的计划”，出他自己的“美国版”——一个愚蠢的威胁，如果付诸实施就会导致他的失败。但到了1957年12月16日，他再次胡闹：那天，我惊讶地从我的经纪人那儿得知，吉罗迪亚先生宣称他在美国三个月内（4月到6月）只卖出八本书，但既然我认为他的售价比财务说明上的价格要高，他要支付差价，寄给我一张五十美分的支票。他加上一句，他认为我们之间所有的分歧都解决了！

要继续列举他如何拖延或不完整说明财务状况，将是十分冗长和乏味的，这是吉罗迪亚先生随后几年的常态，他还未经我的同意，在巴黎出版了他自己写序（用极其糟糕的英语）的《洛丽塔》重印本——他知道我是不会同意的。让我始终为我们之间的关系感到遗憾的不是“即将到来的成功的梦想”，不是我“怨恨”他“偷走了纳博科夫的一部分财产”，而是不得不忍受这个人的狡诈、推诿、拖延、逃避、欺骗以及极端的不负责任。这就是为什么1959年5月28日，在坐船去欧洲之前，我离开那儿恰好十九年了，我写信给埃尔加夫人说，在我为法文版《洛丽塔》去巴黎时，不希望见到吉罗迪亚先生。

现在根据他发表在《常青评论》上的文章，他暴露出来的人品比他在书信中显现出来的更糟糕。我怀疑，他文章中那种粗鲁很大程度上是他太依赖新闻风格，也许让人想到法国人那种轻浮而可悲地缺乏英语的准确性。另外，我在这儿不想谈论他对我妻子所作的无礼和庸俗的议论（如他愚蠢地暗示1959年7月6日《生活国际》上某篇署名“ED”的社论是她写的）。

让我再重复一下：我从来没有见过吉罗迪亚先生。他被形容为“迷人的”、“潇洒的”及“散发着法国人的魅力”；当我要想象他实际什么模样时（他的德行我知道得够清楚的了），那这就是我所有的全部依据了。然而，在我们开始通信五六年后，他突然在《花花公子》上写文章（《奥林匹斯山上的色情学家》，1961年4月号）宣称，我们实际上是1959年10月23日在巴黎伽利玛出版社的一次鸡尾酒会上经人介绍而认识的，尽管我告诫过经纪人不想见到他。他提供的细节是如此荒唐，我觉得有必要让他说清楚，因而在1961年7月的《花花公子》上提出了这样的要求。他没有如我期待的那样长久保持沉默，吉罗迪亚先生在经过四年对我小小的注解和他的虚构的过去沉思默想之后，现在又在《常青评论》上抛出这一事件的新版。两个版本之间的不一致是学者称作“衰落”的伪作的特点。在《花花公子》的文章中，我们读到这样的经典描述：当吉罗迪亚先生“在人海（‘人海’是个出色的意象）中慢慢走向作者”时，“伽利玛家族成员”看上去“惊骇不已”。在《常青评论》的文章中，没有伽利玛，取而代之的是莫尼克·格拉伊“在一个角落笑得直不起腰”，另一位女士，杜西亚·埃尔加“躲在角落”（即另一个角落），难以置信地“被一块蛋白杏仁饼干噎住”。在《花花公子》文章中，埃尔加夫人被称作纳博科夫的“文学经纪人和有耐心的支持者”。在《常青评论》文本中，她成了吉罗迪亚先生的“亲爱、痛苦、可怕的朋友”。在《花花公子》

上，他和我“并非不友好”地交谈了几句。在《常青评论》上，这次伟大的会面没有话语：我保持一种“空洞的笑容”，很快转身跟一个捷克记者（人们想要从我们的记录者那儿知道更多关于这个不速之客的情况）“热烈地”交谈起来。最后，相当令人失望的是，《花花公子》上关于我行走的古怪方式的文字：“以海豚般的潇洒自如突然后退或侧行”，被代之以“马戏团海豹的轻松自如”；而吉罗迪亚先生“走向吧台，喝上一杯”（《花花公子》直白的描写），或者“灌下几杯香槟酒”（《常青评论》华丽的文字）。

如我在回信中指出的，即使吉罗迪亚先生被介绍给我（我表示怀疑），我也记不得他的名字；但尤其让他的叙述站不住脚的是他插入的这样一小段文字，即当他在人海中慢慢向我走来时，我“很明显地认出了他”。显然，要是我生平没有见过他，我就不会认出他来；我也不会侮辱他的理智来暗示他的设想，即我以某种方式得到了他的照片（在著名的“简历”的日子里），而且那些年来始终珍藏着。

我期待吉罗迪亚先生发表有关我们神秘见面的第三版。也许，他最终会发现，他走错了地方，参加了另一场聚会，跟一个赴宴的斯洛伐克诗人作了交谈。

（本文写于1966年2月15日，发表于《常青评论》第14卷，1967年2月。1965年以来，我再也没有听到他的消息。）

论 改 写
(1969)

这儿是对曼德尔施塔姆一首杰出诗作的直译，原文在奥尔加·卡莱尔所编选集《诗人在街头》(兰登书屋，纽约，1968年)的第142—144页。全诗有16行四音步(奇数)和三音步(偶数)抑抑扬格诗句，还有一种阳韵格式：bcbc。

For the sake of the resonant valor of ages to come,
for the sake of a high race of men,
I forfeited a bowl at my fathers' feast,
and merriment, and my honor.

On my shoulders there pounces the wolfhound age,
but no wolf by blood am I;
better, like a fur cap, thrust me into the sleeve
of the warmly fur-coated Siberian steppes,

—so that I may not see the coward, the bit of soft muck,
the bloody bones on the wheel,

so that all night the blue-fox furs may blaze
for me in their pristine beauty.

Lead me into the night where the Enisey flows,
and the pine reaches up to the star,
because no wolf by blood am I,
and injustice has twisted my mouth.[①]

诗中有一些细节意义含混，如译为“coward”（怯懦）的词是古俄语词trus的同音异义词，意为“quaking”（如“earthquake”，地震）；译为“injustice”（不义）的词另有一层意义“falsehood”（虚假）。但我只限于讨论一些并不含混、但被误解的词语，或被罗伯特·洛威尔的“改写”弄乱了的诗句（同一选集第143—145页）。

第1行，“resonant valor”，gremuchaya doblest'（名词）：曼德尔施塔姆这儿对老一套的词语“ringing glory”（gremyashchaya slava）作了改进。洛威尔先生译为“foreboding nobility”，这对翻译和改写都没有意义，只能这样来解释，设想他是从“rumbling”（隆隆作响）一词发展出一种不祥的意思，而“rumbling”则是一些成事不足的编辑，如《俄英词典》的编纂者路易·西格尔不适当地用来译gremuchiy（还有gremuchaya zmeya，响尾蛇）的。

第5行，“wolfhound”（猎狼犬），volkodav：字面意义为“wolf-crusher”，“wolf-strangler”（狼的杀手）；这种狗被洛威尔先生改为

① 大意是：为了未来岁月伟大的荣耀/为了人类的高贵种族/在父辈的筵席上/我被剥夺了碗碟、欢乐和荣誉。猎狼犬扑上了我的肩膀/但我并不是嗜血的恶狼/像是戴了一顶毛皮帽/插入西伯利亚厚实的毛皮袖筒。/——所以，我可能看不到懦夫/一些软软的淤泥、车轮上的血腥骨头/蓝狐毛皮为我彻夜照耀/那是一种原始质朴之美。/叶尼塞河在夜色中流淌/松树高耸抵达星空/因为我并不是嗜血的恶狼/不义扭曲了我的嘴唇。

“cutthroat wolf”（杀手狼），这是误解、误改、误导的又一个例子。

第6行，“wear the hide of a wolf”（洛威尔译文）可以理解为冒充一只狼，这与原意截然相反。

第8行，zharkoy shuby sibirskih stepey实际上是“of the Siberian prairie’s hot furcoat”。一种很厚实的毛皮大衣，诗人将此与俄国远东荒原联系起来（这一生动描写让人联想到该地区丰富的动物资源），而这被改写者降格为“sheepskin”（羊皮），并和诗人一起“shipped to the steppes”（运到大草原）。这是很荒唐的，而且单单这一输入行为就整个地破坏了诗歌的意象。诗人的意象应该受到尊重，不可侵犯。

第11—12行，第8行奇妙的隐喻现在通过空中极光的形象达到了高潮，借助灰蓝色皮毛的光彩赋予其象征意义，并暗示天文现象（参看狐狸星座）。改写者则译成“I want to run with the shiny blue foxes moving like dancers in the night”（“我要与闪耀的蓝狐一起奔跑，在夜空中翩翩起舞”），这与其说貌似俄国童话，不如说像一种迪士尼狐步舞。

第13行：为什么要改写成“there the Siberian river is glass”？也许，因为诗中techyot（flows）一词与阴性过去时态的tekla连用，它的词形stekla（flowed down）恰好是steklo（glass）的所有格——如果我的猜想是正确的，那这真是一个特别滑稽可笑的错误；如果我的猜想错了，那就是一个无法解释的陈词滥调。

第14行，“pine”（松树），sosna：改写者译成“fir tree”（杉树），根本就是另一种树。这是白令海峡两边的人常犯的一个错误（我注意到西格尔博士放过了这个错误）。

第16行：“or slaver in the wolf trap’s steel jaw”（洛威尔）——这最后一句突然断裂，似乎它就是曼德尔施塔姆诗歌的支柱。

我清楚地意识到，我对曼德尔施塔姆这一杰作艰辛的直译因严格忠实于原作而难以称为一首好的英诗；但我也同样意识到，这是真正的翻译，尽管它生硬和不押韵，而改写者的好诗只是错误和即兴创作的大杂烩，甚至让选集中更好的译诗也脸上无光。我想，当今美国的大学生如此温顺、如此轻信，很容易被古怪的教师引入歧途，他们会误以为这种改写就是曼德尔施塔姆的思想（“诗人将从国外寄给他的羊皮比作他拒绝披上的狼皮”）。我不禁感到，尽管改写者用意良好，但某种伤害和欺骗是他们误导性译作的必然结果。

虽然卡莱尔小姐选集中有些英语译作尽量想遵循原文，但因这样或那样的原因，都称为“改写”。那么，在一首明显是拙劣仿作的诗中，有什么是特别可改写或具备改写性的吗？但愿有人告诉我，但愿我能理解。“改写”成什么？符合愚蠢的读者的需要？符合良好趣味的要求？符合作者自身的才华？但世界上的读者是多种多样的；没有什么艺术的仲裁者能告诉我们，什么是我们能说的，什么是我们不能说的；说到才华，那些意译中想象的高度并不与学识的深度相得益彰，犹如湖中倒映围绕山峰——这至少会是一种安慰。我们所有的是粗糙的模仿、不负责任的创新和无知的错误。如果这种状况成了一种国际时尚，我很容易想象罗伯特·洛威尔自己发现，他的一首优秀诗作，其魅力在于简洁、雅致的风格（“ ... splinters fall in sawdust from the aluminum-plant wall ... wormwood ... three pairs of glasses ... leathery love”），在某个国家，通过某个词汇有限的美国侨民的帮助，被某个著名的不懂外语的外国诗人改写。一位愤怒的书呆子，希望告知和保护我们的诗人，可能将这首被改写的诗再译回英语（“ ... I saw dusty paint split and fall like aluminum stocks on Wall Street ... six glasses of absinthe ... the football of passion”）。我想知道，受害者会在哪一边?

(写于1969年9月20日,刊于1969年12月4日的《纽约时报书评》。我热切希望这篇短文能让在苏俄的诗人的遗孀读到。)

周年日记
(1970)

我最初想为本期《三季刊》(第17卷,1970年冬季,西北大学,埃文斯顿,伊利诺伊)精心写一篇文章,杂志要出一期我七十周岁的专号。然而,我很快意识到,我可能会发现自己在讨论对我的小说的批评,而我一向逃避做这种事情。确实,做这类事情,纪念专集是一种特别和难得的场合,但我不希望来创这个先例,所以决定只发表一些我作为一个客观的读者粗略的笔记,我非常希望清除细微的事实错误,如此美妙的礼物理应完美;因为我知道编辑查尔斯·纽曼和阿尔弗雷德·阿佩尔为此付出了艰辛的劳动,记得在为这场盛宴备料时,特邀编辑如何坚定地拒绝在出版前向我透露任何细节。

蝴　蝶

为本书作出的最周到、最动人的诸多贡献中,蝴蝶是其中之一。蝴蝶模样的昆虫的老式刻图在书中出现了十二次,以暗示一个双重系列或陈列柜中的一组样本;还有一幅红纹丽蛱蝶的漂亮照片(但“蛱蝶”是它的科名,而不是属名;它的属名是“红蛱蝶”——这是我第一处挑毛病)。

小阿尔弗雷德·阿佩尔

阿佩尔先生作为特邀编辑撰文论及我的两部重要小说。他的文章《〈洛丽塔〉的背景》是难得的榜样：在提供特别的资讯（对我来说，这是文学批评最大和最能接受的功能）的同时，兼顾艺术和学识。我愿意就他的文章多说几句，但谦逊（一般的书评家对作家的这一美德特别看重）否决了我的这一快乐。

这本珍贵的文集中他的另一篇文章是《被描述的〈爱达〉》。我在《爱达》的第一段文字中植入了三个明显的错误，想要嘲笑对俄国古典名著的误译：《安娜·卡列宁》（打印注意，别另加"娜"，她不是一个芭蕾舞女演员）的首句被颠倒了；安娜·阿尔卡迪耶夫娜的父名被赋予了一个怪诞的阳性词尾；托尔斯泰家族纪事的标题被虚构的斯通纳或洛威尔弄糟了（我至少从愤慨或困惑的读者那儿收到十多封信，对那些错误进行澄清和纠正，其中一些读者是俄国人，他们读《爱达》从来读不到第二页）。另外，在同样重要的段落中，"塔博尔山"和"庞提乌斯"分别暗示翻译中的变异和背叛，而原著遭受自负和无知的翻译家的奴役。这个观点是对阿佩尔先生在他的出色的文章《被描述的〈爱达〉》中相关论述的补充。我承认，他的文章给我带来极大的阅读快感，但其中的一处错误有必要加以纠正：我的波罗的海伯爵和作家诺曼·梅勒先生全然没有关系。

西蒙·卡林斯基

卡林斯基先生的《N和契诃夫》是一篇很出色的文章，我也非常乐于和A. P. 泛舟湖上，在落日下，他垂钓，我注视着水面上的天鹅。

卡林斯基先生将他的手指放到了神秘的感觉细胞上。他是对的，我确实很喜欢契诃夫。然而，我并不理解我对他的感情：我很容易理解对更伟大的作家托尔斯泰的感情，那些文字让人难以忘怀（“……她说得多么甜蜜，‘甚至更多’”——伏伦斯基回忆吉娣对某个琐碎的问题的回答，对此我们一无所知），但当我同样超然地想象契诃夫，我所能想到的只是一种混杂：可怕的平淡、现成的修饰语、重复、医生、不可信的荡妇，等等；而正是他的作品我会带着在去别的星球的旅途中阅读。

在另一篇文章——《N的俄国化的刘易斯·卡罗尔》——也是这个批评家，对我的《安亚漫游奇境记》（1924）太宽容了。如果十五年后来写，我可能会写得更好！唯一可取的是诗歌和文字游戏。我在《汤之歌》中发现了一个奇异的错误：lohan'（一种桶）被我拼错了，词性也错了。顺便说一下，我没有见过（现在也没有见到）该书的俄译本（卡林斯基暗示我见过），所以我和波利克谢纳·索洛维约夫的戏仿拥有同一个样本，这纯粹是一种巧合。我高兴地回想起，导致韦尔斯利学院40年代早期聘请我做讲师的因素之一，正是韦尔斯利学院收藏的刘易斯·卡罗尔版本中有我那本稀少的《安亚》。

罗伯特·阿尔特

阿尔特的文章《〈斩首之邀〉中的政治艺术》在一个读者的心目中，是对那部作品最精彩的反思。事实上它无懈可击，我所能补充的只是，我特别欣赏他对《天赋》中一段文字的引用：“那可以作为对先前小说中政治和社会的整个特征的一个有益的注释。”

斯坦利·埃德加·海曼

海曼先生在他优秀的文章《手柄》中讨论《斩首之邀》和《庶出的标志》，这两部书像是设计怪诞的书立，将我的其他书紧紧地拢在一起。我也很欣赏海曼先生巧妙提到的兰色姆写卡彭特船长的诗歌。

达布尼·斯图亚特

斯图亚特先生的文章《〈黑暗中的笑声〉：戏仿的维度》非常有趣，但我必须指出其中两处迷人的小错误：1. 女主人公20年代在其中扮演一个小角色的那部电影与嘉宝的《安娜·卡列尼娜》（顺便说一下，我只看过这部电影的剧照）毫无关系；但我想要读者记住的是我的预言能力，我1928年给片中女主角取的名字（多里安娜·卡列尼娜）先于那个女演员（安娜·卡列尼娜），她在四十年后的影片《黑暗中的笑声》中扮演玛戈。2. 斯图亚特先生聪明地提出这样一个观点：艾伯特·欧比纳斯和阿克谢·雷克斯是"孪生兄弟"，他的主要线索是玛戈在电话号码簿中查找欧比纳斯的电话号码不是在"A"栏，而是在"R"栏中找。事实上，这只是个打字错误，这部小说的英语第一版（伦敦，1936年）中首字母与该男子的名字是一致的。

乔治·斯坦纳

斯坦纳的文章《治外法权》基于可靠的抽象和模糊的概括。一些方面能够区别开来并应该得到纠正。他没有道理地高估了奥斯卡·王尔德的法语水平。他因为凡·维恩嘲笑我的《洛丽塔》(通过变形，我大度地将其转换为一位同行作家)而指责他，这可以理解，但毕竟有些小气；更明智的做法是，比那些他理所当然加以谴责的笨蛋更仔细地阅读《爱达》，他们将一个作家清晰和精确的文字，视为封闭的东西不予理睬。文中一处误导的信息我强烈反对：我从来不属于“高级资产阶级”，他把这可怕的头衔派给我(就像评论《说吧，记忆》的那个马克思主义书评家将我父亲归为“富豪”和“大人物”！)。(至少)15世纪以来，纳博科夫家族就是军人和乡绅之家。

芭芭拉·埃尔特·蒙特

在她的无可挑剔的短文《〈菲雅尔塔的春天〉：模仿机会的选择》中，芭芭拉·蒙特夫人在文献上犯了一个小错。她暗示我1947年前后在美国写了这篇小说的俄语原作。事实并非如此。这部作品至少十多年前写于柏林，最初在巴黎出版(1936)，远早于收入契诃夫出版社丛书(纽约，1956年)。英译文(由彼得·佩尔佐夫和我翻译)1947年5月发表于《时尚芭莎》。

杰弗里·伦纳德

我不能确定伦纳德先生是否充分理解《爱达》倒数第二部分凡·维恩所谓“时间的肌理”的意思。首先，无论我在先前的一次访谈中说过什么，这不是整部小说，但只有那个部分(如阿尔弗雷德·阿佩尔在别处指出的)，其中说明性的隐喻都围绕一个旅行的主题，慢慢积累，渐趋活跃，并形成一个故事，驱动维恩从格里松到瓦莱——之后，事情再次瓦解，回到抽象，那是在沃州的一家旅馆的最后的孤独之夜。换句话说，这是一种结构上的花招：维恩的时间理论在《爱达》的那个部分的结构之外并不存在。其次，伦纳德先生明显没有把握住“肌理”的意思；这相当不同于普鲁斯特所谓“失去的时间”，这恰恰在日常生活之中，在生命车站的候车室里，我们能够全神贯注于对时间的“感觉”，触摸它的肌理。我也拒绝他扯上“反地界”，这只是一个点缀性的事件，对此进行讨论唯一合适的场合是第四部分，而不是整部小说。最后，我并不欠（伦纳德先生似乎那么认为）那个著名的阿根廷作家什么，包括他的相当晦涩的选集《时间的新反驳》。伦纳德先生如果直接走向贝克莱和柏格森，不至于迷失得那么深。

妮娜·贝蓓洛娃

在妮娜·贝蓓洛娃论《微暗的火》的精彩文章中，我发现几个小错：金波特祈求“亲爱的耶稣”解除他对小农牧神的喜爱，而不是如她所暗示的，治愈他的头痛；贝蓓洛娃小姐忽视了普宁教授在小说中的存在，他本人和他的狗一起出现了（《微暗的火》第949行注释）。然而，她描述我小说中的人物要强于描述弗. 西林，这是“现实”生活中我的一个人物。在她第二篇文章《N在30年代》（取自她最近的回忆录《我的斜体字》）中，也有一些奇怪的错误。我可能心不在焉，我可能对自己的文学趣味太直率，好吧，但我想要贝蓓洛娃小姐具体说明哪一本书我说读过但实际上我从来没读过。在《斩首之邀》的英文版序言（1959年6月25日）中，我对那种无稽之谈有更多的说明。她的回忆录中有一处衣着方面的细节也须加以纠正。在巴黎或别的地方，我从不拥有“一套拉赫玛尼诺夫[1]给的晚礼服”。在1940年我离

① Sergei Rachmaninoff（1873—1943），俄国作曲家。

开巴黎去美国之前，我没有见过拉赫玛尼诺夫。他两次经由朋友送给我一小笔钱，我本人至今仍对他心存感激。我们在西滨大道他的住宅第一次见面时，我提到已被邀请在斯坦福大学教暑期课程。第二天，我收到他送来的一个纸盒，里面有几件过时的衣服，其中有一件常礼服（想必是他创作《春天序曲》时做的），他希望——如他在便条上写的——我可以穿着上第一堂课。我送还了他善意的礼物，但（我得吞下这一苦果）忍不住将此事告诉了一两个人。五六年以后，贝蓓洛娃小姐自己移居纽约，她必定从我们的共同的朋友卡波维奇或卡林斯基那儿听说了这件事，之后，二十多年流逝了，或坍塌了，不知怎的，在她的心目中，一件常礼服变成了一件"晚礼服"，而且挪到了我生活的早期。我怀疑，30年代在巴黎，几次和贝蓓洛娃小姐短暂见面时，我是否在什么场合穿过旧的伦敦晚礼服；当然，不是穿着参加在大熊酒店的那次晚宴（顺便说一下，《爱达》中的"熊"及圣彼得堡的Medved'[①]与之并无关系）；不管如何，我不明白我的衣服怎么会与回忆录作者为我装备的双重时代错误的旧衣类似。她对待我的作品可要仁慈得多啊！

彼得·卢宾

卢宾先生在他的文章《华而不实与杂七杂八》中提供的形形色色的各种迹象绝对令人眼花缭乱。如他的"v ugloo"（俄语，意为"在角落"）之类要比我更在行。真是美妙，他将《微暗的火》中一个可怜的小人物询问的三个术语在艾略特那儿查出了它们的老窝。我很欣赏将插词法（类型I）定义为一种"语义衬裙，套在裸露的名词和

① 用拉丁文转写的俄语，意为"熊"，口语中也有"蠢货"之意。

衣冠楚楚的成语之间”，还有由莎士比亚的萤火虫开始“暗淡了它的微弱之火”来说明卢宾的“预期”插词法。而对一次采访N的戏仿足以令人信服地抓住读者了。

露西·莱昂·诺埃尔

当我1939年放弃俄语时，我很担心我英语的脆弱，这一事实也许就是证明：甚至在莱昂夫人检查过我在巴黎写的《塞巴斯蒂安·奈特的真实生活》的手稿之后，我移居美国，请求如今已故的阿格尼斯·珀金斯，可敬的韦尔斯利学院英语系主任帮助我阅读此书的排版校样，之后，另一位好心的女士，西尔维亚·伯克曼检查我最早几篇英语短篇小说的语法，这些短篇小说40年代初期登在《大西洋月刊》上。

我感到遗憾，露西·莱昂在她亲切调整过的“录音”中谈论我的内容少于谈她的兄弟亚历克斯·波尼佐夫斯基，而我很喜欢他（我尤其喜欢回忆他有点古怪的性格，这性格让他颇受剑桥大学同学的喜爱，有时，我们坐在炉边说话，他会若无其事地抓起一只小墨水瓶，把里面的东西吞下）。她描述在巴黎和詹姆斯·乔伊斯一起吃饭，我发现她竟别具一格地说我腼腆（而在报纸上经常看到有人抱怨我“傲慢”）；但她的印象正确吗？她把我描绘成一个羞怯的年轻艺术家；实际上，我四十岁了，充分意识到我已经为俄国文坛做了什么，这让我不会面对任何活着的作家感到畏怯。（要是莱昂夫人和我更多地在聚会上相见，她可能会意识到，我总是一个令人失望的客人，既不愿意也没有能力成为社交明星。）

另一个小错误发生在参考书目上，那是关于我为她的专辑写的回文。在俄语中，可倒置的句子并不新鲜：无名的沙漏“a raza upala na lapu Azora”（“玫瑰花落到亚速尔的爪子上”）连儿童都熟悉，就像另一首儿歌，“able was I ere I saw Elba”。实际上，我的*Kazak*第一行不是我的（我想是一位技术精湛的诗人，已故弗拉基米尔·皮奥乔夫斯基提供的）；我的新意在于，将回文扩展到一个押韵的四行诗，后三句诗意思连贯，但每一句都可以回文。

欧文·威尔

说来也奇怪，由欧文·威尔（在本卷其他地方，关于我的《奥德赛》，他写了一篇有趣的文章）附在我的*Kazak*上的注解也需要纠正。他认为“如果去掉最后一个音节，第3和第4行就各自都是回文”，这是错误的。所有4行都是回文，没有“最后一个音节”可以去掉。[①]尤为遗憾的是威尔先生对其中一词的误译。他把“芦荟”的俄语对应词与aloe混淆起来，后者意为“红的”或“粉红的”，而那也译错了，成了“紫色的”！

我也必须质疑威尔先生文章《一个翻译家的奥德赛》中难以理解的一个说法。俄国律师E. M. 库利什很可能是我父亲的一个“老熟人”，但他并不“和纳博科夫家族走得很近”（我记不得他是怎样一个人），我从没有说过威尔先生在文章第一段中暗示我说过的那些话。

莫里斯·毕晓普

我的老朋友莫里斯·毕晓普（校园中我唯一亲近的朋友）回

① 这一错误起因于对《三季报》第218页上回文的错误抄写。俄语词rvat'，也就是第4行的第一个词放在第3行的末尾。描述及注解（第217页）中的错误会在平装版中加以纠正，平装版将于今年秋季由西蒙与舒斯特出版社出版。——原注

忆我在康奈尔大学期间往事的文章让我大为感动。《继续说吧，谟涅摩叙涅》[①]中有一章是关于这一时期的，这是一部写我移居美国二十年生活的回忆录，先前，我在俄国居住了二十年，又在欧洲待了二十多年。我的朋友暗示我对普希金课上学生的缺乏能力感到烦恼。不是那回事。令我烦恼和生气的是康奈尔大学体制的愚蠢无能。

罗斯·韦茨施泰恩

我记得在康奈尔大学我班上的大部分好学生。韦茨施泰恩先生是其中之一。他对我的"《荒凉山庄》图表"有很感人的回忆，此图表保存在我的讲义中，将收入我的文学讲稿集（包括《荒凉山庄》、《曼斯菲尔德庄园》、《包法利夫人》等），将来有望出版。想来觉得奇怪，我的食指和拇指之间不再有粉笔清凉光滑的感觉，也不再对（擦得不干净的）"灰板"开玩笑，以引来几声咯咯的笑声。

朱利安·莫伊纳汉

莫伊纳汉先生在他迷人的文章《〈洛丽塔〉和相关记忆》中回忆他的俄语教授，已故的列昂尼德·斯特拉霍夫斯基博士（大部分国外出生的讲师常是"博士"）。我认识他，他并不真正像我的普宁。我们半个世纪前在柏林的文学聚会上见过面。他写诗。他戴着单片眼镜，并无幽默感。他沉溺于他的军旅和生活奇遇的戏剧性细节之中。

① Mnemosyne，希腊神话中的记忆女神。纳博科夫此处所说的《继续说吧，谟涅摩叙涅》，即《继续说吧，记忆》。

他的大部分故事在关键时刻常常不了了之。他做过电车司机，撞倒过一个人。他坐着小船逃离俄国，在波罗的海船只漏水。当问他后来发生了什么时，他无力地摆摆手，做了个俄国的姿势，表示绝望和不再说了。

埃伦蒂·普劳弗

埃伦蒂·普劳弗关于我的俄国读者的报道既鼓舞人心又令人悲伤。她评论说“在苏联，所有年龄段的人都倾向于文学有说教的功能”。这标志着一种绝境，尽管新一代中不乏人才。正如《文学报》（*Literaturnaya Gazeta*）在《关于束缚》（1970年3月4日）中说的，这是一种“Zhalkiy udel”（可怜的命运）。

斯坦利·埃尔金

埃尔金先生的文章《三次会面》是对那种“我记得……”的戏仿，其中好几段文字极为滑稽，如对重复的可笑的变形，或随意参考“某种可爱的形式”，他和我相遇在“奥里诺科流域探险”中。我们的第三次相遇是一声尖叫。

罗伯特·P. 休斯

《〈斩首之邀〉译注》的作者休斯先生是少数这样的批评家之一，他们注意到变色的美洲落叶松、诗意的塔玛拉平台。客观地阅读这部纪念文集，我能够说，休斯先生对这一翻译中诸多问题的讨论是非常巧妙和有益的。

卡尔·R. 普劳弗

普劳弗先生讨论了另一种翻译，即对我多年前的一部作品 *Korol'*, *dama*, *valet* 的翻译，旨在解决一件更吃力不讨好的事情，首先是因为《王、后、杰克》"没有克服它原先的弱点"，还因为修订和改写模糊了译者忠实于原著的旨趣。他想知道，20年代至60年代之间在德国，胆怯和残暴的弗朗兹会犯下什么（比计划杀害他的伯父）"更糟糕的罪恶"，但略加思考，读者就会明白那种人在那个特定的年代会有什么样的行为。普劳弗先生在他的文章《纳博科夫的杰克牌》的结尾说，他期待《玛丽》的英译本不同于俄语原著。而期待却是许多赌徒失利的原因。

W. B. 斯科特

我阅读过并很欣赏斯科特先生讨论我的《叶甫盖尼·奥涅金》译本的文章《柏树面纱》，该文最早刊登在《三季刊》1965年冬季号上。这是一篇别具一格的文章。我的译著修订本即将出版。

斯科特先生也与译著的最后一部分有关，这是一封署名季莫费·普宁，写给"受尊敬的苹果教授[①]（原文如此）"的信，是一件令人惊叹的事，学术和高尚精神交织，产生了一篇字母组合的杰作。

索尔·斯坦伯格

索尔·斯坦伯格为我妻子和我描绘的证书上，每一笔每一画都

---

① 原文为Professor Apple，疑为Professor Appel（阿佩尔教授）之误。

仿佛是魔术。

R. M. 亚当斯

亚当斯先生致“司汤达男爵”的信谈到了我，这是一封写得极为机智的信——我不知道为什么，此信也提醒了我那些可怕的小奇迹，棋题作者称之为“自将死”（在确定的几步棋中，白方迫使黑方赢棋）。

安东尼·伯吉斯

在安东尼·伯吉斯的诗歌中，我尤其欣赏那位马耳他杂货商的猫，它喜欢坐在天平上，人们可以看出它的体重。

艾伯特·J. 格拉德

格拉德先生在论《爱达》的文章中写道：“甚至科莱特[①]也无法传达出如此优雅的韵味和语气。”《爱达》中曾提及这位女士。

赫伯特·格尔德

格尔德先生回忆我们在纽约北部和瑞士一家旅馆的会面，犹如闪光的木板招牌，混合着事实和虚构。我乐于回忆和这位困惑的《星期六晚邮》编辑的通信，他曾写过我认为是对我的访谈——或至

① Sidonie-Gabrielle Colette（1873—1954），法国作家。

少是对在蒙特勒我的扮演者的访谈。

理查德·霍华德

霍华德先生的诗歌《等待爱达》有着对镜子大酒店非常精彩的描写，很像“近乎珍珠般的牛轧糖质感新艺术”之地，最近我于意大利逗留期间在那儿“拼命地工作”。

约翰·厄普代克

我对厄普代克先生心存感激，他提到亨伯特·亨伯特如此怀念的那个巴黎雏妓。另一方面，根本没有理由对那个小出版社那么严厉和轻蔑，这个出版社出版了我的四本漂亮的书。

R. H. W. 迪拉德

迪拉德先生的诗歌《乡居一日》非常迷人——尤其是第4节中，“光线穿过树叶，就像蝴蝶飞舞”。

霍顿斯·卡利什

卡利什小姐用一种复杂的隐喻表达了她分享作家同行的妄想症的意愿。很奇怪，甚至最好的帐篷也必须取决于它搭在何处。

J. 巴思

亲爱的巴思先生：

感谢您的生日祝福。我也祝您长寿。我的摇篮边有那么多的好人啊！很高兴得知您喜欢马克斯·普朗克。我也相当喜欢他。但并不很喜欢塞万提斯！

V. N. 谨上

克莱伦斯·布朗

布朗先生迷人的俄语诗歌的第31—32行展现了一种反向倒转，罗蒙诺索夫也许为之自豪，如果按字面翻译："为什么但丁的地狱在第七圈燃烧对他更好？"他为一家英国周刊画的漫画很精彩。

查尔斯·纽曼

《三季刊》的编辑在《美国化的V. N.》(在目前的情况下，是一种令人兴奋的物理过程！)一文中回忆，他带着《微暗的火》"在炎热的得克萨斯参加基础训练"，取下书的封皮，安全地"藏在工作服的大口袋里，就像一把长刃猎刀"，避开军营中士。文章写得很漂亮，犹如一篇感人的叙事诗。

大卫·瓦格纳

《黑暗中的笑声》在瓦格纳不祥的诗中获得了合适的敬意。

理查德·斯特恩

我喜欢斯特恩先生文中的修饰语"丰富的、三位的"，但我不能肯定四位卡拉马佐夫[①]（分别是怪诞的、一本正经的、歇斯底里的和头脑简单的）中的任何一位能被定义为“忧郁的”。

安德鲁·菲尔德

我的好朋友菲尔德先生作过一些精彩的评论，其中之一与V. N.有关，他“观察吊起那塑像（彼得大帝骑在一匹看不见的马上）”。这突然让我想起加利福尼亚的一件类似的事情，某座精致的雕像，由一个俄国侨民团体竖立，纪念普希金的决斗，后来，普希金像被移走了，但丹特斯[②]的像原封不动地留了下来，他的手枪指着后人。

布罗克·布劳尔

布劳尔先生认为《洛丽塔》具有的“社会—政治特征”，并非与我格格不入（他谨慎地认为），但这种特征远不是他特别精确的艺术笔调所能救赎的。

欧文·肖

在他的《给一个年轻作家的劝告》中，肖先生以“栖息在瑞士山上的弗拉基米尔·N. ”的生活、工作和幸运作为例子。我则用阿尔卑斯号角给栖息在不太遥远的山上的肖先生送去我最好的问候。

---

① 指陀思妥耶夫斯基小说《卡拉马佐夫兄弟》中的父子四人。
② Dantes，普希金的决斗对手。

杰伊·诺伊格博伦

在一首可爱的小诗中，诺伊格博伦先生似乎有些出人意料地将"Nabokov"（纳博科夫）和"love"（爱）押起韵来。我想建议，"talk of"或"balk of"可能更近于那个笨拙的名字（"Nabawkof"）中间的那个重读元音。我曾经给我的学生作了一首小诗：

The querulous gawk of
A heron at night
Prompts Nabokov
To write[①]

理查德·吉尔曼

在我谈到吉尔曼先生对《爱达》的评论时，我仍然认为自己的所有作品中《爱达》是一部最符合它原初形象的作品；因而我情不自禁地受到他好话的影响。

乔治·P. 艾略特

在我的短篇小说中，《符号与象征》仍然是我最喜欢的。我很高兴，艾略特先生挑出这一篇进行评论，并用《爱达》中的一个短语作为他这篇简明文章的开头。

① 意为"这个爱发牢骚的呆子，像夜里的一只苍鹰，催促纳博科夫写作"。

阿尔弗雷德·卡津

最后的赞词来自我的一个最友好的读者。文章的结尾论及一篇充满感情的笔记，我内心想要回应，但缺乏卡津先生的笔力和情感，难以表达我的心意。

（此文写于1970年3月10日，发表于《三季刊》增刊，第17卷，西北大学出版社，1970年版。）

罗威的象征

(1971)

罗威先生[1]在序言中说："看来，纳博科夫——部分地通过以下揭示的机制——还会继续使他的读者烦忧不安。"

"以下揭示的机制"是个可爱的说法，暗示它也许超出作者的意图，但不适用于我。本文并不在意回答一个批评家，而是要求他拿走属于他的东西。该书有三个部分。我与头两个部分并无很大的争执，这两个部分题为"关于俄国"和"N作为舞台监督"，然而，我必须强烈抗议题为"性的操纵"的第三部分，其中有许多不得体的荒谬说法。

人们会觉得奇怪，这是否值得罗威先生花时间去展示从《洛丽塔》和《爱达》中找出的色情内容——这就像在《莫比－迪克》[2]中寻找鲸鱼的种种影射。但那是他自己的选择和关注点。我所反对的是，罗威先生操纵我那些最无辜的用词，以便将色情"象征"引入其中。象征本身总是令我厌恶，我也不厌其烦地反复说过，有一次我如何判一个学生——天哪，这是一个受先前老师欺骗的傻瓜——不及

① 威廉·伍丁·罗威：《纳博科夫的欺骗性世界》，纽约大学出版社，1977年。——原注

② *Moby-Dick*，又译《白鲸》，是美国作家麦尔维尔（Herman Melville，1819—1891）的一部小说。

格，因为他写道：简·奥斯丁将树叶描述为“绿色”，因为范尼怀抱希望，因为“绿色”是希望的颜色。学校中的象征主义喧哗能吸引电脑化了的头脑，但摧毁了朴素的智慧和诗的感觉。它使得灵魂苍白。它使所有欣赏乐趣和对艺术着迷的能力变得麻木。罗威先生要我们注意，根据他的斜体字表示，在有关一个瑞典同性恋者的句子——他“有一种令人难堪的manner（举止）”（第148页）——中有一个“男人（man）”，而在“manipulate”（操纵）中也有一个“男人”，然而，谁在意呢？在罗威先生看来，“wickedly folded moth”（有意拢着翅膀的蛾子）暗示“wick”，而如弗洛伊德分子所知，“wick”是男性器官。“I”（我）意味着“eye”，而“eye”代表女性器官。舔铅笔总是涉及你所知道的东西。足球门框暗示外阴口（罗威先生显然看作是方形的）。

我希望与他分享以下秘密：对某种类型的作家来说，这是经常发生的：整个段落或一个长句作为独立的有机体存在，有它自己的意象、自己的符咒、自己的花季，然而，异常地珍贵，也异常地脆弱，所以，如果一个外来者，毫无诗意和常识，将虚假的象征强加于它，或实际上篡改它的措辞（见第113页罗威先生愚钝的企图），它的神奇就被妄想取代。那些被罗威先生误认为是学术“象征”的不同词语，假设是由一个白痴般诡秘的小说家有意植入，以让做学问的人忙个不亦乐乎。这些词语不是标签、不是教鞭，当然也不是那个维也纳人家中的垃圾桶，而是栩栩如生的独特描写、隐喻的萌芽和创造性情感的回音。罗威先生犯下的致命错误在于，他在论及“花园”、“水”等常用词汇时，将它们视为抽象概念，而没有意识到，就像《黑暗中的笑声》中给浴缸注水的声音不同于《说吧，记忆》雨中酸橙树的沙沙声一样，《爱达》中的“快乐花园”也不同于《洛丽塔》中的草地。如果我书中的“come”和“part”都用来代表“高潮”和“生殖器”，那就可以想象罗威先生在任何一部法国小说中都能发现低俗的宝藏，因为在这些小说中，经常使用前缀“con”，这样，每一章都成了名副其实的女性器官的容器。然而，我认为他的法语不足以享用如此盛宴；他的俄语也好不到哪儿去，如果他相信“otblesk”（显然与otliv弄混了）意为“低潮”（第111页），或者不存在的“triazh”代表“暴政”（第41页）；而实际上，我所用“tirazh”一词仅仅是一个出版用语，即“发行量”。

人们会指责一个批评家，要是在他的简明词典中找不到“stillicide”和“ganch”，就会得出结论，我发明了这些词；人们会理解，《斩首之邀》的一个沉闷的读者想，那个刽子手对他的受害者产生了同性的恋情，而实际上，那种含情的目光只是反映了一个垂涎一只活鸡的贪吃者的欲望；但我所不能原谅，也确实是一个学者所不为的，是罗威先生将我对韵律的讨论（附在《叶甫盖尼·奥涅金》译本后）扭曲为一股弗洛伊德式废话的洪流，他从而将“韵律长度”理解为勃起，将“押韵”理解为性高潮。更为荒唐的是他检查洛丽塔的阴蒂，声称网球代表睾丸（无疑是一个患白化病巨人的）。说到《说吧，记忆》中的棋题，罗威先生发现，在“配对设置”和“在盒子中摸索一个小卒”这样的用词中有“性类比”——所有这些既是对象棋，也是对棋题作者的一种侮辱。

罗威先生大作的封面别扭地画了一只绕着蜡烛飞舞的蝴蝶。蛾子，而不是蝴蝶才会被烛光吸引，但设计者的错误恰好说明了罗威先生荒谬和恶劣的阐释。他的书会被人阅读和引用，摆放在大图书馆的书架上，与我的书并列！

（1971年8月28日写于伯尔尼高地的格施塔德，同年10月7日发表于《纽约书评》。）

灵　感
(1972)

(1972年11月20日，为《星期六评论》而写)

被唤起的、复苏的，或创造性的冲动，尤其如高级艺术活动中所显现的。

《韦伯斯特大词典》全本第二版，1957年

令诗人陶醉的热情。也是一个生理学术语："……狼和狗因激动而号叫；这很容易得到证明：只要凑上去就能让一只小狗叫起来。"

《利特雷词典》，未删节版，1963年

一种热情、专注，心理官能的一种不同寻常的显现。

《达尔辞典》，修订版，圣彼得堡，1904年

一种创造性的涌现。如被激发的诗人。受到鼓舞的社会主义者的工作。

《奥热果夫俄语词典》，莫斯科，1960年

一项专题研究（我不打算去做）也许会表明，即使由最糟糕的评论者来评论我们最好的散文，现在也很少谈及灵感。我说“我们的”及说“散文”，是因为我想到的是美国小说，包括我自己的作品。看起来，这种保留多少与谦逊得体有关。循规蹈矩的人怀疑，说“灵感”就是没有趣味和老套，就是赞同象牙塔。然而，灵感的存在，一如象牙和塔的存在。

人们可以区别几种不同的灵感，然而，如同我们这个流动和有趣的世界中的所有事物一样，不同的灵感也逐渐融合，同时也具有供分类的外部特征。就像癫痫发作前会有某种征兆，初期的兴奋也是艺术家在其生涯中很早就学会去感知的东西。这种涌过全身的感觉，犹如人体内的血液循环，当它扩展开来，身体所有的不适感就消失了——无论是年轻人的牙痛还是老年人的神经痛。美的灵感亦是如此，虽然是完全可以理解的（仿佛它与一种已知的腺体联结在一起，或者引向期待中的高潮），但既无源头又无对象。它延伸、生长，又悄无声息地平静下来。然而，它同时打开了一扇窗户，黎明的风吹过，每根裸露的神经震颤起来。此时，一切都消散了：熟悉的忧虑回来了，眉头又皱了起来；但艺术家知道他已经准备好了。

几天过去了。灵感的下一个阶段是热切地期盼某种东西——不再是莫名状态。新的撞击的形状是如此确定，我被迫放弃隐喻，求助特别的术语。叙述者预感到他想要讲述的。这种预感能够定义为一种即时视觉，转换为流利的言辞。如果有某种工具能表达这一难得的、令人愉快的现象，那具体细节的意象就会随之而来，而纷乱的言辞也将骤然而降。一个有经验的作家立刻将之记录下来，在这一过程中，将多少有些模糊的东西转变为逐步清晰的感觉，修饰语和句子结构也慢慢形成将要在纸上呈现的模样：

> 海水涌过来，又带着砾石退去，胡安和他心爱的年轻妓女在一起——她的名字，据他们说，是阿多拉？她是意大利人、罗马尼亚人、爱尔兰人？——她枕着他的大腿睡着了，他的晚礼服斗篷盖在她身上，蜡烛在锡杯中燃着，旁边是纸包的一束长茎玫瑰，他的丝绸帽放在石阶上，不远处有月光，所有这些描写的是曾经富丽堂皇的妓院的一角。这妓院名叫维纳斯庄园，在多岩石的地中海岸边，门半开着，似乎朝着一道月光长廊，但实际上这是一间破败的接待室，外墙斑驳，墙上有个大口子，能听到海浪声，像是与时间隔绝的空间的喘息，它沉闷地轰鸣，挟带着潮湿的砾石默默退去。

这是1965年年末的一个早晨，这部小说开始流动起来的一两个月前我匆匆记下的。上面的文字是它最初的阵痛，是这部作品陌生的细胞核，随后三年中作品围绕它生长。生长中有许多色泽方面的变化，在先前瞥见的场景中点燃起来，然而，它的结构中心得到了强化，事实是，它现在作为一个嵌入的场景就存在于小说的中心［这部小说最初名为《维纳斯庄园》（*Villa Venus*），后来叫做《维恩家庭》（*The Veens*），再后来叫做《爱欲》（*Ardor*），最后名叫《爱达》（*Ada*）］。

现在转向更一般的说明，人们可以看到灵感伴随着作者一部新作的实际写作过程。她陪伴着他（现在我们有了这位迷人的缪斯），她不断地闪现，作家已经习惯于她的出现，以致偶有闪失，就会被视为背叛，对他构成打击。

同一个人可以构思同一个故事或诗歌的不同部分，这一构思可以在头脑中或在纸上，用铅笔或钢笔进行。（有人告诉我，存在着了不起的表演者，他们居然能直接打出作品来，更不可思议的是，能对着打字员或一台机器眉飞色舞地口授作品！）有些人更愿意在浴缸中而不是在书房里，躺在床上而不是在多风的荒野写作——场所并不很重要，是大脑和手的关系会产生一些奇怪的问题。如约翰·谢德在某处说过："我对两种构思方法的不同感到困惑：A. 这种方法是，构思只在诗人脑海中进行，一边用肥皂第三遍抹着大腿，一边做着文字的演练；B. 另一种方法更端正些，在书房中用钢笔写作。在方法B中，手支撑大脑，抽象的战斗具体地进行着。笔停在空中，随后向下一挥，阻止一次取消了的落日或恢复一颗星辰，这样，按自然法则引导词语穿过漆黑的迷宫，迎向微弱的日光。但方法A让人极度痛苦！大脑很快被疼痛的钢圈箍住。穿着工作服的缪斯指导着研磨的钻头，意志的努力也不能使之停下，这个机器一般的人会脱下他刚穿上的衣服，或轻快地走向街头小店买一份已经读过的报纸。为什么会这样？难道是因为在无笔的工作状态中，没有了笔作为平衡的停顿？或在更深的层面上，因为没有书桌来支撑虚构，托住栩栩如生的大千世界？因为有那些神秘的时刻，令人疲倦不堪而难以摆脱，所以我放下了我的笔；我四处走动——出于某种无声的命令，合适的用同仿佛用长笛吹出，落到我的手上。"

这自然是灵感抵达的地方。在构思小说的五十年间，在不同的场合，那些我组合起来又放弃的词语，到如今在"拒绝王国"（一个雾茫茫的国度，但并非像乌有乡那样不可信）中可能组成了一座庞大的废词图书馆，其特征和一致的地方就是它们缺乏灵感的祝福。

所以不奇怪，一个作家并不害怕坦承他知道灵感，并能够将其与一阵痉挛区别开来，也与简单的"用词准确"区别开来，这样，他就应该在作家同行中寻求那种极度兴奋的明亮踪迹。灵感的闪电始终会发起突袭：你可以在这部或那部杰作中观察到它的闪烁，无论这是一首好诗，还是乔伊斯或托尔斯泰的文字，或是短篇小说中的一个词语，或是博物学家的论文中才华的喷发，或甚至在一个书评作家的文章中。自然，我想到的不是众所周知的无能的雇佣文人，而是那些自身就是创造性艺术家的人，如特里林[1]（他的批评观我并不在意）或瑟伯[2]（如《革命的声音》中“艺术并不冲向街垒”）。

近几年来，众多的出版商乐于寄给我他们的作品集——它们真像是信鸽，因为这些集子中总有收件人的作品。在差不多三十多部选集中，有一些是炫耀和自命不凡的标签（《我们时代的寓言》或《主题与目标》）；另一些则表现得更持重（《伟大的故事》），他们的封面简介向读者保证，他会遇到采摘小红莓的人和匈牙利人；但每部作品集中至少会有两三篇一流小说。

岁月是吝啬的，但也是健忘的，为了立刻选出可在夜晚重读或永远拒之门外的作品，我小心地给集子中的作品标出A或C，或D-。众多获高分的作品每次都让我加强了这一信念：在当下这个时代（近五十年来），最优秀的短篇小说并不产于英国、俄国，肯定也不产于法国，而产于美国。

实例是知识的沾有污渍的玻璃窗。在少数A+的小说中，有五六篇是我特别喜欢的。我把它们的篇名列在下面，并将其中的段落括起来，这些段落中，似乎存在真实的灵感，无论那被激发的细节在一个枯燥无味的评论家看来多么微不足道。

约翰·契弗的《乡村丈夫》。[“朱庇特（一只黑色寻回犬）从番茄藤蔓中蹿出来，口中衔着一片破毡帽。”这篇小说真是一部优美的微型长篇，虽然小说中发生的事有点过多，但这一印象完全可以因主题交错并令人满意的连贯性而得到弥补。]

约翰·厄普代克的《我最快乐的时刻》。（“重要的事情，与其说是题材，不如说是对话本身，迅速达成协议、缓慢表示同意、不同回忆

① Lionel Trilling（1905—1975），美国批评家。
② James Thurber（1894—1961），美国幽默作家和漫画家。

的编织；这就像一只巴拿马篮子，围着一块没有价值的石头，在水下成形。”我非常喜欢厄普代克的短篇，难以挑出一篇来加以说明，而要选出小说中最有灵感的部分甚至更困难。）

J. D. 塞林格的《逮香蕉鱼的好日子》。（“停下来，只是为往一座浸湿的、坍塌的沙滩城堡踏上一只脚……”这是一篇优秀的小说，太有名，也太脆弱，难以由一个漫不经心的贝壳诗人来评估。）

赫伯特·格尔德的《迈阿密海滩之死》。（“最后，我们死去，对生拇指和一切”或这篇令人赞赏的小说中更好的文字：“孩子一般大的巴巴多斯海龟……像贼一样被钉在十字架上……它们的硬壳掩饰不了眼下的无助和痛苦。”）

约翰·巴思的《迷失在开心馆中》。（“什么是这篇小说的主旨？安布罗斯病了。他在黑暗的过道里流汗；糖渍苹果串，看上去很好吃，吃起来倒胃口。开心馆里需要男女厕所。”在这可爱的、迅速点缀的意象中，我有点茫然若失。）

德尔莫尔·施瓦茨的《责任从梦想中开始》。[“……这致命、残忍的激情之海。”虽然在这篇小说（将一部老电影和一个人的过去奇妙地融合在一起）中另有几处描写令人怦然心动，但这里引述的文字所具有的力量和完美的节奏令人赞赏。]

如果文学教授在学期开始或结束时进行考试，要求学生写文章讨论下述问题，我会非常高兴。

1. 这六篇小说好在哪里？（避免涉及“承诺”、“生态”、“现实主义”、“象征”等。）

2. 这些小说中还有哪些段落具有灵感的标志？

3. 在靠近那假发、有着花边袖口的手中，那可怜小狗到底是怎样叫起来的？

译后记

纳博科夫这部以访谈为主的文集有过一个中译本，潘小松译，时代文艺出版社1998年版，书名为《固执己见》。出版社要出一个新译本自有其理由，新译与先前的译本也会有所不同，不完全是标新立异的缘故。原著书名*Strong Opinions*，“strong”意为“强烈的、有力的”，“opinions”意为“观点或见解”。潘小松以中文成语“固执己见”来译英文“strong opinions”这一短语，形义兼顾，可谓佳译。纳博科夫无论对政治、文学或历史都抱有自己的见解，从不人云亦云，而且还比较固执，甚至偏激。比如，他一味地反对苏俄、认同美国；比如，他坚持认为文学对社会没有什么贡献，艺术的伟大就在于奇特的骗局和复杂；比如，他“本能地对名人宣战”，诸多大文豪都不入其法眼，唯独对英国科幻作家威尔斯等极少数作家青眼有加。说纳博科夫在诸多问题上“固执己见”并不出格。然而，汉语的“固执己见”多少带有贬义，意为“顽固地坚持自己的意见，不肯改变”。此成语较早出自《宋书·陈宓传》“固执己见，动失人心”。所以，要是有人和纳博科夫打笔仗，可以批评他“固执己见”，但此书是他自己的一部文集，说自己“固执己见”就有点不合适了。查考原文，“strong opinions”原是书中一次访谈发表时采访者用的标题，纳博科夫觉得此次访谈“简洁明了”，就用其标题作了此书的书名。而无论采访者还是纳博科夫自己，他们采用这一短语显然不含贬义。所以，考虑到这一语境，我用一个意义更为正面的成语“独抒己见”作为新译本的书名。

纳博科夫是优秀的小说家，他的《洛丽塔》、《微暗的火》等佳作已成为20世纪小说经典。纳博科夫也是出色的翻译家，他不仅将自己早期创作的俄语小说译为英语，也将自己的英语作品，如脍炙人口的《洛丽塔》译成俄语。除此之外，他还将俄国19世纪伟大诗人普希金的代表作《叶甫盖尼·奥涅金》译成英语。一如他的文学创作，纳博科夫的翻译也有鲜明的风格。作者在本书的访谈和若干篇文章中论及翻译，虽不是完整的翻译理论，但出于自己的翻译实践，既实在又独特，显然也是一种“strong opinions”（独抒己见）。纳博科夫主张“直译”，即逐字逐句的翻译。他心目中理想的译本是：逐字逐句的直译，再加上丰富详尽的注释。他的《叶甫盖尼·奥涅金》英译本就是如此，厚厚四册，其中注释的篇幅远远超过了长诗本身。

纳博科夫反对“意译”。在他看来，意译在“好读”的名义下欺骗读者、伤害作者。意译与其说是翻译，不如说是改写。他说：“直译因其严格忠实于原作而难以被称为一首好诗，但这是真正的翻译，尽管生硬、不押韵；而改写者的好诗只是错误和即兴创作的大杂烩，尽管改写者用意良好，但某种伤害和欺骗是他们误导性译作的必然结果。”他认为，翻译的首要原则不是追求“好读”，“我渴望的是文字的精确性，不是文字的可读性”。他甚至说：“我的译本不好读，但我的翻译是可靠的、笨拙的、沉重的、奴隶一般忠诚的。”显然，对于翻译，纳博科夫最看重的是“忠诚”，即对原著的“忠实”，也就是中国现代翻译的先驱严复所谓的“信”。无独有偶，在民国初期一片意译的风气中，鲁迅先生也倡导和实践“直译”，强调忠实而不是好读，甚至提出“宁信而不顺”的“硬译”。面对有人对此的讥笑讽刺，鲁迅不惜说出硬话："我的译作，本不在博读者的'爽快'，却往往给以不舒服，甚而至于使人气闷、憎恨、愤恨。"简直和纳博科夫一样"固执己见"，真是两个倔老头！

读着纳博科夫对翻译的见解，同时翻译着纳博科夫的文字，尽管小心翼翼，但还是诚惶诚恐，生怕"无意识的欺骗"伤害了纳博科夫的文字。潘小松的译本有许多漏译和错译，固然在"信"上打了折扣，所以需要新译本，但我知道，"逐字逐句的直译"又谈何容易！有时觉得，翻译中做到"精确"要难于"好读"，当然，两者兼顾就更难了。因为原文和译文毕竟是两种不同的文字，惟妙惟肖、形神兼备实在是神来之笔了。因而，翻译总是一种背叛，也总是一种遗憾。

纳博科夫喜欢的一首俄语诗（其实也是他给小说中的一个人物写的），有这样的情景：一个男孩和一个女孩，站在一座桥上，河水映出落日，燕子飞掠而过；男孩转身对女孩说："告诉我，你会永远记得那只燕子吗？——不是任何一只燕子，也不是那些燕子，而是刚飞过的那只燕子？"她回答，"当然，我会记得！"说完，他俩都热泪盈眶。这首小诗的情景让人感动，而一个译者在翻译中不也是要记得"刚飞过的那只燕子"吗？

唐建清

2011年6月2日于南京高教新村

很高兴拙译由上海译文出版社新版，我借此机会对译文作了一次修订，以期尽可能减少"无意识的欺骗"会伤害纳博科夫的文字和真诚的读者，也希望有新的再版和修订的机会。

2017年3月15日于南京仙林南大和园

附　　录

The female of *Lycaeides Sublivens* Nab.*

Last summer (1951) I decided to visit Telluride, San Miguel County, Colorado, in order to search for the unknown female of what I had described as *Lycaeides argyrognomon sublivens* in 1949 (*Bull. Mus. Comp. Zool.*, vol. 101: p. 513) on the strength of nine males in the Museum of Comparative Zoology, Harvard, which had been taken in the vicinity of Telluride half a century ago. *L. sublivens* is an isolated southern representative (the only known one south of northwestern Wyoming, southeast of Idaho, and east of California) of the species (the holarctic *argyrognomon* Bergstr. = *idas auct.*) to which *anna* Edw., *scudderi* Edw., *aster* Edw., and six other nearctic subspecies belong. I bungled my family's vacation but got what I wanted.

Owing to rains and floods, especially noticeable in Kansas, most of the drive from New York State to Colorado was entomologically uneventful. When reached at last, Telluride turned out to be a damp, unfrequented, but very spectacular cul-de-sac (which a prodigious rainbow straddled every evening) at the end of two converging roads, one from Placerville, the other from Dolores, both atrocious. There is one motel, the optimistic and excellent Valley View Court where my wife and I stayed, at 9,000 feet altitude, from the 3rd to the 29th of July, walking up daily to at least 12,000 feet along various more or less steep trails in search of *sublivens*. Once or twice Mr. Homer Reid of Telluride took us up in his jeep. Every morning the sky would be

* Now known as *Plebejus (Lycaeides) idas sublivens* or *Lycaeides sublivens* Nab.; It has been dubbed 'Nabokov's Blue' by F. Martin Brown (1955).

of an impeccable blue at 6 A.M. when I set out. The first innocent cloudlet would scud across at 7:30 A.M. Bigger fellows with darker bellies would start tampering with the sun around 9 A.M., just as we emerged from the shadow of the cliffs and trees onto good hunting grounds. Everything would be cold and gloomy half an hour later. At around 10 A.M. there would come the daily electric storm, in several installments, accompanied by the most irritatingly close lightning I have ever encountered anywhere in the Rockies, not excepting Longs Peak, which is saying a good deal, and followed by cloudy and rainy weather through the rest of the day.

After 10 days of this, and despite diligent subsequent exploration, only one sparse colony of *sublivens* was found. On that one spot my wife found a freshly emerged male on the 15th. Three days later I had the pleasure of discovering the unusual-looking female. Between the 15th and the 28th, a dozen hours of windy but passable collecting weather in all (not counting the hours and hours uselessly spent in mist and rain) yielded only 54 specimens, of which 16 were females. Had I been younger and weighed less, I might have perhaps got another 50, but hardly much more than that, and, possibly, the higher ridges I vainly investigated between 12,000 and 14,000 feet at the end of July, in the *magdalena-snowi-centaureae* zone, might have produced *sublivens* later in the season.

The colony I found was restricted to one very steep slope reaching from about 10,500 to a ridge at 11,000 feet and towering over Tomboy Road between 'Social Tunnel' and 'Bullion Mine.' The slope was densely covered with a fine growth of lupines in flower (*Lupinus parviflorus* Nuttall, which did not occur elsewhere along the trail) and green gentians (the tall turrets of which were assiduously patronized by the Broad-Tailed Hummingbird and the White-Striped Hawk-moth). This lupine, which in the mountains of Utah is the food-plant of an alpine race of *L. melissa* (*annetta* Edw.), proved to be also the host of *L. sublivens*. The larva pupates at its base, and in dull weather a few specimens of both sexes of the imago could be found settled on the lower leaves and stems, the livid tone of the butterflies' undersides nicely matching the tint of the plant.

The female of *sublivens* is of a curiously arctic appearance, completely different from the richly pigmented, regionally sympatric, locoweed- and alfalfa-feeding *L. melissa* or from the *melissa*-like females of Wyoming and Idaho *argyrognomon (idas)* races, and somewhat resembling *argyrognomon (idas)* forms from northwestern Canada and Alaska (see for instance in the above-mentioned work, p. 501 and plate 8, fig. 112). It also recalls a certain combination of characters that crops up in *L. melissa annetta.*

Here is a brief description of *L. sublivens* female: Upper-side of a rather peculiar, smooth, weak brown, with an olivaceous cast in the living insect; more or less extensively dusted with cinder-blue scales; triangulate greyish blue inner cretules generally present in the hindwing and often accompanied by some bluish or greyish bleaching in the radial cells of the forewing; aurorae reduced: short and dullish in the hindwing, blurred or absent in the forewing, tending to disappear in both wings and almost completely absent in 3 specimens; lunulate pale greyish blue outer cretules very distinct in both wings; underside similar to that of the male.

Deposited: 20 males and 10 females in the Cornell University collection, and 18 males and 6 females in the Museum of Comparative Zoology, Harvard University.

Published in *The Lepidopterists' News,*
New Haven, Conn., Vol. 6, August 8, 1952, pp. 35–36.

On Some Inaccuracies in Klots' *Field Guide*

In connection with 'Blues,' I wish to correct two or three slips in Professor Alexander B. Klots' important and delightful book (*A Field Guide to the Butterflies of North America, East of the Great Plains*, Houghton Mifflin, Boston, 1951).

On p. 166 there is a misprint: 'Center (formerly Karner)' should be, of course, 'Karner (formerly Center).' Incidentally I visit the place every time I happen to drive (as I do yearly in early June) from Ithaca to Boston and can report that, despite local picnickers and the hideous garbage they leave, the lupines and *Lycaeides samuelis* Nab. are still doing as fine under those old gnarled pines along the railroad as they did ninety years ago.

On p. 165, another, more unfortunate transposition occurs: 'When fawn colored, more vivid in tone' should refer not to *Lycaeides argyrognomon [idas]* but to *L. melissa*, while 'wings beneath, when fawn colored, duller in tone' should refer not to *L. melissa* but to *L. argyrognomon [idas]* (see my 'Nearctic Lycaeides,' *Bull. Mus. Comp. Zool.*, vol. 101: p. 541: 1949).

On pp. 162–164, the genus *Brephidium* (in company with two others) is incorrectly placed between *Hemiargus* and *Lycaeides*. I have shown in my paper on Neotropical Plebejinae (*Psyche*, vol. 52: pp. 1–61; 1945) that *Hemiargus (sensu lato)* and *Lycaeides* belong to the same group (subfamily Plebejinae – or supergenus *Plebejus;* the rank does not matter but the relationship does). *Brephidium*, of course, stands on the very outskirts of the family, in a highly specialized group, immeasurably further removed from *Hemiargus* or *Lycaeides* than, say,

Lycaena. This is where my subfamilies come in handy since at least they keep related things in one bunch and eject intruders. Views may differ in regard to the hierarchic element in the classification I adopt, but no one has questioned so far the fact of the structural relationship and phylogenetic circumstances I mean it to reflect. The whole interest of *Hemiargus* is that it is allied to *Lycaeides* etc., while bearing a striking superficial resemblance to an African group with which it does not have the slightest structural affinity. Systematics, I think, should bring out such points and not keep them blurred in the haze of tradition. I am perfectly willing to demote the whole of my 'subfamily' Plebejinae to a supergenus or genus *Plebejus (Plebejus ceramus, isola, thomasi, idas, melissa, aquilo, saepiolus*, etc.) but only under the condition that it include exactly the same species, in the same groupings ('subgenera' or numbered sections, as you will) and in the same sequence of groups, without intrusions from groups assigned structurally to other 'subfamilies' (and then, of course, *lygdamus, battoides*, and *piasus* should be all in *Scolitantides* or its equivalent). However, I still think that the formality of generic names for the groupings is a better method than going by numbers, etc. Names are also easier to handle in works on zoological distribution when it is important to bring out the way a group is represented in different regions of the world. Generally speaking, systematics is not directly concerned with the convenience of collectors in their dealings with small local faunas. It should attempt to express structural affinities and divergences, suggest certain phylogenetic lines, relate local developments to global ones – and help lumpers to sort out properly the ingredients of their lumps.

The Lepidopterists' News, Vol. 6, August 8, 1952, p. 41.

Butterfly Collecting in Wyoming, 1952

A visit to Wyoming by car in July–August 1952 was devoted to collecting in the following places:

Southeastern Wyoming: eastern Medicine Bow National Forest, in the Snowy Range, up to approximately 10,500 ft. alt. (using paved road 130 between Laramie and Saratoga); sagebrush country, approximately 7,000 ft. alt., between Saratoga and Encampment, east of paved highway 230; marshes at about the same elevation between eastern Medicine Bow National Forest and Northgate, northern Colorado, within 15 miles from the Wyoming State Line, mainly south of the unpaved road 127; and W. Medicine Bow National Forest, in the Sierra Madre, using the abominable local road from Encampment to the Continental Divide (approximately 9,500 ft. alt.).

Western Wyoming: sagebrush, approximately 6,500 ft. alt. immediately east of Dubois along the (well-named) Wind River; western Shoshone and Teton National Forests, following admirable paved road 26, from Dubois towards Moran over Togwotee Pass (9,500 ft. alt.); near Moran, on Buffalo River, approximately 7,000 ft. alt.; traveling through the construction hell of the city of Jackson, and bearing southeast along paved 187 to The Rim (7,900 ft. alt.); and, finally, spending most of August in collecting around the altogether enchanting little town of Afton (on paved 89, along the Idaho border), approximately 7,000 ft. alt., mainly in canyons east of the town, and in various spots of Bridger National Forest, Southwestern part, along trails up to 9,000 ft. alt.

Most of the material collected has gone to the Cornell University

Museum; the rest to the American Museum of Natural History and the Museum of Comparative Zoology.

The best hunting grounds proved to be: the Sierra Madre at about 8,000 ft. alt., where on some forest trails I found among other things a curious form (? *S. secreta* dos Passos & Grey) of *Speyeria egleis* Behr flying in numbers with *S. atlantis hesperis* Edw. and *S. hydaspe purpurascens* H. Edw., a very eastern locality for the latter; still better were the forests, meadows, and marshes about Togwotee Pass in the third week of July, where the generally early emergences of the season were exemplified by great quantities of *Erebia theona ethela* Edw. and *E. callias callias* Edw. already on the wing; very good, too, were some of the canyons near Afton.

Here are a few notes on what interested me most in the field: *Boloria, Colias*, certain Blues, and migratory or at least 'mobile' species.

Of *Boloria* I got seven species, of the eight (or possibly ten) that occur within the region. Plunging into the forest south of route 130 on the western slopes of the Snowy Range, I found *B. selene tollandensis* B & McD. not uncommon on a small richly flowered marsh at about 8,000 ft. alt.; also on marshes north of Northgate and on Togwotee Pass. On July 8, I spent three hours collecting a dozen fresh specimens of *B. eunomia alticola* B & McD., both sexes, on a tiny very wet marsh along the eastern lip of the last lake before reaching Snowy Range Pass from the west, possibly the same spot where Klots had taken it in 1935 (*Journ. N. Y. Ent. Soc.* 45: p. 326; 1937). I met with the same form on a marsh near Peacock Lake, Longs Peak, Colorado, in 1947. Forms of *B. titania* Esp. (mostly near ssp. *helena* Edw.) were abundant everywhere above 7,500 ft. alt. By the end of July *B. freija* Thunb. was in tatters near Togwotee Pass (it had been on the wane in June, 1947, on marshes near Columbine Lodge, Estes Park; and on Hoback River, Tetons, in early July, 1949). Of the beautiful *B. frigga sagata* B. & Benj. I took two ♂♂ (fresh but frayed) near Togwotee Pass. Of *B. toddi* Holland ssp. I took a very fresh ♂ in early July in the Snowy Range at 8,000 ft. alt. and a couple of days later, acting upon a hunch, I visited a remarkably repulsive-looking willow-bog, full of cowmerds and barbed wire, off route 127, and found there a largish form of *B. toddi* very abundant – in fact, I have never seen it as common anywhere in the west; unfortunately, the specimens, of which I kept a score or so, were mostly faded – and very difficult to capture, their idea of sport being to sail to and fro over the fairly tall sallows that encompassed the many small circular areas (inhabited only by *Plebeius saepiolus* Boisd. and *Polites utahensis* Skin.) into which the bog was divided by the shrubs. Another species I had never seen to be so common was *B. kriemhild* Strecker which I found in all the willow-bogs near Togwotee Pass.

In regard to *Colias* I could not discover what I wanted – which was some geographical intergradation between *C. scudderi* Reakirt, which I suggest should be classified as *C. palaeno scudderi* (Reakirt) (common everywhere in the Medicine Bow National Forest), and *C. pelidne skinneri* Barnes (locally common near Togwotee Pass and above Afton). I was struck, however, by the identical ovipositing manners of *C. scudderi* and *C. skinneri* ♀♀ which were common in the densest woods of their respective habitats, laying on *Vaccinium*. I found *C. meadi* Edw. very common on Snowy Range Pass. It was also present at timberline near Togwotee Pass and east of it, below timberline, down to 8,000 ft. alt. in willow-bogs, where it was accompanied by another usually 'Hudsonian' species, *Lycaena snowi Edw.*, the latter represented by undersized individuals. (In early July, 1951, near Telluride, Colorado, I found a colony of healthy *Colias meadi* and one of very sluggish *Pargus centaureae freija* Warren in aspen groves along a canyon at only 8,500 ft. alt.) On a slope near Togwotee Pass at timberline I had the pleasure of discovering a strain of *C. meadi* with albinic ♀♀. The species was anything but common there, but of the dozen ♀♀ or so seen or caught, as many as three were albinic. Of these my wife and I took two, hers a dull white similar to *C. hecla* 'pallida,' mine slightly tinged with peach (the only other time I saw a white *C. meadi* was at the base of Longs Peak, 1947, where the species was extremely abundant).

In 1949 and 1951, when collecting *Lycaeides* in the Tetons, all over Jackson Hole, and in the Yellowstone, I had found that to the north and east *L. argyrognomon (idas) longinus* Nab. turns into *L. argyrognomon (idas) scudderi* Edw. but I had not solved the problem of the *L. melissa* strain so prominent in some colonies of *L. argyrognomon longinus* (i.e.

Black Tail Butte near Jackson). I had conjectured that hybridization occurs or had occurred with wandering low elevation *L. melissa* (the rather richly marked 'Artemisian' *L. melissa* – probably in need of some name) that follows alfalfa along roads as *Plebeius saepiolus* does clover. In result of my 1952 quest the situation appears as follows. The most northern point where typical *L. longinus* occurs is the vicinity of Moran, seldom below 7,000 ft. alt. and up to 11,000 at least. It spreads south at those altitudes for more than a thousand miles to the southern tip of Bridger National Forest but not much further (I have not found it, for instance, around Kemmerer). I have managed to find one *L. melissa*, a fresh ♂, in August, 1952, in a dry field near Afton, less than a mile from the canyon into which both sexes of *L. longinus* descended from the woods above. At eastern points of the Bridger and Shoshone Forests, *L. longinus* stops definitely at The Rim, west of Bondurant, and at Brooks Lake (about 7,500 ft. alt.) some twenty miles west of Dubois. Very small colonies (seldom more than half-a-dozen specimens were taken in any one place) of *L. melissa* were found around Dubois at 6,500 ft. alt. or so (agricultural areas and the hot dry hills). A colony of typical (alpine) *L. melissa melissa* as described by Edwards, was found just above timberline in the Sierra Madre. The search for *L. melissa* in various windy and barren localities in the sagebrush zone in mid-July led to the finding of a rather unexpected Blue. This was *Plebeius (Icaricia) shasta* Edw., common in the parched plain at less than 7,000 ft. alt. between Saratoga and Encampment flying on sandy ground with *Phyciodes mylitta barnesi* Skinner, *Satyrium fuliginosa* Edw., and *Neominois ridingsi* Edw. It was also abundant all over the hot hills at 6,500 ft. alt. around Dubois where nothing much else occurred. I have not yet been able to compare my specimens with certain series in the Museum of Comparative Zoology, Harvard, but I suggest that this low-altitude *P. shasta* is the true *P. minnehaha* Scudder while the alpine form which I found in enormous numbers above timberline in Estes Park (especially, on Twin Sisters) and which collectors, following Holland's mislead, call '*minnehaha*,' is really an undescribed race.

As to migratory species observed in Wyoming, 1952, I distinguish two groups: (1) latitudinal migrants – moving within their zones of habitat mainly in a west–east (North America) or east–west (Europe) direction and capable of surviving a Canadian Zone winter in this or that stage. Mobile, individually wandering species of *Plebeius* and *Colias* belong to this group as well as our four erratically swarming *Nymphalis* species which hibernate in the imaginal stage. In early August the trails in Bridger National Forest were covered at every damp spot with millions of N. *californica* Boisd. in tippling groups of four hundred and more, and countless individuals were drifting in a steady stream along every canyon. It was interesting to find a few specimens of the beautiful dark western form of N. *j-album* Boisd. & Lec. among the N. *californica* near Afton. (2) longitudinal migrants – moving early in the season from subtropical homes to summer breeding places in the Nearctic region but not hibernating there in any stage. *Vanessa cardui* L. is a typical example. Its movements in the New World are considerably less known than in the Old World (in eastern Europe, for instance, according to my own observations, migratory flights from beyond the Black Sea hit the south of the Crimea in April, and females, bleached and tattered, reach the Leningrad region early in June). In the first week of July, 1952, this species (offspring mainly) was observed in colossal numbers above timberline in the Snowy Range over which the first spring flock had passed on May 28, according to an intelligent ranger. A few specimens of *Euptoieta claudia* Cramer were in clover fields around Afton, western Wyoming, in August. Of *Leptotes marina* Reakirt, one ♂ was observed near Afton in August, with *Apodemia mormo* Felder and '*Hemiargus*' *(Echinargus) isola* Reakirt. Both *A. mormo* and *E. isola* plant very isolated small summer colonies on hot hillsides. The *H. isola* specimens, which I took also in Medicine Bow National Forest, are all tiny ones, an obvious result of seasonal environment, not subspeciation. *H. isola* (incidentally, this is not a Latin adjective, but a fancy name – an Italian noun originally – and cannot be turned into '*isolus*' to comply with the gender of the generic name, as done by some writers) belongs to a neotropical group (my *Echinargus*) with two other species: *E. martha* Dognin, from the Andes, and a new species, described by me but not named, from Trinidad and Venezuela (see *Psyche*, 52: 3–4). Other representatives of neotropical groups (*Graphium marcellus* Cramer,

'Strymon' melinus Hübner, *Pyrgus communis* Grote, *Epargyreus clarus* Cramer – to name the most obvious ones) have established themselves in the Nearctic more securely than *H. isola*. Among the migratory Pierids, the following were observed: single specimens of *Nathalis iole* Boisd. all over Wyoming; one worn ♂ of *Phoebis eubule* L. in the Sierra Madre (Battle Lake), July 9; one worn ♂ of *Eurema mexicana* Boisd., between Cheyenne and Laramie (and a worn ♀ near Ogallala, Neb.), first week of July.

The Lepidopterists' News,
Vol. 7, July 26, 1953, pp. 49–52.

Audubon's *Butterflies, Moths and Other Studies*
Compiled and edited by Alice Ford

Anyone knowing as little about butterflies as I do about birds may find Audubon's lepidoptera as attractive as his bright, active, theatrical birds are to me. Whatever those birds do, I am with them, heartily sharing, for instance, the openbilled wonder of 'Green Heron' at the fantastic situation and much too bright colors of 'Luna Moth' in a famous picture of the 'Birds' folio. At present, however, I am concerned only with Audubon's sketchbook ('a fifteen-page pioneer art rarity' belonging to Mrs. Kirby Chambers of New Castle, Kentucky) from which Miss Ford has published drawings of butterflies and other insects in a handsome volume padded with additional pictorial odds and ends and an account of Audubon's life. The sketches were made in the 1820s. Most of the lepidoptera which they burlesque came from Europe (Southern France, I suggest). Their scientific names, supplied by Mr. Austin H. Clark, are meticulously correct – except in the case of one butterfly, p. 20, top, which is not a *Hamaeris* but a distorted *Zerynthia*. Their English equivalents, however, reveal some sad editorial blundering: 'Cabbage,' p. 23, and 'Miller,' p. 91, should be 'Bath White' and 'Witch,' respectively; and the two moths on p. 64 are emphatically not 'Flesh Flies.' In an utterly helpless account of the history of entomological illustration, Miss Ford calls Audubon's era 'scientifically unsophisticated.' The unsophistication is all her own. She might have looked up John Abbot's prodigious representations of North American lepidoptera, 1797, or the splendid plates of eighteenth- and early-nineteenth-century German lepidopterists, or the rich butterflies that enliven the flowers and fruit of the old Dutch Masters. She might have traveled back some thirty-three centuries to the times of Tuthmosis IV or Amenophis III and, instead of the obvious scarab, found there frescoes with a marvelous Egyptian butterfly (subtly combining the pattern of our Painted Lady and the body of an African ally of the Monarch). I cannot speak with any authority about the beetles and grasshoppers in the Sketchbook, but the butterflies are certainly inept. The exaggerated crenulation of hindwing edges, due to a naive artist's doing his best to render the dry, rumpled margins of carelessly spread specimens, is typical of the poorest entomological figures of earlier centuries and to these figures Audubon's sketches are curiously close. Query: Can anyone draw something he knows nothing about? Does there not exist a high ridge where the mountainside of 'scientific' knowledge joins the opposite slope of 'artistic' imagination? If so, Audubon, the butterfly artist, is at sea level on one side and climbing the wrong foothill on the other.

The New York Times Book Review,
December 28, 1952.

L. C. Higgins and N. D. Riley
Field Guide to the Butterflies of Britain and Europe

In my early boyhood, almost sixty-five years ago, I would quiver with helpless rage when Hofmann in his then famous *Die Gross-Schmetterlinge Europas* failed to figure the rarity he described in the text. No such frustration awaits the young reader of the marvelous guide to the Palaearctic butterflies west of the Russian frontier now produced by Lionel C. Higgins, author of important papers on Lepidoptera, and Norman D. Riley, keeper of insects at the British Museum. The exclusion of Russia is (alas) a practical necessity. Non-utilitarian science does not thrive in that sad and cagey country; the mild foreign gentleman eager to collect in the steppes will soon catch his net in a tangle of barbed wire, and to work out the distribution of Eversmann's Orange Tip or the Edda Ringlet would have proved much harder than mapping the moon. The little maps that the *Field Guide* does supply for the fauna it covers seem seldom to err. I note that the range of the Twin-spot Fritillary and that of the Idas Blue are incorrectly marked, and I think Nogell's Hairstreak, which reaches Romania from the east, should have been included. Among minor shortcomings is the somewhat curt way in which British butterflies are treated (surely the Norfolk race of the Swallowtail, which is so different from the Swedish, should have received more attention). I would say that alder, rather than spruce, characterizes the habitat of Wolfensberger's and Thor's Fritillaries. I regret that the dreadful nickname 'Admiral' is used instead of the old 'Admirable.' The new vernacular names are well invented – and, paradoxically, will be more attractive to the expert wishing to avoid taxonomic controversy when indicating a species than to the youngster who will lap up the Latin in a trice. The checklist of species would have been considerably more appealing if the names of authors had not been omitted (a deplorable practice of commercial origin which impairs a number of recent zoological and botanical manuals in America).

The choice of important subspecies among the thousands described in the last hundred years is a somewhat subjective matter and cannot be discussed here. In deciding whether to regard a butterfly as a race of its closest ally or as a separate species the *Field Guide* displays good judgment in re-attaching Rebel's Blue to Alcon, and in tying up the Bryony White with the Green-veined White: anyone who has walked along a mountain brook in the Valais, the Tessin, and elsewhere must have noticed the profusion and almost comic muddle of varicolored intergrades between those two Whites. In a few cases, however, the authors seem to have succumbed to the blandishments of the chromosome count. For better or worse our present notion of species in Lepidoptera is based solely on the checkable structures of dead specimens, and if Forster's Furry cannot be distinguished from the Furry Blue except by its chromosome number, Forster's Furry must be scrapped.

In many groups the *Field Guide* accepts the generic splitting proposed by various specialists. The resulting orgy of genera may bewilder the innocent reader and irritate the conservative old lumper. A compromise might be reached by demoting the genitalically allied genera to the rank of subgenera within one large genus. Thus, for instance, a large generic group, called, say, *Scolitantides*, would include 6 subgenera (pp. 262–271 of the *Field Guide*, from Green-underside Blue to Chequered Blue) and a large generic group, called, say, *Plebejus*, would include 15 subgenera (pp. 271–311, Grass Jewel to Eros Blue); what matters, of course, is not naming or numbering the groups but correctly assorting the species so as to reflect relationships and distinctions, and in that sense the *Field Guide* is logical and scientific. On the other hand, I must disagree with the misapplication of the term 'f.' (meaning 'form'). It is properly used to denote recurrent aberrations, clinal blends, or seasonal aspects, but it has no taxonomic standing (and available names for such forms should be quote-marked and anonymous). This the authors know as well as I do, yet for some reason they use 'f.' here and there as a catchall for altitudinal races and minor subspecies. Particularly odd is '*Boloria graeca balcanica f. tendensis*,' which is actually *Boloria graeca tendensis* Higgins, a lovely and unexpected subspecies for the sake of which I once visited Limone Piemonte where I found it at about 7000 ft. in the company of its two congeners, the Shepherd's and the Mountain Fritillaries. Incidentally, the drabbish figure hardly does justice to the nacreous pallor of its underside.

These are all trivial flaws which melt away in the book's aura of authority and honesty, conciseness and completeness, but there is one fault which I find serious and which should be corrected in later printings. The explanation facing every plate should give the exact place and date of capture of every painted or photographed specimen – a principle to which the latest butterfly books rigidly adhere. This our *Field Guide* omits to do. In result the young reader will not only be deprived of a vicarious thrill but will not know if the specimen came from anywhere near the type locality, whilst the old lepidopterist may at once perceive that the portrait does not represent an individual of the typical race. Thus one doubts that the bright female of the Northern Wall Brown (Pl. 49) comes from the North, and it is a pity that the Poplar Admirable shown on Pl. 15 should belong to the brownish, blurrily banded West European sub-species rather than to the black Scandinavian type race with pure white markings.

The red-stained Corsican Swallowtail (front end-paper) is surely a printer's freak, not the artist's fancy, and no doubt will be repaired in due time. Many of Brian Hargreaves' illustrations are excellent, some are a little crude, a few are poor; all his butterflies, however, are recognizable, which after all is the essential purpose. His treatment of wing shape is sometimes wobbly, for instance in the case of the Heaths (Pl. 47), and one notes a displeasing tendency to acuminate the hind-wing margins of some Ringlets (Plates 37, 41, 44). In some groups of closely allied butterflies Nature seems to have taken capricious delight in varying from species to species the design of the hind-wing underside, thinking up fantastic twists and tints, but r sacrificing the basic generic idea to the cunning disguise. Brian greaves has not always followed this interplay of thematic vari- 's within the genus. For example, in the *Clossiana* hind-wing 'ersides the compact jagged rhythm of the Polar Fritillary's mark- gs, which intensifies and unifies the Freya scheme, is weakly ndered. The artist has not understood the affinity with Frigga that imly transpires through the design of the Dusky-winged, nor has he seen the garlands of pattern and the violet tones as connecting the Arctic Fritillary with Titania, and the latter with Dia. Otherwise, many such rarely figured butterflies as the Atlas White, the Fatma Blue, and Chapman's Hairstreak, or such tricky creatures as the enchanting Blues on Pl. 57 came out remarkably well. The feat of assembling all those Spanish and African beauties in one book is not the least glory of Higgins' and Riley's unique and indispensable manual.

Times Educational Supplement,
London, October 23, 1970